Inhalt

Vorwort

Kein anderer Ort wird so sehr mit Schriftstellern in Verbindung gebracht wie das Wiener Kaffeehaus. Aber nicht nur die Literaten des Fin de Siècle verbrachten ihr halbes Leben dort. Auch für die Schriftsteller unserer Zeit »ist das Kaffeehaus sozusagen eine Wohnung, die man nicht haben muss, wenn man das Kaffeehaus hat« (Egon Erwin Kisch) – vor allem, wenn es dort freien Internetzugang gibt und es wegen der explodierenden Heizkosten in der eigenen Wohnung immer kälter wird. Viele unserer berühmten literarischen Vorfahren schrieben kluge, melancholische oder amüsante Geschichten über diese »heilige Stätte«. Jetzt, finde ich, ist es an der Zeit, dass auch wir Kriminalschriftsteller und -schriftstellerinnen dem Wiener Kaffeehaus unsere Huldigung erweisen – und wir tun dies auf unsere Art: mit Mord und Totschlag, Betrug und Bosheit, Gewalt und Leidenschaft.

Im Herbst 2010 lud ich zwölf bekannte und beliebte Krimiautoren und -autorinnen ein, über ein Kaffeehaus ihrer Wahl zu schreiben. Einige suchten sich dafür ihr Stammcafé aus, andere entschieden sich für eines, auf das sie neugierig waren. Mit hinterhältigem Grinsen und kritischem Blick machten sie sich an die Arbeit, recherchierten nicht nur inkognito, sondern schrieben ihre Geschichten sogar vor Ort.

Schräge Vögel und finstere Gestalten bevölkern nun in dieser Anthologie die Wiener Kaffeehäuser, vom Café Central bis zum Café Westend. So mancher Kellner entpuppt sich als grandioser Ermittler, begnadeter Psychologe oder gar als raffinierter Mörder, mancher Stammgast als gefährlicher Spinner oder nicht ganz so unschuldiges Opfer.

Frech und gleichzeitig bravourös wird mit den gängigen Kaffeehausklischees jongliert. Entführte Babys, eitle Primadonnen, Freistilringer in Frauenkleidern, Profikiller, Heiratsschwindlerinnen, Psychopathen, paranoide Autoren, dubiose Privatdetektive und brutale Schläger geben sich ein Stelldichein in den berühmten oder auch weniger bekannten Cafés. Es wird falsch gespielt, perfekt gemordet und ebenso genial betrogen wie in der Realität.

Böse und kluge Kriminalgeschichten mit viel Humor und nervenaufreibender Spannung in gemütlicher, aber letztendlich tödlicher Atmosphäre. Lassen Sie sich entführen in die bunte, vielschichtige Welt der Wiener Cafés.

Edith Kneifl, im Mai 2011

Christopher Wurmdobler

Schauplatz Kaffeehaus

Reflexionen über eine Wiener Institution

Stimmengemurmel, Papiergeraschel, Tastaturgeklapper und Menschengeplapper. Dazu das klirrende Geräusch feinen Porzellans, das unsanft aufeinandergestapelt wird; dazwischen immer wieder das monotone Zischen der Kaffeemaschine. Wenn Sie das nächste Mal wieder in einem Wiener Kaffeehaus sitzen, blicken Sie nicht immer nur in die Zeitung oder auf den Computermonitor, schauen Sie einmal in die Runde. Benutzen Sie dafür auch die mit Sicherheit vorhandenen Spiegel. Beobachten Sie, wer kommt, wer geht, wer sich mit wem ein Stelldichein gibt und wer einander scheinbar nur zufällig trifft. Geben Sie sich diesen ganz persönlichen Kaffeehausfilm: Personal, Statisten und Tonspur sind vorhanden, und Fantasie besitzen Sie doch selbst, nicht?

Gemeinsam mit Wirtshaus und Heurigem bildet das Kaffeehaus das Dreigestirn der Wiener Lokalkultur. Hier trifft man Freunde und Verwandte, Kollegen und noch Unbekannte. Man begegnet Prominenten, denen man deutlich ansieht, dass sie erkannt werden wollen, und manchmal auch Gestalten, bei denen sofort klar ist, dass sie am liebsten nicht gesehen werden möchten. Das Kaffeehaus ist für Jung und Alt eine Art halböffentlicher Raum, in dem eigene Regeln gelten. Es ist Bühne für große und kleine Eitelkeiten, Spiel-, Arbeits- und Besprechungszimmer, der unverbindlichste Ort für erste Verabredungen oder den regelmäßig stattfindenden Jour fixe. Das Café ist der beste Platz der Stadt für aufregende Dates oder konspirative Treffen. Gehen Sie hin, Sie werden sehen, es stimmt!

»Im Kaffeehaus sitzen die Leute, die allein sein wollen, aber dazu Gesellschaft brauchen« lautet der berühmte Satz des nicht minder berühmten Kaffeehaushockers und Feuilletonisten Alfred Polgar. Für viele ist das Kaffeehaus tatsächlich eine Art zweites Zuhause, man ist Publikum und Hauptfigur zugleich. Genau genommen besitzt jeder Wiener Kaffeehausfan zwei persönliche Favoriten: ein Café, in dem man sie oder ihn kennt, wo man gesehen werden will und Bekannte trifft. Und eines, in dem man nicht erkannt wird, wo keine Gefahr besteht, dass Bekannte da sind. Was dann wo passiert oder nicht passieren kann, ist ja wohl klar. Wer ahnungslos ist, muss es halt herausfinden. Selbst wer nicht viel konsumiert, stundenlang bei einem kleinen Braunen sitzt und liest, wird in den meisten Fällen nicht schief angeschaut, manchmal bringt der Kellner sogar ein zweites, drittes, viertes Glas Wasser. Unaufgefordert.

Und, ach, das Personal! Weiß beschürzte Damen sind selten, Ober im manchmal etwas speckigen schwarzen

Smoking und mit korrekt gebundener Fliege die Regel. Sie pflegen den legendären Wiener Grant mit Leidenschaft. Doch keine Angst, sie knurren nur, sie beißen nicht. Das Wohlwollen des Servierpersonals muss man sich mühsam durch regelmäßige Besuche im Stammcafé erarbeiten. Aber Hartnäckigkeit zahlt sich aus. Denn irgendwann wird man dann auch mit – selbstverständlich vollkommen übertriebenen – Ehrentiteln bedacht und die intuitiv vorweggenommene Bestellung ist schneller auf dem Marmortischchen, als man sich setzen kann. Wobei Hektik stets unangebracht ist: Wer ungeduldig den Ober herbeiwinkt, wartet mit Sicherheit erst recht lang.

Er wolle doch nur schnell einen Kaffee trinken und werde sich dafür ganz bestimmt nicht mit dem Personal anfreunden, schimpfte einmal ein Besucher aus der Schweiz. Pech gehabt! Ins Wiener Kaffeehaus muss man nämlich Zeit mitbringen, jede Menge davon. Darüber hinaus sitzt hier wirklich niemand ausschließlich wegen des Kaffees. Es geht um den Ort, die Atmosphäre, die Zeit, die hier stillzustehen scheint.

Vor allem aber geht es um die Typen. Die Dame mit Hut, die sich verdächtig unauffällig zur Eingangstüre dreht, sobald diese sich öffnet. Der Herr, der sich hinter dem Großformat versteckt, der Ober, der den Blick eines Gastes mit einem Augenbrauenzucken erwidert – was planen die, was läuft hier? Gehen Sie doch auf einen Kaffee, machen Sie sich selbst ein Bild, oder besser noch, drehen Sie Ihren eigenen Film. Oder nehmen Sie ein gutes Buch mit, vielleicht dieses hier. Und dann: Viel Vergnügen!

In diesem Sinne: Vorhang auf für die Bühne, die Kaffeehaus heißt und diesmal Tatort ist.

Christopher Wurmdobler ist Redakteur der Wiener Wochenzeitung »Falter«. Für den Falter Verlag verfasste er das Buch »Kaffeehäuser in Wien«.

Amaryllis Sommerer

Engländer

Sehen und gesehen werden

Carlo starrt auf das Gesicht eines Säuglings. Mondlicht – oder ist es Straßenlicht? – fällt durch das Fenster auf die trockenen Lippen des Babys, auf seine geschlossenen Augenlider, auf seine blasse Haut über den Wangenknochen. Carlo will den Blick abwenden, über die abgewohnten Möbel dieser Ein-Personen-Wohnung fliehen. Raus hier! Aber er kann nicht.

Tausend Gedanken schießen ihm durch den Kopf. Hartnäckig wiederholen sich absurde Überlegungen aus seinem wöchentlichen Aquarellkurs: Wie malt man Haut? Wie malt man Mondlicht auf Haut? Wie Straßenlicht auf Haut? Alles haben wir schon gelernt bei »How to paint like Turner«, Himmel, Wasser, Feuer, Bäume, Berge, Sonnenauf- und -untergänge, nur keine Haut. Keine Haut von Babys.

Ein panischer Versuch, sich zu retten, weiß Carlo. Zu retten vor der einzigen Frage, die in diesem Augenblick wirklich zählt, der Frage, die er sich auf keinen Fall stellen will: Lebt dieses Baby noch? Oder ist es tot?

Gestern Abend, Viertel vor sechs, war die Welt noch in Ordnung. Relativ in Ordnung. Carlo band sich seine Arbeitsschürze über sein Arbeitshemd. Im Gegensatz zur weißen Schürze, die das Lokal zur Verfügung stellte, war das Hemd eines seiner fünf Privathemden, die nur für seine Tätigkeit als Barmann bestimmt waren. Doch schon zu Hause, beim Griff nach dem besonders leichten Hemd, das er für den heutigen Tag gewählt hatte, löste sich einer der Hemdenknöpfe und fiel zu Boden. Da Carlo nicht gleich gesehen hatte, wohin der Knopf gerollt war, genügte ein falscher Schritt, der Knopf war zertreten. Die Suche nach Nähzeug endete mit einer Verletzung am Daumen, und der Ersatzknopf hatte bei Tageslicht, wie er auf dem Weg zur Arbeit feststellen musste, die falsche Farbe. Unter der Arbeitsschürze würde man das nicht sehen, beruhigte er sich. Manche Tage beginnen halt mit einer schlechten Optik, das hat nichts zu bedeuten.

Als er dann um sechs nach vorne an den Tresen ging und die Unordnung im Flaschensumpf, der Blechwanne, in der die angebrochenen Flaschen stehen, sah, zwang er sich, dies nicht als schlechtes Zeichen zu deuten.

Noch war es ruhig im »Engländer«. Zwischen sechs und sieben war es das meistens. Carlo stellte die Flaschen dorthin, wo sie hingehörten, damit er später, wenn das Lokal voll war, rasch und blindlings zugreifen konnte: links der Doppler, rechts der Apfelsaft, links hinten der weiße Hauswein. Punkt. Jetzt stand nichts und niemand mehr in der falschen Ecke.

Selbst die Gäste saßen schön sortiert auf ihren Plätzen. In Zone eins, an den vier Tischen direkt vor der Bar, thronte der harte Kern der Stammgäste: vertraute Gesichter, mit denen man täglich gemeinsam altert, ohne es zu merken, Familie sozusagen. Anschließend, an den Tischen mit den grünen Lederbänken, unterhielten sich Gäste, die immer noch zum inneren Kreis gehörten. Sie verabredeten sich hier – gut sichtbar – zu privaten oder geschäftlichen Anbahnungen aller Art. Die dritte Zone war abgetrennt durch eine Glaswand. Hier platzierten sich die Nichtraucher, die zwar nicht mehr ganz im Zentrum des Geschehens – das sich, wie in den meisten Lokalen, an der Bar abspielte – teilhatten, aber auch noch gern gesehen werden wollten. Nichtraucher, die ans Lagerfeuer wollten, mussten sich zu den Rauchern setzen.

Auftritte und Abgänge von Geschäftsleuten, Journalisten, Architekten, Künstlern, Filmleuten, Schauspielern, Schriftstellern, dem typischen Engländer-Publikum also, waren um diese Zeit noch spärlich, alles schien friedlich. Und dennoch, vielleicht bildete Carlo es sich nur ein, aber selbst die wenigen Gäste, die anwesend waren, legten heute eine leise, aber explizite Gereiztheit an den Tag.

Er hatte soeben einen Espresso runtergelassen, italienische Röstung also, als der unter Strom stehende Kabarettist von vis-à-vis es sich anders überlegt hatte und doch lieber einen kleinen Schwarzen wollte. Also weg mit dem Kaffee, dem hellbraunen Geschirr und dem weißen Zucker, her mit der österreichischen Röstung, der weißen Tasse und dem braunen Zucker. Das nennt sich Service beim Engländer, wir nehmen es noch genau, wir sind Kaffeekenner und beißen die Zähne zusammen, wenn der Kunde nicht weiß, was er will. Gleich danach schnauzte ein Stammgast den neuen Kellner an, dass er sein Bier doch immer nur aus einem Wasserglas trinke, und in Zone drei schwappte dann noch ein blutroter Merlot auf die hellblaue Armani-Jeans einer jungen Tänzerin, die augenblicklich ihre stolze, aufrechte Haltung verlor. Damit war es nicht nur um ihre teure Jeans geschehen, sondern auch um ein zukünftiges Engagement. Denn ihr gegenüber saß der neue Operndirektor und legte seine Stirn in tiefe Falten. Das konnte Carlo bis nach vorne an der Bar sehen.

Was war das nur? Der Mond? Das Wetter? Das Klima? Die Kriege an allen Fronten? Die untreuen Gatten? Die ungezogenen Kinder? Die unbezahlten Rechnungen? Die unveröffentlichten Bücher? Die nicht finanzierten Filme? Die ausbleibenden Rollen? Die Hämorrhoiden, die Magengeschwüre, die zu dicken Beine, die ausgehenden Haare, die altersschlaffe Haut? Mein Gott, Leute! Kriegt euch wieder ein!

Carlo ordnete akribisch die Aschenbecher auf der Theke. Fünf Stück in gleichem Abstand, der erste zwei Finger breit vom Rand entfernt. Möge dieser Abend schnell vorübergehen! Möge sich das Lokal bald füllen! So hatte es Carlo am liebsten: eine volle Hütte mit sich gut unterhaltenden Gästen! Die durften dann auch mal über die Stränge hauen, sich danebenbenehmen für eine Nacht, das gehörte dazu und war am nächsten Tag vergessen.

Er wollte keine meckernden Gäste und keine launenhaften Sonderwünsche mehr, und was seine sensiblen Ohren gar nicht vertrugen, waren plärrende Babys, die von ihren vom Shoppen geschafften Müttern mit ins Lokal gebracht wurden.

Doch ausgerechnet heute wollte dieses typische Geschrei eines Säuglings vor der Tür des Engländer nicht vorüberziehen. Nein, es schwoll an, erfüllte bereits den schmalen Vorhof im Windfang und breitete sich schließlich aus zu einem Infernal aus der winzigen Kehle eines rot anschwellenden Wesens.

Nicht nur Carlo schauderte innerlich vor dem akustischen Terror, alle Augen waren plötzlich auf das Baby gerichtet. Nichts als ein zahnloser, weit aufgerissener Mund, zusammengepresste Augen und dieses markerschütternde Plärren, das so gar nicht in dieses Lokal passte. Hier versammelte sich kultiviertes Volk, das kultiviert aß, kultiviert trank und kultivierte Gespräche führte. Zumindest um diese Uhrzeit.

Carlos Blick wanderte vom Schreihals hinauf zum Gesicht der Person, die für den kleinen Ohrwurm verantwortlich war, und erwartete eine der jungen Ladys, die die Nobelläden im ersten Bezirk bis Ladenschluss unsicher machen und dann noch schnell rein ins Engländer flüchten, nach hinten in den Nichtraucherraum, selber stillen oder Fläschchen geben, damit Ruhe einkehre und sie noch einen Aperolspritz in sich reinsaugen können, noch ein paar Leute sehen, Freunde von früher, bevor sie sozial völlig austrocknen. Was für ein Elend!

Aber nichts da, keine Lady umkrampfte das kleine brüllende Ungeheuer, das Elend war noch viel größer!

Es hieß Theo, war Schauspieler, Ende fünfzig und Stammgast.

Theos verschwitzte Hände drückten das winzige Wesen abwechselnd fest an seinen Körper, dann wieder wiegte er es für Sekunden mit steifen, von sich gestreckten Armen in der Luft. Durch das hektische Drücken und Wiegen riss das Kleine den Mund noch weiter auf, genauso wie Theo seine angsterfüllten Augen, und Carlo sah zum ersten Mal, dass Theos Fingernägel bis zur Hälfte abgebissen waren.

Nicht fallen lassen, Theo! Nur nicht fallen lassen! Bitte! Nicht hier!

Was machte der aber auch mit einem Säugling im Engländer?

Die Hälfte der anwesenden Frauen aus Zone eins und zwei eilten herbei. Zone drei schaute aus der Ferne zu, hoffte, von dem lärmenden Bangert[1] verschont zu bleiben.

Er sei ja bloß der Babysitter für seine Cousine, stotterte Theo, die sei für kurze Zeit in der Stadt, ein Spontanbesuch!

»Schon gut, Theo, wir machen das!«, versicherte das Helferteam bewegter Frauen und schob Theo samt brüllendem Bündel erst einmal in die Nichtraucherzone.

Carlo wurde aufgefordert, handwarme Milch bereitzustellen. In Ermangelung eines Fläschchens wurde diese

1 Kind

dem Baby mit einem Kaffeelöffel eingeflößt, und gemeinsam brachte man das Kind tatsächlich zum Schweigen.

Allgemeine Entspannung. Die Frauen kehrten zurück an ihre Tische, Theo versank schweigend in geneigter Haltung wie Mutter Maria mit dem Kinde.

Ein ganz anderer Theo war das, nicht der, den Carlo kannte, der um zwei Uhr früh wieder einmal der letzte Gast war, der nicht nach Hause gehen wollte, weil dort niemand auf ihn wartete. Seine Ehen waren gescheitert, er hatte nur noch das Spielen, und auch da war seine beste Zeit vorbei. Er war ein Star gewesen. Er hatte nie den fünften Glühwurm von rechts spielen müssen, denn von Anfang an war klar, dass er für die Paraderollen dieser Welt geboren war. Die erste Scheidung brachte die Wende, die weiteren beschleunigten seinen Absturz. Er begann alte Brüder und hässliche Cousins zu spielen. In letzter Zeit war er auf senile Väter und alte Käuze abonniert gewesen. Er trank, er soff, er ließ es laufen. Er hatte nichts mehr zu verlieren. Ob das die Cousine wusste?

Bei allem Respekt, aber Carlo würde Theo niemals ein Baby anvertrauen.

Dennoch, so wie er dasaß, mit dem schlafenden Säugling auf dem Arm, das war ein anderer Theo. Ein kinderliebender Mann, wie ihn Carlo noch nie gesehen hatte.

Sah so Glück aus? Oder wonach sah es aus? War das die reine, unschuldige Liebe? Oder fanden sich da nicht auch Spuren einer Überwältigung, eines ungestillten Begehrens?

Carlo stellte ein Seidl Bier ab und ärgerte sich. Über die schlappe Schaumkrone auf dem Glas, über seine schlechte Laune und über seine kaputte Fantasie.

Zum Glück kam gleich darauf eine junge Frau herein und machte dem Spuk ein Ende. Sie sah sich suchend um, entdeckte Theo und begrüßte ihn herzlich.

Endlich, die Cousine!

Nach einem kurzen Gespräch und einem schnellen Espresso verließen sie das Lokal. Das Kind in Begleitung seiner Mutter zu wissen beruhigte Carlo.

Auch in Hinblick auf Theo.

Inzwischen war das Abendpublikum, das vor Kino, Theater oder Kabarett zum Essen reinkam, auch schon wieder am Zahlen und Carlo fiel ein, dass Theo heute wegen des Babys ohne Mahlzeit gegangen war, er musste ja um sieben im Theater sein, um acht war Vorstellung. Die kranke Eule, die er heute Abend geben musste, würde er mit leerem Magen wohl noch glaubhafter anlegen als bisher. Weiter wollte sich Carlo Theos Karriere gar nicht mehr vorstellen. Er konzentrierte sich auf die gewohnte Zubereitung eines »Hurch«: ein dreifacher Espresso mit kalter Milch. Den nahm sich der Viennale-Direktor jeden Abend mit nach Hause, und alle vierzehn Tage brachte er das Kaffeegeschirr zurück. Carlo genoss dieses beinahe hausfrauliche Ritual, das die Nacht kurzfristig verlangsamte, bevor der zweite Schwung Gäste einbrach, nach dem Theater, dem Kino, einer Buchpräsentation, einem Konzert, einer Vernissage.

Carlo sah ihn gleich: Theo. Mit irre leuchtenden Augen. Es musste eine besonders exzessive Vorstellung gewesen sein. Seine ihn ungewohnt flankierenden Schauspielkollegen übertönend, verlautbarte er in alle Richtungen: »Ich sollte nicht hier sein! Glaubt mir, ich sollte gar nicht mehr hier sein! Ich bin ja so was von fertig!«

Doch man meinte es gut mit Theo, wir kennen diese Tage, wo die Nerven blank liegen, besonders bei Schauspielern. Ein Schnitzel für Theo und ein Bierchen, eine Flasche Wodka für alle! So ließ sich die Truppe an einen der Tische direkt vor der Bar fallen.

»Du hast mir heute die Show gestohlen, du alte Rampensau!«, lachte einer der Burgtheater-Stars, und sogar die Jungschauspielerin mit Gretchenfrisur, die sonst nie Augen für Theo hatte, saß heute neben ihm, fasziniert von seiner animalischen Präsenz auf der Bühne. Uhus seien ihre Lieblingstiere, setzte sie zu einem philosophischen Gespräch an, verlor aber plötzlich schlagartig das Interesse, als Moritz von Uslar von der *Süddeutschen* das Lokal betrat und sich an einen reservierten Tisch platzierte.

Oh ja, das Interview! Mit Menschen, »die er mag«, hatte Moritz angekündigt. Und schon zogen sie alle vorbei an Theo, Richtung Moritz: die Schauspieler, die Regisseure, die Künstler, die Schriftsteller, und sogar der Hurch ließ seinen »Hurch« bleiben. Der Heißhunger nach einem Artikel in der *Süddeutschen* trieb sie alle fort. Fort von Theo.

Dieser würgte weiter an seinem Schnitzel, und je mehr er mit Wodka nachspülte, desto üppiger tropfte der Schweiß von seiner Stirn auf die Panier.

Carlo hatte das untrügliche Gefühl, er sollte Theo heute nicht aus den Augen lassen, doch die zunehmende Publikumsdichte an der Bar versperrte ihm die Sicht.

Höhepunkt um Mitternacht: Aufruhr in der Kolonie an der Theke! John Malkovich hatte das Lokal betreten! Ein echter Prom, ein internationaler Star!

Frau Hutter hatte den Ausnahmeschauspieler auf einen Fernet ins Engländer gelotst. Küsse deine begabten Hände, Birgit, dachte Wolfgang, einer der zwei Lokalbesitzer des Engländer, und freute sich noch mehr, seinen Sohn, Jungregisseur, an Malkovichs Seite zu sehen.

Alles schmiss sich in Positur. Sogar die »Neigungsgruppe Süddeutsche« drängte nun wieder zurück an die Bar, suchte die Nähe zum Weltstar. Körper an Körper, Glas an Glas, Vocabulary an Vocabulary, denn plötzlich sprach man nur mehr Englisch im Engländer.

Dann gab Theo seine Vorstellung. Carlo hatte es kommen sehen, konnte es aber nicht verhindern. Mit der beinahe leeren Wodkaflasche in der Hand führte Theo ein Lehrstück auf, wie man sich KEINE Freunde macht. Mit Brachialgewalt kämpfte er sich durch die balzende Menge und pflanzte sich schwankend vor Malkovich auf.

»Ham Sie Kinder?«

Malkovich erwiderte Theos Frage mit seinem berühmten Silberblick.

Theo drohte, jeden Moment nach vorne zu kippen.

Filmproduzentin Salcher, die ihre Chance gekommen sah, stellte sich schützend vor Malkovich und versuchte kalmierend auf Theo einzuwirken.

Der jedoch bäumte sich auf: »Ich hab den Hamlet 47 Mal en suite gespielt und den Faust eins und zwei 13 Stunden lang, mit dem Stein! Ich war in Hollywood, wenn auch nur ein Nazi, aber ich kann mit dem Herrn Malkovich auf Augenhöhe sprechen! Verstanden, Salcher?«

Peinliche Stille. Alle hatten es verstanden. Ein untragbarer Theo musste aus dem Lokal entfernt werden, und Carlo fühlte sich verpflichtet, dies diskret zu tun.

»I was a friend of Thomas Bernhard! Do you überhaupt know, who Thomas Bernhard was?«

»Komm, Theo«, versuchte es Carlo freundlich, »komm!«

Doch Theo war völlig außer sich. »Ich hab mit dem Thomas Bernhard ›Die rote Strumpfhose‹ auf der Kärntner Straße getanzt! Da, schau her, Malkovich!«, schrie er wild gestikulierend und mit den Beinen heftig ausschlagend. Doch Malkovich, der Schauspielkollegen nicht zum ersten Mal zum Veitstanzen gebracht hatte, war schon bei der Tür und verschwand mit seiner ihn wesentlich eleganter umtänzelnden Entourage.

Gleich darauf sank Theo schweißnass in sich zusammen.

»Weitermachen, Leute«, flüsterte er, »es is nix passiert, weitermachen …«, und hielt sich an der Theke fest.

»Hat der Malkovich Kinder?«

Er spricht wirres Zeug, er sollte einen Entzug machen, dachte Carlo und antwortete möglichst beiläufig: »Ja, zwei, glaub ich.«

»Scheiße«, seufzte Theo, »so eine Scheiße.«

»Geh heim, Theo, du hast genug für heut.«

»Das is unfair.«

»Bis morgen!«, redete ihm Carlo aufmunternd zu, »okay?«

»Ja, eh. Aber trotzdem, es is unfair«, murmelte Theo, schwankte Richtung Ausgang und wunderte sich, dass seine Beine mitkamen.

Carlo brach fast das Herz beim Abgang dieser tragischen Figur, aber schließlich war er ja nicht Theos Kindermädchen. Und ehrlich gesagt war er froh, dass nichts Gröberes passiert war, keine tätlichen Angriffe, kein Nasenbluten, keine tödlich getroffenen Gäste, die zu Boden gegangen waren.

Um halb drei hatten dann auch die letzten Gäste das Lokal verlassen. Carlo ging noch einmal in den Keller, um das Bierfass umzustecken, dann war sein Nachtwerk getan. Er trat an die frische Nachtluft und genoss die Stille der Wiener Innenstadt.

Doch schon nach wenigen Schritten auf dem Weg zu seinem Wagen sah er Theos gekrümmten Rücken. Der kauerte zwischen zwei Autos auf der Gehsteigkante.

Nein, nicht das auch noch!

Carlo raufte sich müde die Haare und überlegte, ob er den alten Knaben da sitzen lassen sollte oder nicht.

Ein leiser Hass stieg in ihm auf, und für einen Sekundenbruchteil hätte er am liebsten auf Theo eingeschlagen, ihn blindlings entfernt aus seinem Blickfeld, denn Alkoholleichen waren ihm zuwider. Stinkende, angekotzte Alkoholleichen!

Theos Alkoholleiche war allerdings schlau gewesen. Sie hatte sich direkt vor Carlos Wagen gelegt.

Zum Glück lag Theos Wohnung bloß zwei Straßen weiter. Ein schwacher Trost.

Aber Carlo hatte ohnehin keine Wahl, widerwillig tippte er Theo an.

»Na komm, wir gehen nach Haus.«

Doch Theo sträubte sich.

Er wolle nicht nach Hause, um keinen Preis. Er könne nicht nach Hause.

Ja, die Angst vor der Einsamkeit, dachte Carlo. Theo war nicht der Erste, der im Engländer einfach sitzen geblieben war, weil er nicht nach Hause gehen wollte.

»Hör mal, auch wenn niemand zu Hause auf dich wartet ...«

»Im Gegenteil!«, richtete sich Theo plötzlich auf.

»Im Gegenteil? Was heißt ›im Gegenteil‹?«

»Dort wartet sehr wohl jemand auf mich. JEMAND ist vielleicht nicht das richtige Wort. Ich weiß nicht, wie ich es sagen soll: ES, es wartet zu Hause auf mich.«

Plötzlich brach Theo in heftiges Schluchzen aus. »Es!«, wiederholte er immer wieder und deutete mit seinen zitternden Händen ein schmales, wurmartiges Gebilde an.

Er halluziniert, dachte Carlo. Er sieht weiße Mäuse, schwarze Käfer, kleine Würmer. Was man halt so sieht, wenn man Alkoholiker ist.

»Ich weiß ja auch nicht, wie das passieren konnte!«, murmelte Theo.

»Es war plötzlich da, es hat mich so lieb angesehen, es hat mich wirklich angesehen. Mich! Keine Ahnung, wie ich das alles tun konnte. Carlo, ich war das nicht!«

Eine nächste Welle heftiger Schluchzer schüttelte Theo.

»Du sollst nicht so viel trinken«, betete Carlo seinen Spruch herunter. »Es bringt dich um den Verstand. Komm, Alter, ich bring dich jetzt ins Bett, und morgen beginnst du ein neues Leben. Es ist nie zu spät. Sagst du doch selber immer. Komm, Theo.«

»Es IST zu spät! Carlo, es ist viel zu spät. Es ist alles gelaufen. Ich hab alles falsch gemacht, und jetzt kann ich nimmer. Ich kann einfach nicht mehr!«

»Du kannst!«, tönte die nächste, oft wiederholte Formel aus Carlos Mund.

Ach, diese Stammgäste, sie werden einem zu Kindern.

»Ich hab doch niemanden, Carlo. Niemanden! Nur dich! Du bist mein einziger Freund, Carlo.«

Als Barmann ist man oft der einzige Freund, dachte Carlo, das ist nichts Neues, aber diese Nacht hatte er endgültig genug von besten Freunden.

»Los, steh auf! Wir gehen!«, sagte er streng.

Er zog Theo hoch und schleppte ihn die Postgasse entlang, Richtung Dominikanerkirche.

»Ich hab gar keine Cousine, Carlo.«

Was soll das jetzt? Wovon redet Theo? Ach ja, die Frau mit dem Baby.

»Doch, hast du. Du hast mit ihr das Lokal verlassen. Am Nachmittag.«

»Das war nur eine Bekannte, Carlo. Die hat nicht nach MIR gesucht. Wir sind bloß gemeinsam rausgegangen.«

»Ja, und?«

»Alles erstunken und erlogen. Ich bin ein Lügner und ein schlechter Schauspieler.

Kein Mensch will mich mehr sehen. Aber heute ... auf einmal ... da war es da und hat mich angeschaut. Weißt du, nur mich! Es hat MICH angeschaut! Ich schwör's dir, es WOLLTE, dass ich es nehme!«

»Was?«

»Das Baby!«

Carlo blieb stehen.

»Ich hab's aus dem Kinderwagen genommen. Seine Mutter hat auf den Bankomaten gestarrt, als wäre er ihr Ein und Alles. Das hättest du sehen sollen! Einen richtigen Buckel hat die gemacht! Fast hineingekrochen ist die in den Automaten. Die hat den Pincode abgedeckt, als würd man ihr was runterschaun! Die hat ihr Kind völlig vergessen! Die war im Bankomaten DRIN, ich schwör's dir! – Da hab ich's genommen und bin gegangen.«

Carlo konnte nicht glauben, was er da hörte.

»Es hat gelacht. Das Kleine hat gelacht. Das war eine Zustimmung! Da bin ich einfach weitergegangen mit ihm.

Bis in den Stadtpark! Dort hab ich ihm die Enten gezeigt und die Fische im Teich. Es ist uns richtig gutgegangen. Nur … als ich dann raus wollte aus dem Park, da hat es angefangen zu schreien. Irrsinnig laut! Ich wusste nicht, was ich tun sollte … ich wollte ja eigentlich nach Hause … aber dann war ich auf der Höhe vom Engländer … und es brüllte so … Das hätt ich nie bis nach Hause geschafft.«

»Du hast ein Baby geraubt und bist damit ins Engländer?«

»Ich wusste nicht, wohin …«

»An einen Ort, wo es darum geht, gesehen zu werden?«

»Ich weiß auch nicht … ja, das war idiotisch, ich weiß! Das war völlig daneben … aber vielleicht … vielleicht wollt ich's auch irgendwem herzeigen … euch … wem sonst? Ich hab nicht gedacht …«

Natürlich hatte er NICHT gedacht! Können Kindsräuber überhaupt denken?

Carlo sah Theo von der Seite an. Vielleicht doch! Niemand hätte Theo verdächtigt. Die Nummer mit der Cousine hatte doch hervorragend geklappt. Kindsraub! Das machen doch sonst nur verzweifelte kinderlose Frauen. Theo wäre vielleicht tatsächlich damit davongekommen. Und das Baby …

»Wo ist das Baby jetzt, Theo? Was hast du mit dem Kind gemacht?«

»Es ist zu Hause.«

»Allein?«

Theo nickte.

»Seit wie viel Stunden?«

Theo reagierte nicht.

»Du hast deine Vorstellung gespielt und bist dann …?«

»Ich musste ja spielen! Du weißt ja, wir müssen spielen! Immer! Wer krank ist, wird hochgespritzt! Wer nicht kommt, mit der Feuerwehr abgeholt, wenn's sein muss!«

Carlo rechnete nach: Acht Stunden waren vergangen nach Theos Auftritt im Engländer. Das könnte sich ausgehen. Es könnte sich ausgehen, dass hier noch einmal alles gut ausginge. Wenn, ja wenn Theo sonst nichts mit dem Kind angestellt hatte, es ruhiggestellt hatte wegen der Nachbarn oder sonst irgendetwas Wahnsinniges getan hatte. Vielleicht ließe sich die Sache noch regeln. Privat. Ohne Polizei. Hoffentlich lebte das Kind noch! Bitte, Kind, leb!

Das Mondlicht – oder ist es Straßenlicht? – lässt nicht genau erkennen, ob der Säugling noch atmet. Theo weigert sich, Licht in der Wohnung anzumachen, es könnte das Kind aufwecken. Es liegt mitten auf dem Küchentisch. Eingetrocknete Babyspucke auf der Wange. Eine dünnschnabelige Gießkanne daneben. Auf der anderen Seite eine angebrochene Milchpackung.

Oh Gott, was hat er mit dem Baby bloß angestellt?

»Ich hab's gefüttert.«

Lebt es oder ist es tot?

Carlos Hand bewegt sich vorsichtig Richtung Babyhals, um einen Puls zu fühlen, doch Theo kommt ihm zuvor und nimmt das Kind an sich.

»Das ist meins.«

Seine Hand umschließt beinahe schon das ganze Köpflein des Babys.

Er wird es erdrücken, oh Gott, er wird es ersticken.

»So ein schönes Baby«, flüstert Carlo, »darf ich …?«

»Nicht wahr? Und jetzt ist es UNSER Baby.«

»Ja, unseres«, stammelt Carlo, »darf ich? Darf ich es auch einmal halten?«

Ganz nah schon ist Carlo, um das Baby an sich zu nehmen.

Doch Theo hält es fest, fester, noch fester, drückt es mit dem Gesicht an seine Brust. Mit der anderen Hand schiebt er Carlo von sich.

Die beiden sehen einander an.

Carlo spannt alle Muskeln seines Körpers an, er hasst Gewalt, aber es wird ihm nichts anderes übrigbleiben, er muss Theo das Kind entreißen. Und zwar jetzt.

Doch Theo, als könne er Carlos Gedanken lesen, sagt plötzlich: »Wir werden es zurückgeben müssen, ja?«

Carlo hört nur noch das Wort »wir«. So weit war es also gekommen: gestern noch Barmann, heute der Komplize eines irren Babyräubers.

»Ja, das müssen … wir.«

»Okay. Okay«, stimmt Theo zu und lockert seinen Griff um das Kind. »Aber du hilfst mir, ja? Wir bringen das gemeinsam zu Ende, ja?«

Carlo nickt und nimmt das Kleine vorsichtig in seine Arme. Es ist noch warm, denkt er. Es ist noch warm. Alles wird gut.

Doch kaum, dass Theo das Kind losgelassen hat, ist plötzlich alles Leid, jede Verzweiflung aus seiner Stimme gewichen. »Und jetzt informierst du die Presse!«

»Was?«

»Wenn ich schon ins Gefängnis geh, will ich einen ordentlichen Showdown! Journalisten, TV, Kameras, das ganze Programm! Sonst kriegen sie es NICHT!!!«

Theos Stimme droht, sich zu überschlagen.

»Mach ich«, versucht Carlo Theo zu beruhigen.

»Jetzt gleich! Die sollen alle ins Engländer kommen! Ich will die Bühne! Das ganze Lokal! Nur für mich! Das ist meine Abschiedsvorstellung! Das bist du mir schuldig!«

»Sollst du haben!«, antwortet Carlo, »sollst du haben.«

Und während er heimlich eine SMS an die Polizei sendet, denkt er: Aber nicht im Engländer! Bei aller Liebe, Theo, nicht in MEINEM Engländer!

Café Engländer

1010 Wien, Postgasse 2, *www.cafe-englaender.com*

Claudia Rossbacher

Tod der Turandot

Der letzte Akt im Café Weimar

Ich hätte nicht kommen sollen. Nicht heute. Nicht hierher. Zur falschen Zeit am falschen Ort zu sein kann die Gesundheit gefährden. Mitunter auch töten.

Irgendetwas liegt in der Luft, als ich das Café Weimar an diesem Nachmittag betrete. Kein Zigarettenqualm, wie es früher der Fall war. Geraucht werden darf hier nur noch im Schanigarten oder im Keller, wo sich auch die »Palme« befindet – jene Club-Diskothek, die schon in den 1930er-Jahren eine Tanzbar war.

Irgendetwas fühlt sich heute anders an. Und es ist nicht das Lampenfieber, das mich schon am frühen Morgen erfasst hat. Das kenne ich bis zum Erbrechen. Im wahrsten Sinn des Wortes.

Der Oberkellner begrüßt mich lächelnd. Wie immer.

Ich nicke ihm zu. Wie immer.

Alles scheint hier wie immer zu sein.

Es muss also an mir liegen. Dieses merkwürdige Flirren in der Magengrube, dieses leise Ziehen in meinen Gliedern, bis in die Finger- und Zehenspitzen, schiebe ich nun doch auf die bevorstehende Premiere. In wenigen Stunden werde ich meine erste Turandot in der nahen Volksoper geben. Kein Wunder, dass ich mich wie kurz vor meiner Hinrichtung fühle.

Die meisten Gäste sitzen an den Tischen jenes zur Küche hin offenen Raumes, dessen Fenster auf die Währinger Straße blicken. Dort ist auch die Theke, die ich links liegen lasse. Das Klappern des Geschirrs, das Zischen der Kaffeemaschine in unmittelbarer Nähe ertrage ich nicht, ohne wahnsinnig zu werden. Nicht weil ich kapriziös wäre, nein. Die Abscheu gegen laute Geräusche verdanke ich meinem sensiblen Gehör, das mich zusammen mit meiner »makellosen, reinen Sopranstimme zur Entdeckung des Opernjahres macht …« – so auszugsweise die Lobeshymne eines begeisterten Feuilletonisten nach der letzten Festspielpremiere in Bregenz. Seither geht es mit meiner Karriere steil bergauf. »Die glaubwürdige psychologische Durchformung der Cio-Cio-San – von bangem Hoffen über Selbsttäuschung bis hin zur schieren Verzweiflung – erzeugt eine atemberaubend schmerzliche Präsenz, wie sie kraftvoller und intensiver nicht sein könnte«, lobte ein anderer Kritiker meine »Madame Butterfly« in den höchsten Tönen. Wenngleich die Herren mit ihrem Urteil ausnahmsweise Recht hatten, traue ich ihnen nicht über den Weg. Selbst völlig talentfrei maßen sie es sich an, über Künstler zu urteilen. Ohne jegliche Skrupel. Es ist nur eine Frage der Zeit, bis sie auch mich zerreißen werden. Irgendwann trifft es jeden. Da mache ich mir nichts vor.

Ebenso wenig halte ich von neidischen Zeitgenossen, deren böse Zungen behaupten, ich hätte meinen Aufstieg vor allem meinem fabelhaften Aussehen zu verdanken. Wie die Garanča. Und die Netrebko. Meine Psychotherapeutin meint, wenn ich nicht alles so persönlich nähme, wäre ich ein glücklicherer Mensch. Auch dass ich mich ständig mit anderen vergleiche, trage keineswegs zu meiner Zufriedenheit bei. Aus der Sicht eines Durchschnittsbürgers mag das zwar stimmen, ich jedoch halte die meisten ihrer Ratschläge für kontraproduktiv. Wie könnte ich jemals die Beste sein, ohne mich mit anderen zu vergleichen? Vielleicht ist es an der Zeit, die Therapeutin zu wechseln.

Im altehrwürdigen Café Weimar scheint alles wie immer zu sein. Das Piano inmitten des zweiten, längeren Raumes in dem L-förmig geschnittenen Kaffeehaus wartet stumm auf seinen abendlichen Auftritt. Noch ist es angenehm ruhig hier. Da und dort sitzen ein paar Gäste. Die meisten allein, in eine Zeitung vertieft. Andere plaudern miteinander. In diskreter Lautstärke, wie es sich in einem öffentlichen Lokal geziemt. Zum Glück gibt es hier keine kreischenden Kinder, die allen auf die Nerven gehen außer ihren überforderten Eltern, die den Lärm der unerzogenen Brut für selbstverständlich halten. Sätze wie »Regen Sie sich doch nicht auf, das sind halt Kinder« oder »Sie haben sicher keine Kinder« kann ich nicht mehr hören. Nein, ich habe keine Kinder! Ich will auch keine. Und noch weniger will ich das Geschrei fremder Fratzen ertragen müssen. Wie komme ich dazu? Ein leises Pochen breitet sich in meinen Schläfen aus. Ich darf mich nicht so aufregen. Die SMS-Töne aus meiner Louis-Vuitton-Tasche tun ein Übriges. Das Pochen wird lauter. Wahrscheinlich wünscht mir jemand toi, toi, toi. Obwohl ich diesen Spruch nicht leiden kann. Inzwischen habe ich in der Loge am Fenster Platz genommen, die für Antolini reserviert ist. Meinen Namen haben Sie sicher schon gehört. Oder gelesen. Verena Antolini. Nein? Haben Sie nicht? Nun ja, jetzt kennen Sie ihn.

Die Nummer am Display meines Handys ist mir fremd. Wenn ich etwas noch weniger mag als Floskeln, sind es unbekannte Anrufer. »Tod der Turandot!«, lese ich als Nächstes. Sehr witzig! Was soll der Unsinn? Die Nachricht könnte glatt von Camilla stammen. Camilla Rulander, meiner fülligen, stets gut gelaunten Zweitbesetzung. Hätte mich der Direktor nach der Butterfly nicht an die Volksoper geholt, würde sie an diesem Abend in die Maske der Turandot schlüpfen. Dass sie mir dennoch freundlich begegnet, ist mir suspekt. Es wäre doch nur normal, mich wenigstens zu schneiden. Aber nein! Nichts dergleichen. Scheißfreundlich ist sie zu mir, hat immer einen Scherz auf den wulstigen Lippen, als wäre nichts geschehen. Wenn man mir eine Rivalin vor die Nase setzte, würde ich kämpfen oder mich verabschieden. Vermutlich ist Camilla in der zweiten Reihe ohnehin besser aufgehoben. Zu einer großen Sängerin gehört eben mehr als eine hervorragende Stimme. Es braucht Ehrgeiz, Mut und Charisma. Und das ist bei weitem noch nicht alles. Das Opernpublikum liebt Ausnahmekünstler, glamouröse Stars wie mich. Mit Ecken und Kanten. Nicht brave, nette Frauen, die genauso gut die beste Freundin oder die eigene Ehefrau sein könnten. Wir sind ja nicht beim Musikantenstadl.

Beim Oberkellner Rudolf bestelle ich ein Paar Frankfurter mit Kremser Senf und frischem Kren. Dazu ein Semmerl und ein stilles Mineralwasser. Kohlensäure ist für Opernsänger tabu. Das gilt auch für Champagner. Zumindest vor einem Auftritt. Nicht auszudenken, welches Gelächter eine rülpsende Turandot auslösen würde. Auf einen solchen Fauxpas kann ich getrost verzichten. Wenngleich sich manch einer darüber freuen würde. Vermutlich auch die heilige Camilla, die neuerdings auch noch frisch verliebt ist. Igitt, sag ich nur. Da ist mir der Anblick des jungen Pärchens in der Loge gegenüber schon wesentlich lieber. Ihre Blicke sprechen Bände. Fortwährend streicheln sie sich gegenseitig unterm Tisch, können gar nicht genug voneinander bekommen. Die beiden sehen wie Studenten aus gutem Hause aus. Ich tippe auf Jus oder Wirtschaft. Was für ein überwältigendes Gefühl, verliebt zu sein! Ich kann mich noch sehr gut an diesen rauschähnlichen Zustand erinnern. Und an das schmerzhafte Erwachen. Ich wäre damals fast verrückt geworden vor Liebeskummer. Nichts für ungut ... Erstens habe ich ohnehin keine Zeit für ein Privatleben, zweitens muss ich vorsichtig sein, mit wem ich mich einlasse. Schließlich möchte ich um meiner selbst willen geliebt werden. Und nicht, weil sich jemand mit der Antolini schmücken möchte. Meine letzten Männer waren schlichtweg Versager. Ohne mich an ihrer Seite nichts wert. Keine Ahnung, ob sie sich inzwischen selbst gefunden haben. Oder ob ihnen nunmehr eine andere Frau Profil verleiht.

Behutsam trenne ich die beiden Frankfurter voneinander und tunke eines der Würstel in den Senf und danach in den Kren. In einer halben Stunde soll ich in der Maske sitzen. Zeit genug. Mein Blick fällt in den großen Spiegel zu meiner Rechten, über den ich unauffällig den ganzen Raum überblicke. Dass ich niemanden vom Ensemble entdecken kann, schreibe ich der Premiere zu. Mir soll es recht sein.

Der graumelierte Herr im Zweireiher, der drei Logen weiter sitzt, taucht hinter seiner Zeitung auf und schaut in meine Richtung. Bestimmt hat er mich erkannt. Auch er kommt mir bekannt vor. Irgendwo habe ich ihn schon einmal gesehen. Er legt die Zeitung beiseite, nippt an seinem Kaffee. Wahrscheinlich ist er einer meiner Fans. Alle Gesichter kann ich mir unmöglich merken. Was macht einer wie er um diese Zeit im Kaffeehaus? Wie ein Arbeitsloser sieht er nicht aus. Für einen Pensionisten wirkt er zu jung. Auch wenn er für mich viel zu alt ist. Ich bevorzuge gut gebaute Männer meiner Generation. Im Gegensatz zu Camilla mit ihrem Sechzig-plus-Liebhaber, der ihr Vater sein könnte. Nun ja … Jeder bekommt, was er verdient.

Ich greife nach dem zweiten Frankfurter. Hungrig bin ich nicht. Dennoch schlinge ich Bissen für Bissen hinunter. Essen beruhigt meinen Magen und die Nerven. Bis mich die Signaltöne meines Handys erneut unterbrechen. Erschrocken lasse ich das letzte Stück der Semmel auf den Teller fallen. Meine Schläfen melden sich hämmernd zurück.

Herr Rudolf serviert mir die Melange, die ich nicht bestellt habe. Er ist einer jener Verehrer, die versuchen, mir jeden Wunsch von den Augen abzulesen. Die Diva in mir nimmt es wohlwollend zur Kenntnis und lässt ihn das Geschirr abräumen. Der Kaffee darf bleiben. Nein danke, ich möchte keine Mehlspeise dazu. Auch wenn gnä' Frau sich das getrost leisten könnte, wie er mir versichert. Was weiß der schon? Die Zeiten der fettleibigen Opernsängerinnen sind endgültig vorbei. Pech für Camilla Rulander.

Vom Display meines Handys leuchtet mir dieselbe unbekannte Nummer wie vorhin entgegen. So sehr ich die Ziffern auch anstarre, sie bleiben mir fremd. Ich könnte die Nachricht ungelesen löschen. Doch schon tippt die Nagelspitze meines Zeigefingers auf »Anzeigen«. Das Textfeld öffnet sich. »Genieße deine letzte Melange!«

Wie ein Fausthieb schlägt die Angst in meinem Magen ein. Werde ich beobachtet? Sitzt der Absender der SMS hier im Kaffeehaus? Meine Schläfen pulsieren crescendo. Noch einmal mustere ich das Pärchen schräg vis-à-vis. Sind es die beiden, die mich unbemerkt beobachten? Ist ihre übertriebene gegenseitige Zuwendung nur Tarnung? Aber wieso sollten sie mich bedrohen?

Mein Blick schweift weiter nach links. Die zwei alten Damen sind eben erst gekommen. Und sie sehen nicht so aus, als hätten sie jemals in ihrem langen Leben eine Kurznachricht versandt. Genau genommen sehen sie überhaupt nicht aus, als hätten sie zu irgendeinem Zeitpunkt etwas selbst getan. Herr Rudolf nähert sich dem Tisch der Hofratswitwen – oder sind sie Kommerzialratsgattinnen? –, um ihre Bestellung aufzunehmen. Dabei schaut er mich an, als prüfe er, ob ich noch einen Wunsch habe. Ich reagiere nicht, halte den Atem an, zucke nicht einmal mit den Wimpern. Könnte er der ominöse SMS-Schreiber sein? Aber woher hätte der Oberkellner meine Handynummer? Und warum sollte er mich dermaßen quälen wollen? Als ob ich vor einer Premiere nicht schon nervös genug wäre!

Nein! Nicht schon wieder eine SMS! Jetzt bloß nicht durchdrehen! Erst einmal einen Schluck Kaffee nehmen und in Ruhe überlegen. Soll ich diese Nachricht lieber gleich löschen? Oder sie lesen und beantworten, um den schlechten Scherz zu beenden? Die zweite Option erscheint mir sinnvoller. »In Kürze wirst du sterben.«

Die Angst breitet sich wie ein glühender Lavastrom in meinen Eingeweiden aus. Nichts wie raus hier!, lautet mein nächster Gedanke. Ich beschließe, sofort zu zahlen, als ich den Graumelierten im dunklen Zweireiher bemerke, der nun auf mich zukommt. Er entschuldigt sich höflich für die Störung, fragt mich nach einem Autogramm. Sanfte, braune Augen blicken mir erwartungsvoll entgegen. Obgleich meine Nerven zu zerreißen drohen, ringe ich mir ein Lächeln ab und wende mich meiner Handtasche zu. Autogrammkarte, Stift … Moment mal! Ich habe ihn nicht gebeten, sich neben mich zu setzen. Mein Versuch zu protestieren bleibt mir im Hals stecken. Was soll die Pistole, die unter dem Tischtuch hervorlugt? Mein Atem stockt. Ist der Mann wahnsinnig? Was will er von mir? Ist er es, der mich angeblich töten möchte? Die Fragen zischen wie giftige Pfeile durch meinen Kopf. Mir wird schwarz vor den Augen. In meinen Ohren pfeift ein viergestrichenes C. Einen Moment lang kämpfe ich gegen die drohende Ohnmacht an.

Er reicht mir mein Wasserglas, wartet eine Weile, bis ich mich wieder gefangen habe. Dann bittet er mich, seinen Namen in der Widmung zu erwähnen. Wie bitte? Habe ich richtig gehört? Der Mann hat Nerven! Im Gegensatz zu mir. Meine Hände zittern heftig, als ich die Kappe vom wasserfesten Stift ziehe. Er diktiert mir den Text. »Für Christopher«, schreibe ich in krakeligen lila Buchstaben auf mein Porträt. Niemand wird ihm glauben, dass das hier meine Handschrift ist. »Herzlich, Ihre Verena Antolini«. Was mache ich hier? Ich sollte lieber um Hilfe rufen. Oder besser noch »Feuer!« schreien. Doch dann würde er bestimmt abdrücken. Einen Bauchschuss stelle ich mir schmerzhaft vor. Abgesehen davon möchte ich mit meinen 33 Jahren noch nicht sterben. Ich verhalte mich lieber erst einmal ruhig. Bis auf das Zittern, das ich nicht abstellen kann.

Lächelnd bedankt er sich für die Autogrammkarte, lässt sie in der Innentasche seines Kaschmirsakkos verschwinden. Die Waffe in seiner anderen Hand zielt noch immer auf meinen Unterleib. So viel kann ich trotz Tischtuch erkennen. Christopher … Ich kenne keinen Christopher. Nach wie vor bin ich mir jedoch sicher, diesem Mann schon einmal begegnet zu sein. Verzweifelt versuche ich mich zu erinnern, wo das war. In meinem Kopf herrscht Chaos. Atmen hilft mir meistens. Also atme ich. Ein und aus. Ein und aus. Ein ...

Christopher erkundigt sich, wie es mir geht.

Wie soll es mir schon gehen? Mein Herz rast. Ich habe Todesangst. Was er denn von mir wolle?, presse ich zwischen den Zähnen hervor.

Plaudern, erwidert er leise und schaltet mein Handy ab.

Abgesehen davon, dass ich unter den gegebenen Umständen keine besondere Lust habe, mich mit ihm zu unterhalten, habe ich auch überhaupt keine Zeit dafür. Ich müsse dringend in die Maske und mich für die Turandot einsingen, erkläre ich ihm todesmutig. Selbstverständlich könne er Premierenkarten haben. Kostenlos versteht sich. Bei der anschließenden Premierenfeier könnten wir unser Gespräch gern fortsetzen, lüge ich ihn an. Um meinen Vorschlag zu bekräftigen, rücke ich ein Stück zur Seite, als wollte ich im nächsten Moment aufstehen. Die Waffe schnellt unter dem Tischtuch hervor, bohrt sich in meine Hüfte. Ich erstarre. Langsam schüttelt Christopher den Kopf. Besser, ich rühre mich nicht von der Stelle, meint er. Sonst würde er schießen. Nun, in diesem Fall kann ich noch eine Weile warten. Die Pistole entfernt sich ein Stück weit von meiner Hüfte, verschwindet wieder unter dem weißen Leinen.

Das junge Pärchen erhebt sich. Erst sie, dann er. Ich starre hinüber. In Gedanken rufe ich den beiden zu, mir zu helfen. Seht her! Hierher! Hilfe! Die Liebenden lächeln einander an, nehmen sich bei den Händen. Und fort sind sie.

Ich lehne mich zurück, verschränke die Arme vor der Brust und blicke meinem Feind entschlossen ins Auge. Die Opferrolle widerstrebt mir. Nur nicht an die Waffe denken! Ich muss mir dringend eine Strategie überlegen, um diesem Albtraum zu entfliehen. Ja, vielleicht träume ich das alles nur. Wäre doch immerhin möglich. Falls dies wieder einer meiner bösen Träume sein sollte, will ich auf der Stelle aufwachen. Doch ich träume weiter. Ich träume mein Leben. Das Leben einer Opernsängerin, die wenige Stunden vor der Premiere von einem Irren mit der Schusswaffe bedroht wird und keine Ahnung hat, warum er dies tut. Was soll das?, frage ich noch einmal.

Er wolle mit mir plaudern, wiederholt Christopher charmant.

Mir fällt auf, dass er eine schöne Stimme hat. Momentan kommt mir nichts Besseres in den Sinn, als diesen Gedanken auszusprechen. Christopher bedankt sich höflich. Und erwidert mein Kompliment. Jetzt lacht er auch noch darüber. Wie ungeheuer komisch! Ein Mörder mit Humor, stelle ich bitter fest. Und mit gutem Geschmack. Ganz Gentleman winkt er Herrn Rudolf herbei und bestellt für uns beide Champagner. Meine Widerrede ist zwecklos. Ich müsse ohnehin nicht mehr singen, meint er. Die nächste Welle der Angst droht mich zu überrollen. Ich atme ein und aus. Ein und aus …

Der Oberkellner könnte meine Rettung sein! Beschwörend fixiere ich ihn mit Blicken, als er die beiden Champagnerflöten serviert. Mein Räuspern erregt seine Aufmerksamkeit. Umgehend bohrt sich der Lauf der Pistole in meinen Oberschenkel. Dass ich mit einem Mann hier sitze, der mir allem Anschein nach unterm Tischtuch ans Bein fasst, lässt Herrn Rudolf diskret wegblicken. Elegant, fast tänzerisch tritt er mit dem Kaffeetablett den Rückzug an.

Christopher prostet mir zu, will wissen, wie alles angefangen hat. Als Sängerin, meint er. Er lässt mich nicht aus den Augen. Auch nicht, als wir am Champagner nippen. Hätte er lieber mal eines meiner Interviews gelesen, anstatt mich hier mit Waffengewalt festzuhalten. Doch mir bleibt nichts anderes übrig, als meine künstlerische Laufbahn vor ihm auszubreiten. Vielleicht ist es das letzte Mal, dass ich den Kirchenchor, das Konservatorium, meinen Mentor erwähne. Den privaten Teil lasse ich wie immer aus. Ich berichte von den ersten Engagements in der Provinz, den Opernabenden in Deutschland und Italien, den Bregenzer Festspielen. Und schließlich von der Volksoper. Inzwischen ist eine knappe Stunde vergangen. Unsere Gläser sind leer. Die Pistole ruht in seinem Schoß. Sein Zeigefinger ist noch immer am Abzug. Christopher bestellt eine zweite Runde Champagner, ehe er mir seine Geschichte erzählen will. Als ob mich diese interessieren würde!

Er sei früher auch an der Oper gewesen, eröffnet er mir mit Pathos in der Stimme. An der Wiener Staatsoper … Seine dramaturgische Pause nutze ich, indem ich ihn überrascht anblicke, wie er es vermutlich von mir erwartet. Er schmunzelt. Sein Medizinstudium habe er sich als Billeteur an der Staatsoper finanziert, klärt er mich schließlich auf. Ich kann nicht anders als auflachen. Einige Gäste blicken zu uns herüber. Die meisten Kaffeehauslogen sind inzwischen besetzt. Größtenteils mit Opernpublikum. Die eine Hofratswitwe tuschelt der anderen etwas zu. Beide lächeln mich an. Warum hilft mir keiner? Wieso kommt niemand von denen auf die Idee, dass ich hier längst nicht mehr sitzen dürfte? Wenn ich jetzt abhaue, könnte ich die Premiere gerade noch schaffen. Aber dafür mein Leben riskieren? Nervös nippe ich am Champagner.

Er habe alle Großen an der Staatsoper gesehen, erzählt Christopher weiter. Den Carreras, die Caballé, Domingo, Pavarotti … Seine Augen funkeln voller Leidenschaft. Ich heuchle Interesse, lasse ihn weiterreden. Auf diese Weise kann ich hoffentlich sein Vertrauen gewinnen, und er lässt mich gehen. Meine Mobilbox platzt sicher schon aus allen Nähten. In der Oper müssen sie mich doch längst verzweifelt suchen. Viel Zeit bleibt ihnen nicht mehr, mich zu finden.

Herr Rudolf serviert die dritte Runde Champagner. Die ersten Gäste winken ihn zum Zahlen herbei, um demnächst in die Volksoper aufzubrechen. Christopher redet noch immer auf mich ein. Über Puccini weiß er mehr, als ich ihm zugetraut habe. Ich warte auf eine Atempause, frage, ob ich auf die Toilette gehen dürfe. Christopher sieht auf die Uhr, lächelt. Er lasse mich kurz austreten, wenn ich nicht zu fliehen versuche. Noch seien wir hier nicht fertig.

Im Rücken spüre ich seine Blicke, die mich verfolgen. Von der Loge aus kann er die Toilettentür überwachen. Vielleicht kommt mir eine andere Dame in ihrer Notdurft zur Hilfe. Oder mir fällt doch noch ein Ausweg ein, sobald diese Waffe nicht mehr auf mich zielt. Fieberhaft denke ich nach. Minuten vergehen wie Stunden. Könnte die Pistole nur eine Attrappe sein? Mit einem Schussattentat im Café Weimar würde Christopher doch niemals davonkommen. Was, wenn ihm das egal ist? Soll ich es riskieren, einfach an ihm vorbeizulaufen? Oder noch einmal versuchen, möglichst unauffällig Herrn Rudolfs Aufmerksamkeit zu gewinnen? Bloß wie? Meine Gedanken drehen sich im Kreis. Schneller und schneller.

Als ich mir schließlich die Hände wasche, habe ich noch immer keinen Plan, wie ich Christopher entkommen kann. Bis auf weiteres bin ich ihm wohl ausgeliefert. Ich spüre Tränen in mir aufsteigen. So hilflos wie in diesem Augenblick habe ich mich lange nicht mehr gefühlt. Noch einmal atme ich tief durch, schlucke die Tränen hinunter. Ängstlich öffne ich die Tür.

Meine Loge ist leer.

Christopher ist weg.

Ich kann es kaum glauben.

Keine alten Hofratswitwen. An deren Stelle andere Gäste.

Kein Oberkellner Rudolf weit und breit.

Der Albtraum scheint vorüber zu sein.

Einfach so.

Auf dem Weg zu meinem Tisch spricht mich der junge Kellner Fritz an. Ob ich noch einen Wunsch habe, will er wissen. Wortlos schüttle ich den Kopf. Ich kann es noch immer nicht fassen. Habe ich mir alles nur eingebildet? Die SMS? Christopher? Die Pistole? Fünf Jahre lang hatte ich keine Wahnvorstellungen mehr. Seitdem ich in Behandlung bin und Psychopharmaka nehme. Verwirrt lasse ich mich auf die Polsterbank sinken, versuche meine Gedanken zu ordnen. Das Lampenfieber, die Übelkeit am Morgen, die spontane Entleerung meines Magens. Die Tabletten konnten gar nicht wirken! Ich sehe auf die Uhr. In zwölf Minuten beginnt die Premiere. Camilla wird an meiner Stelle die Turandot singen. Was soll ich jetzt bloß tun? Ratlos greife ich zu meinem Glas, kippe den prickelnden Rest in einem Zug hinunter. Der Champagner! Niemals würde ich vor einer Aufführung Champagner trinken!

Schlagartig wird mir übel. Mein Herzschlag galoppiert, setzt aus. Ich ringe nach Luft. Und versinke in der schwarzen Watte, die mich umgibt. Ich kann nichts dagegen tun.

Wohltuende Wärme umfängt mich.

Da ist ein Tunnel. An dessen Ende gleißendes Licht, das mir unendliche Liebe, ewiges Glück und eine nie gefühlte Geborgenheit verspricht.

Ein letztes Mal blicke ich hinab. Alles entspricht den Nahtodberichten, die ich bisher immer angezweifelt habe. Ich schwebe über meinem Körper, sehe, wie mich der Kellner von der Bank auf den Boden befördert. Verzweifelt ruft er dem Pikkolo zu, er möge einen Notarzt verständigen.

Dann beugt er sich über mich, um meinen Puls zu fühlen. Lass es gut sein, Herr Fritz!

Auf einmal wird mir klar, dass Christopher kein Wahnbild war. Und dass Camilla alles andere als heilig ist. Sie hat ihn angestiftet, mich zu beseitigen, um wieder Primadonna assoluta zu sein. Jetzt erinnere ich mich auch, die beiden Arm in Arm auf der Kärntner Straße gesehen zu haben. Er ist der neue, viel zu alte Liebhaber an ihrer Seite. Aber das ist nun nicht mehr wichtig. Es spielt auch keine Rolle, dass Christopher den Champagner in meiner Abwesenheit vergiftet hat, ehe Herr Rudolf vor dem Schichtwechsel abkassieren kam. Gift ist allemal diskreter, als mein Blut im Café Weimar zu vergießen. Die Chancen stehen gut, dass mein Mörder und seine Anstifterin niemals überführt werden.

In wenigen Minuten wird Christopher seinen Platz am Balkon der Volksoper einnehmen, Camilla den meinen auf der Bühne. Möglich, dass die Premiere auch ohne mich ein fulminanter Erfolg wird. Egal. Lächelnd wende ich mich von meiner leblosen Hülle ab, dem Tunnel zu und schreite dem Licht entgegen.

Café-Restaurant Weimar
1090 Wien, Währinger Straße 68, *www.cafeweimar.at*

Stefan Slupetzky

Halsknacker

Duell am Heumarkt

Der Polivka sitzt müde auf der Couch und zappt sich durchs Abendprogramm. Es ist kurz vor neun; auf allen Sendern wird fleißig gemordet und aufgeklärt. Inspektor Columbo hat noch eine Frage, Harry holt schon mal den Wagen, Monk klaubt ein Fussel von seinem Jackett. Der Polivka zappt weiter, ärgerlich und immer ärgerlicher. Schließlich zahlt man auch als Krimineser seinen Fernsehbeitrag, und was bekommt man geboten? Nichts, was man nicht vor dem Dienstschluss auch schon hatte, nichts als seinen Job. So, als würde ein Grubenarbeiter seine hart verdiente Kohle für Dokumentarfilme über den Bergbau verpulvern.

Neun Uhr. Auf dem Bildschirm untersucht ein Pathologe Hautpartikel eines Serienkillers, die er dem Mageninhalt eines Goldfischs entnommen hat, in dessen Glas die Tatwaffe (eine halbautomatische Glock) gefallen war. Polivkas Handy läutet: Ohne Krimi geht die Mimi nie ins Bett. Diesen Klingelton hat der Polivka dem Kommissariat zugeordnet, allerdings weniger aus humoristischen Gründen als aus solchen beruflicher Selbstüberlistung: Um die ungeliebte Melodie nicht länger hören zu müssen, hebt er ab, der Polivka.

Als eine der am eifrigsten befahrenen Durchzugsachsen Wiens führt der Heumarkt vom Schwarzenbergplatz an der östlichen Flanke des Stadtparks entlang Richtung Donaukanal. An manchen Stellen, so etwa im Bereich seiner Kreuzung mit der Johannesgasse, fächert er sich stolz zur achtspurigen Autobahn auf: ein hässliches, stinkendes Zeugnis dafür, dass die Stadtplanung nicht den Flaneuren, sondern den Chauffeuren dient. Der Heumarkt ist aber nicht immer so ein Menschenfeind gewesen. Durch seine Nähe zum Zentrum und durch seine Lage am Stadtpark zählte er einst zu den beliebtesten Wohnadressen Wiens. Von dieser Ära zeugt auch noch das eine oder andere alteingesessene Lokal: durchwegs verwitterte Schönheiten und gebrechliche, gedemütigte Helden.

Vor dem Haus am Heumarkt Nummer 15 rotieren die Blaulichter. Der Polivka steigt ächzend aus dem Wagen und betrachtet die Biedermeierfassade. Kein Schild, kein Schriftzug lässt darauf schließen, dass das Erdgeschoß dieses Gebäudes ein Kaffeehaus beherbergt. Der Polivka schlägt seinen Mantelkragen hoch (das hat er im Fernsehen gelernt) und betritt das Café am Heumarkt.

Er findet sich in einer luftigen, weitgehend schmucklosen Halle wieder, in einem jener L-förmigen Säle, wie sie alten Wiener Ecklokalen eigen sind. Vor einer mächtigen, zentral platzierten Marmorsäule röchelt eine hochbetagte Kühlvitrine vor sich hin, die Wände sind braun patiniert. Zwei ramponierte Karamboltische scheinen von Zeiten zu träumen, in denen das Wörtchen Kultur noch nicht mit Hedgefonds und ungesättigten Fettsäuren assoziiert wurde. Es ist ein großes, altes Tier, dieses Kaffeehaus, und es trägt den unaufhaltsamen Niedergang seiner Spezies mit Gleichmut.

Der Polivka nestelt seine Zigaretten aus der Manteltasche, um sich eine anzuzünden – wo sonst, wenn nicht hier –, als ein Mann im weißen Arbeitskittel auf ihn zueilt und ihm einen Aschenbecher hinhält. »Net bös sein, gnä Herr, aber rauchen dürfen S' da herinnen net. Sie wissen scho, Umgebungsdings; wir san ja gesetzlich verpflichtet ... Noch dazu, wo wir das Haus heut voller Kieberer haben.«

»In Ordnung«, seufzt der Polivka und dämpft die Zigarette aus, »wo sind denn die Kollegen?«

»Wen meinen S' 'leicht? Welche Kollegen?«

Der Polivka seufzt noch einmal. »Ich bin der Oberkieberer.«

Die Kollegen befinden sich in einem kleinen, unwirtlichen Extrazimmer neben den Toiletten. An der Tür signalisiert ein Etikett, dass man in dieser Kammer sogar noch Tabak verbrennen darf – ein skandalöser Zustand in Zeiten der modernen Fettsäurekultur. Auf einem Sessel mitten im Raum sitzt die Leiche: ein blasses, zerknittertes Männchen in dunklem Jackett und schneeweißem Hemd. Sein graumelierter Kopf ist tief auf seine Brust gesunken. Blut ist keines zu sehen.

»Genickbruch«, brummt ein hagerer Kollege dem Polivka entgegen. »Sagt der Doktor jedenfalls.«

»Dir auch einen schönen Abend«, gibt der Polivka zurück. »Und wo ist er jetzt, der Doktor?«

»Weg. Daheim wahrscheinlich. Dafür hat er ja studiert, im Gegensatz zu unsereinem.«

»Und wer ist der Tote?«

»Karl Hudak«, antwortet da eine Stimme in Polivkas Rücken. Der weiße Arbeitskittel ist ihm unauffällig gefolgt; er steht im Türrahmen und steckt sich eine Zigarette an. »Der Hudak«, sagt er jetzt und bläst eine Rauchwolke aus, »ist Stammgast bei uns, seit ich denken kann. Also seit immer.«

»Jetzt nimmer.« Der Polivka zieht einen Stuhl heran und setzt sich. »Wann ist er denn heute gekommen?«

»Gegen Mittag, wie üblich. Er hat sich die Zeitungen geschnappt und sich da hinten hereingesetzt. Früher, da hat er noch vorn seinen Stammplatz gehabt, gleich neben dem Ofen.«

»Verstehe. Und wer war heut noch da herinnen?«

»Fast niemand. Schauen S' doch selbst«, der Kellner deutet durch die Glastür in den leeren Gastraum, »wir sind nicht mehr gefragt bei den Leuten. Die Heutigen gehen zuerst ins Fitnessstudio und dann in irgendeine durchdesignte Multivitaminbar, und die Gestrigen wollen nix wie ihre Ruh von diesem überkandidelten Schnickschnack. Nur, zur Ruh gehört halt auch, Sie wissen schon …« Der Kellner hält die Zigarette hoch.

»Wo gehen sie denn stattdessen hin, die Gestrigen?«, fragt der Polivka, der bei Vernehmungen nicht selten abzuschweifen pflegt.

»Die bleiben z' Haus und schauen ins Fernsehkastel.«

»Ah, so. Das klingt … traurig.« Der Polivka räuspert sich leise. »Sie haben also g'sagt, fast niemand war hier hinten beim Herrn Hudak. Was heißt *fast*?«

»Na, abgesehen von meiner Wenigkeit war heut nur eine Dame da.«

»Und wer war die Dame?«

»Eine von der reiferen, um nicht zu sagen, fossilen Art. Schlohweiße Haar', und ein G'schau wie die bucklige Welt. Zuerst hat sie vorn bei der Budel ein Krügerl getrunken. Dann hat sie mich g'fragt, wo hier für Raucher ist, und hat sich da herein verfügt.«

»Für wie lang?«

»Ich weiß net. Eine Zigarettenlänge halt.« Der weiße Kittel zuckt die Achseln, dämpft seine Zigarette aus. »Wenn Sie mich jetzt entschuldigen …«

»Momenterl, bitte. Ihr Herr Hudak, was hat der normalerweise g'macht?«

»Na, was man halt macht im Kaffeehaus. Ein Mokka, ein Spritzer … Zu Mittag hat er fast immer das Einsermenü bestellt.«

»Ich meine, wenn er nicht bei Ihnen im Kaffeehaus war. Wenn er …«

»Der Hudak war immer da«, unterbricht der Kellner den Polivka. »Zumindest in den letzten dreißig Jahren.«

»Und davor?«

»Davor meistens auch. Nur im Sommer, da ist er am Eislaufplatz g'wesen.«

Der Polivka atmet tief durch und schließt die Augen. Er denkt an die Krimis im Abendprogramm. Er fragt sich, warum sich die Zeugenbefragung im Fernsehen so simpel gestaltet, viel einfacher als in der Praxis. »Am Eislaufplatz also. Im Sommer.« Ein Nicken: Der Polivka heuchelt Verständnis.

»Natürlich, gleich drüben im Eislaufverein. Sie wissen schon: Catchen am Heumarkt. Der Hudak ist bis gegen Ende der Siebziger Ringrichter g'wesen.«

Der nächste Vormittag bringt wenig Neues im Fall Karl Hudak. Die Identität jener schlohweißen Frau bleibt im Dunkeln; die Pathologie bestätigt die Todesursache – Genickbruch – und eine routinemäßige Befragung verschiedener Datenbanken fördert nicht viel Interessantes zutage: Hudak ist in Poysdorf aufgewachsen (wo seine Eltern ein Wirtshaus betrieben haben) und Mitte der Fünfzigerjahre nach Wien übersiedelt. Automechanikerlehre, keine politischen Aktivitäten. Später feste Anstellung in seiner Lehrwerkstatt in Meidling; eine kinderlose Ehe, allerdings ein kurzes Intermezzo, das durch den frühen Tod seiner Frau (Anna Hudak, geborene Jindrak, verstorben 1963 an Tuberkulose) sein Ende fand. Ende der Sechziger Kündigung seines bisherigen Arbeitsverhältnisses und Wechsel in den *Schaustellerbereich* – so steht es in den Akten. Anfang der

Achtziger, das heißt bereits mit vierzig Jahren, Rückzug ins Privatleben. Viele Fährten, keine Spur. Das Melderegister zeigt sich zwar kooperativ – es spuckt Hudaks Adresse aus –, aber weder die Durchsuchung seiner Wohnung im zweiten Bezirk noch die Befragung seiner Nachbarn führen zu verwertbaren Ergebnissen. Ein ruhiger Mensch soll er gewesen sein, ein angenehmer Nachbar, abgesehen von seiner Qualmerei. Der Polivka seufzt.

Im Internet schaut sich der Polivka am frühen Nachmittag diverse Filme an. Über den Heumarkt und seine Bedeutung für den europäischen Freistilringersport. Wobei ihm die Bezeichnung *Sport* schon bald zu hoch gegriffen scheint. Ein Zirkus, ja, durchaus artistisch, aber doch vor allem kurios. Dieser Haufen grotesker Kolosse, die sich brüllend, schnaufend, schwitzend aufeinanderstürzen, diese völlig entmenschten 2-Zentner-Primaten, grell und exaltiert in ihren Posen. Dazu dieses grölende, geifernde Publikum. »Reiß eahm die Brust auf und scheiß eahm ins Herz!«, vernimmt der Polivka aus den Computerboxen. »Prack eahm die Augen durchs Hirn, dann kann er mit sein' Oasch auf d' Uhr schauen!« Am öftesten ist aber folgender Ausruf zu hören: »Brich eahm's G'nack, Bua! Brich eahm's G'nack!«

Der Polivka tippt eine Nummer ins Handy. »Sei so gut und schau mir was nach, und zwar alle verfügbaren Adressen von ehemaligen Freistilringern. Du weißt schon: Catchen am Heumarkt … Na, vornehmlich wohnhaft in Wien, aber bitte schön nicht am Zentralfriedhof.«

»Es war eine herrliche Zeit, aber jetzt ist sie leider vorbei.« Gustav Watzinger lächelt versonnen; er fährt sich mit seinen noch immer gewaltigen Pratzen über die schimmernde Glatze. »Ich selber hab ja schon im 79er-Jahr das Handtuch g'worfen. Man soll aufhören, wenn's am schönsten ist.«

»Wieso am schönsten? Haben Sie was gewonnen damals? Irgendeinen Titel?« Der Polivka lässt seinen Blick durch das winzige Wohnzimmer Watzingers streifen: keine zur Schau gestellten Pokale, keine Medaillen, ja nicht einmal die unter Sportlern so beliebte Fotogalerie.

»Nein, g'wonnen hab ich nichts. Ich war ja der Böse im Ring, also der, den das Publikum verlieren sehen wollt'. Und was das Publikum sich g'wünscht hat, das war immer oberstes Gebot: Die Kämpfe waren natürlich vorher abgesprochen, bis ins Kleinste choreografiert. Das hat aber nichts an der sportlichen Note geändert, ganz im Gegenteil: So ist halt zur Athletik noch die Disziplin dazugekommen. Es ist gar nicht so leicht, einen Gegner gewinnen zu lassen, der dir heillos unterlegen ist.« Watzinger beugt sich schwerfällig vor, zieht eine Zigarette aus der Packung auf dem Tisch und steckt sie sich ins runzlige Gesicht. »Sie müssen sich das vorstellen: jeden Abend volles Haus, zehntausend, zwölftausend Leut', Herr Kommissar! Seinerzeit haben wir noch Extratribünen gehabt, bis hinauf zum Konzerthaus, aber die haben sie später dann abmontiert. In den Achtzigern sind ja die Zuschauer zunehmend ausgeblieben; der moderne Mensch will sich halt lieber z' Haus vorm Fernseher beschwindeln lassen. Im 98er-Jahr war's endgültig vorbei, das war die letzte trostlose Saison der Heumarktringer. Gut, dass ich's nicht mehr erleben hab müssen.«

Der Polivka raucht sich jetzt auch eine an. »Und der Hudak?«, fragt er. »Was war das für einer?«

»Der Hudak-Karl? Meiner Seel, was soll ich sagen? Wortkarg war er und ein bisserl verklemmt. Zum Beispiel hat ihm der Veranstalter einmal gesagt, dass sich die Schiedsrichter am Abend Schottenröcke anziehen sollen, das tät den Leuten draußen g'fallen. Der Hudak hat sich aber strikt geweigert. *Transvestiten kannst du dir woanders suchen,* hat er g'sagt, also hat am End ein anderer den Job gemacht.«

»Und deshalb ist er ausgestiegen aus dem G'schäft?«

»Nicht deshalb, nein. Ich glaub, er hat im Lotto g'wonnen oder irgendwas geerbt. Genau kann ich's nicht sagen, das war ja schon nach meiner Zeit.«

»Und Ihre früheren Kollegen? Haben Sie noch Kontakt mit denen?«

»Nein. Schon lang nicht mehr. Die meisten waren ja auch von auswärts: Der *wilde Mugumba* beispielsweise – der hat immer einen Gürtel angehabt, an dem so kleine Schrumpfköpfe gebaumelt sind –, der war in Wahrheit Italiener. Oder Jochen, *der Knochenbrecher* Schulze: ein Exmatrose aus Hamburg. Ich weiß gar nicht, ob die alle noch am Leben sind.«

Der Polivka zückt den Notizblock und blättert, bis er die richtige Seite gefunden hat. Nicht mehr als zwei Namen sind darauf vermerkt: sein Gegenüber Gustav Watzinger und … »Was ist mit dem Krutitz?«, fragt der Polivka. »Paul Krutitz. Das ist doch ein Wiener.«

Watzinger grinst. »Den gibt's noch, den Krutitz? *Pawel Gulag Krutnikow,* so hat er im Ring geheißen. Er war einer von den Bösen, so wie ich. Verfilzter Vollbart, dreckiges Trikot mit einem aufgenähten Sowjetstern. Wenn er die Leute angepöbelt hat, dann hat man seine Zahnlücken gesehen; die waren natürlich aufgemalt, mit einem schwarzen Stift. Der Krutitz ist mit einer Riesenflasche Wodka aufgetreten, jedenfalls ist das am Etikett gestanden, und das Publikum hat ihn dafür gehasst. Nach einem guten Griff – zum Beispiel einem Ohrenreiberl oder einem Nackenstaucher – hat er jedes Mal die Fäuste in die Luft gestreckt und seine Achselhöhlen beschnuppert. Ja, der Krutitz-Pauli … Sagen S', wie geht's ihm denn? Haben Sie ihn auch schon getroffen?«

»Noch nicht.«

»Dann lassen S' ihn doch bitte herzlich grüßen, wenn S' ihn sehen.«

Paul Krutitz also ist die letzte Spur einer Chance auf den Hauch einer Spur in der Mordsache Hudak. Dem Polivka hat Krutitz heute Nachmittag am Telefon gesagt, er sei – nach langen Jahren im Ausland – erst kürzlich wieder nach Wien übersiedelt. Er wohne deshalb noch zur Untermiete und sei nicht empfangsbereit; mit einem abendlichen Treffen im Kaffeehaus sei er aber einverstanden. Und so kommt es, dass der Polivka jetzt an den Ort der Tat zurückkehrt, in die Raucherkammer des Cafés am Heumarkt.

Pawel Gulag Krutnikow ist bereits da: Ein wohlbeleibter Greis im Tweedjacket, so sitzt er breit an jenem Tisch, auf jenem Stuhl, auf dem der Ringrichter Karl Hudak gestern hingerichtet worden ist. Auf Krutitz' Nase sitzt ein wackeliges Brillengestell, um sein gerötetes Gesicht wallt ein enormer weißer Bart. Kaum, dass der Polivka den Raum betreten hat, stellt er sein Krügel Bier ab und steht schnaufend auf. »Herr Kommissar?«

»Nur Polivka, Herr Krutitz. Polivka, ganz ohne Künstlername.«

Die Herren nehmen Platz; der Polivka bestellt ein Achtel Rot beim weißen Arbeitskittel. Man greift schweigend zu den Zigaretten.

»Ich gehe davon aus, dass Sie des Mörders noch nicht habhaft sind«, beginnt Paul Krutitz endlich das Gespräch, »was ich betrüblich finde, weil ich diesen Unhold gerne hinter Gittern sähe. Hudak war ein Mann, dem ich, wenn schon nicht Zuneigung, so doch Respekt entgegenbrachte.«

Der Polivka horcht auf. Dass sich ein Freistilringer namens Pawel Gulag Krutnikow mit so gewählten Worten ausdrückt, macht ihn staunen.

»Wenn ich also in der Lage bin, zur Lösung dieses Falls mein Scherflein beizutragen, will ich es mit Freuden tun.«

»Vielen Dank, Herr Krutitz. Sagen S' mir doch bitte erst einmal, ob Sie den Karl Hudak in der letzten Zeit gesehen haben.«

»Nein. Es hat sich, wenn ich mich nicht irre, vor drei Jahren zum letzten Mal ergeben, dass wir einander zu begegnen das Vergnügen hatten. Unsere Beziehung war sporadisch, auf dem Zufall aufgebaut. Wer Hudak suchte, wusste ohnehin, wo er zu finden war: in diesem Raum, an diesem Tisch.«

»Verstehe. Und die Catcher? Haben Sie mit dem einen oder anderen noch Kontakt?«

»Ich wüsste nicht, mit wem. Bis vor kurzem stand ich noch im brieflichen Verkehr mit Sam Wolinsky, einem gebürtigen Polen, der später nach Amerika gegangen ist. Aber Sam, der *Kinderfresser* Wolinsky ist bedauerlicherweise letztes Jahr verstorben.«

»Und der Watzinger? Der Gustav Watzinger?«

Paul Krutitz lächelt milde. »Unser Gusti … Nein, mit Gustav Watzinger bin ich seit vielen Jahren nicht mehr zusammengetroffen. Um der Wahrheit die Ehre zu geben: Der Kollege Watzinger war mir nicht zugetan.«

»Warum nicht?«

»Nun, es kommt bisweilen zu Animositäten, wenn sich Kämpfer gegenüberstehen. Die Sympathie ist auch bei rauen Männern nur ein zartes Pflänzchen.« Krutitz greift zu seinem Krügel, trinkt. »Sie müssen wissen«, fährt er fort und wischt sich den Bierschaum vom Mund, »dass das auch der Grund für seinen frühen Abschied vom Ringersport war. Im Sommer 1979 hat er einen Titelkampf verloren, und das, so scheint mir, hat er nicht verwunden.«

»Das versteh ich nicht. Ich dachte, dass die Kämpfe vorher abgesprochen waren.«

»Das waren sie in der Regel auch. Nur damals hat das Schicksal eben andere Wege eingeschlagen. Watzinger hätte gewinnen sollen, aber sein Gegner war einfach zu stark für ihn; er hat ihn in der Hitze des Gefechts vernichtet.« Krutitz grinst verschmitzt.

»Und dieser Gegner«, sagt der Polivka, dem jetzt ein Licht aufgeht, »sind Sie gewesen: Pawel Gulag Krutnikow.«

Paul Krutitz nickt. »Es war kein hochklassiger Kampf. Zuerst das übliche Geplänkel: Ohrenreiberl, Wampenklatscher und diverse Schmähungen. Erst in der dritten Runde sind wir zunehmend in medias res gegangen. Watzinger hat einen Armschlüssel angesetzt, den ich im Handumdrehen zu parieren in der Lage war. Worauf er es mit seinem unbestrittenen Paradegriff, dem Halsknacker versucht hat, der für diesen Zeitpunkt aber nicht von uns vereinbart worden war. Ich habe das als Kriegserklärung aufgefasst und Watzinger mit einem lupenreinen Ausheber über die Seile geschickt. Er ist nicht fachgerecht gefallen und, obwohl er augenblicklich wieder auf den Beinen war, benommen vor den Sitzreihen herumgetorkelt. Dabei hat er wüst das Publikum beschimpft, statt wieder in den Ring zu steigen. Also hat ihn der Kampfrichter ausgezählt und mir den Meistergürtel überreicht. Der Ringrichter war übrigens«, Paul Krutitz sieht den Polivka bedeutungsschwanger an, »kein anderer als Karl Hudak.«

»Hudak«, murmelt der Polivka. »Halsknacker«, fügt er gedankenverloren hinzu.

»Kollege Watzinger war außer sich vor Zorn, auch nachher in der Garderobe noch. Am nächsten Abend ist er ausgeblieben, auch am übernächsten. Erst drei Tage später hat uns der Veranstalter darüber informiert, dass unser Fräulein seinen Hut genommen hat.«

Der Polivka stutzt. »Unser … was?«, stößt er heftig hervor.

»Unser Fräulein, Herr Polivka. Das war sein Künstlername: *Gusti, unser Fräulein* Watzinger. Sein Markenzeichen waren Perücke, Schminke und Plisseerock, manchmal auch Tutu.«

»Mein Gott …«

»Mein Gott!«, ertönt es nun auch von der Tür her. »Sie ist wieder da, Herr Kommissar! Die Alte von gestern!«

Das Gesicht so farblos wie sein Kittel, hastet der Kellner herbei. Aber schon wird er rüde zur Seite geschoben und eine – man kann sie nicht anders bezeichnen – titanische Greisin betritt den Raum. Eine seidene Bluse, die sich über der monströsen Oberweite spannt, ein gefältelter Rock, aus dem knorrige, haarige Waden ragen. Ein bulldoggenhaftes Gesicht unter einer – zu weit in die Stirn gerutschten – schlohweißen Perücke.

Es ist Gusti, unser Fräulein Watzinger.

»Der Hudak und du, ihr habts mir den Titel g'stohlen!«, bellt Watzinger heiser. »Und dann hast du dich abgesetzt, du feige Sau! Seit dreißig Jahren wart ich drauf, dass d' endlich wieder z'rück nach Wien kommst, aber jetzt … jetzt hol ich mir, was mir gebührt! Brauchst gar nicht deppert glotzen, Krutnikow; jetzt hilft dir keiner mehr, schon gar nicht dein Freund Hudak, diese schäbige Figur. Der hat ja damals schon, nach seinem Fehlentscheid, sein jämmerliches Schwanzerl eingezogen. Jeden Abend nach den Kämpfen hab ich auf ihn g'wartet, draußen vor der Tür: ‚Na, Hudak, kleiner Halsknacker gefällig?' Zwei Saisonen, dann war er so weit, dann hat er dem Heumarkt Adieu g'sagt. Und gestern … ja, gestern der Welt.«

»*Sie* waren es«, konstatiert der Polivka. »*Sie* haben ihn umgebracht.«

»Ich hab ihn ein bisserl umarmt, aber leider: Er war halt dagegen allergisch. Der Hudak hat ja immer schon was gegen Herren in Damenkleidern gehabt, und wenn's auch nur ein Schottenrockerl war.«

Der Polivka steht auf. »Herr Watzinger, Sie sind verhaftet«, sagt er feierlich.

Gustav Watzinger bedenkt den Polivka mit einem kurzen, abfälligen Blick; dann geht er langsam auf Paul Krutitz zu.

»Bleiben S' stehen, Herr Watzinger!«, versucht es der Polivka noch einmal. Watzinger antwortet nicht. Es ist Paul Krutitz, der an seiner Statt das Wort ergreift.

»Nur einen Augenblick«, sagt Krutitz. Er erhebt sich mühevoll von seinem Sessel, windet sich aus dem Jackett, nimmt seine Brille ab und zieht sich dann mit elegantem Griff die dritten Zähne aus dem Mund. Mit einem schwer verständlichen »Wenn Fie fo freundlich wären« drückt er dem Polivka Gebiss und Brille in die Hand.

»Ja, bravo! Hat sich der Krutnikow einen neuen Genossen gefunden!« Gustav Watzinger entledigt sich nun gleichfalls seines Zahnersatzes und versenkt ihn in Polivkas Rotweinglas. »Jepf paff gut auf, Genoffe Gulag, ich reiff dir die Eier aus!«

Er ist ja nun kein ausgesprochen körperlicher Mensch, der Polivka. Und seine Dienstwaffe hat er, wie meistens, zu Hause gelassen. Also muss er tatenlos zusehen, wie die beiden wackeligen Alten in den Clinch gehen, wie sie ihre bläulich geäderten, zittrigen Hände ineinanderkrallen. Unser Fräulein startet bald den ersten Angriff; es bekommt den langen Bart von Pawel Gulag Krutnikow zu fassen, zerrt daran und presst dem Gegner seinen linken Ellenbogen ins Genick. Krutnikow röchelt, sein Blick geht ins Leere. Aber irgendwie gelingt es ihm, sich wieder hochzustemmen; mit gesenktem Kopf dringt er auf unser Fräulein ein, um ihm die Schulter in den Bauch zu rammen. Watzinger taumelt zurück, während Krutnikow die Fäuste in die Luft streckt und den Kopf zur Seite dreht, soweit es die Arthrose eben zulässt.

»Er beschnuppert seine Achselhöhlen«, murmelt der Polivka, der mittlerweile wieder Platz genommen hat. Krutitz' Gebiss auf dem Schoß, so sitzt er jetzt neben dem Kellner, um den Kampf der geriatrischen Giganten zu verfolgen.

Unser Fräulein ist inzwischen unter beträchtlichen Mühen auf einen der Tische geklettert; es richtet sich schwer atmend auf. »Und jepf bekommf du deinen Gnadenftoof, Genoffe Gulag!« Watzinger nimmt Maß, rückt vorsichtig bis an die Kante vor – und springt. Er hat jedoch nicht mit der Flinkheit des Gegners gerechnet: Während er noch in der Luft schwebt, trippelt Pawel Gulag Krutnikow mit einigen hastigen Schritten zur Seite. Unser Fräulein flattert, unser Fräulein kreischt. Mit einem lauten Knirschen kracht es auf die Bretter. Krutnikow wartet nicht lange; sogleich ist er wieder zur Stelle, er kniet sich ungelenk und ächzend auf den Boden und wälzt sich dann über den reglosen Körper unseres Fräuleins, um es in den Schwitzkasten zu nehmen. Nach schier endlosen Sekunden ohne Gegenwehr ergreift er Watzingers erschlaffte Hand und klatscht damit auf die Parketten: zweimal, dreimal – der Kampf ist zu Ende.

Er wäre auch so zu Ende gewesen. Eine Viertelstunde später stellen die vom Polivka geholten Sanitäter den Tod Gustav Watzingers fest. Fraktur des zweiten Halswirbels, so lautet die Diagnose.

»Sehen Sie sich gezwungen, mich jetzt festzunehmen?«, fragt Paul Krutitz (der die dritten Zähne unterdessen wieder in den Mund geschoben hat) den Polivka.

»Das wird wohl zu vermeiden sein. Ich wüsste keinen Ort, an dem das Recht auf Notwehr angebrachter wär' als hier am Heumarkt.«

Krutitz nickt. Er reicht dem Polivka die Hand und wackelt durch den Gastraum des Cafés dem Ausgang zu. Als er die Karamboltische erreicht hat, bleibt er stehen und zündet sich bedächtig eine Zigarette an. Erst dann verlässt er das Lokal.

Er ist ein großes, altes Tier, dieser Genosse Pawel Gulag Krutnikow, und er trägt den unaufhaltsamen Niedergang seiner Spezies mit Gleichmut.

Der Polivka sieht ihm noch lange nach. Und seufzt.

Café Am Heumarkt
1030 Wien, Am Heumarkt 15

Gerhard Loibelsberger

Der Granat

Ein Kaffeehauskrimi aus dem Jahr 1909

Hurerei und Bigamie!«, fluchte Joseph Maria Nechyba leise, als ihm beim Tarock im Café Sperl sein ›Mond‹ vom ›Gstieß‹[1] abgestochen wurde. Dies war insofern ärgerlich, als er einen Tarock 3er[2] spielte und diesen fetten Stich unbedingt benötigt hätte, um das Spiel zu gewinnen. Zusätzlich ärgerlich war, dass es nach einem ›Mondfang‹[3] immer eine Runde mit doppeltem Einsatz zu spielen galt. Der Redakteur Leo Goldblatt, ein langjähriger Freund Nechybas und Mitspieler, hob eine Augenbraue und murmelte:

»Beherrschen S' Ihnen, Nechyba. Schließlich sind wir nicht allein da …«

Er machte eine Kopfbewegung in Richtung des aufgeweckten Buben, der unmittelbar hinter ihm stand und mit feuerroten Wangen die Tarockpartie mitverfolgte. Der Knabe hieß Ignaz und war der Sohn eines weiteren Mitspielers, des Handelsagenten Alfons Witte. Vierter Mann

1 die zwei höchsten Karten im Tarock

2 Ein Spieler, in diesem Fall Nechyba, spielt alleine gegen die anderen 3. Deshalb 3er.

3 Wenn im Spielverlauf die zweithöchste Karte (Mond) von der höchsten Karte (Gstieß) gestochen wird, hat der Gstieß den Mond gefangen (= Mondfang).

in der Tarockrunde war der Cafetier des Sperl, Adolf Kratochwilla. Er nahm Nechyba in Schutz:

»Na, ich kann das schon verstehen. Es ist ja wirklich unglaublich, was wir für eine Pechsträne haben. Fortuna schenkt ihre Gunst heute ausschließlich dem Herrn Handelsagenten.«

Damit warf er sein Blatt auf den Tisch, griff zu seinem Portemonnaie und zahlte Witte seinen Gewinn aus sowie einen Bonus für den ›Mondfang‹. Kratochwilla wollte nicht mehr. Er stieg aus. Nechyba und Goldblatt taten es ihm gleich, und Witte strich mit zufriedenem Grinsen einen Gewinn von über zehn Kronen[4] ein. Er winkte dem Marqueur, beglich die Konsumation für sich und seinen Sohn, verabschiedete sich und verließ, begleitet von seinem Filius, das Kaffeehaus. Nechyba blickte ihnen nach und zwirbelte seinen Schnauzbart:

»Ich weiß nicht … Irgendetwas stimmt da net. Seitdem der Herr Witte im Sperl verkehrt und hier tarockiert, gewinnen wir anderen fast keine Partie mehr. Dabei hab ich heut aufgepasst wie ein Haftelmacher, aber er hat net falsch g'spielt. Irgendetwas stimmt trotzdem nicht …«

Kratochwilla schnaufte zustimmend und rief dem Piccolo zu.

»Geh Karli! Bring uns drei Cognacs. Aber französische!«

Als die Herren andächtig an der edlen Spirituose nippten, meinte Goldblatt:

[4] Mittlere Beamte wie Nechyba verdienten um 1910 rund 125 Kronen im Monat.

»Ich bin ja heut seit längerer Zeit wieder einmal im Sperl und hab mit dem Witte das erste Mal tarockiert. Aber dass ich an einem Nachmittag so viel Geld verlier, passiert mir selten.«
»Der Bub ist ganz nett«, brummte Kratochwilla. Und Nechyba ergänzte:

»Nett und aufgeweckt. Trotzdem würde ich ihn nicht dauernd ins Kaffeehaus mitnehmen. Wenn ich einen Buben in dem Alter hätte, würde er daheim sitzen und lernen. Dass einmal was wird aus ihm. Das Tarockspielen lernt er sowieso später, wenn er erwachsen ist …«

»Der Bub ist ein Phänomen. Andere in seinem Alter interessieren sich noch nicht fürs Kartenspiel. Trotzdem ist er ein guter Junge. Immer still und diszipliniert. Kein vorlauter Kiebitz, der blöd redet und einem am Ende auch noch Spieltipps gibt. Ganz brav steht er da und schaut uns zu. Ein wirklich wohlerzogener Bursche …«

Nechyba ignorierte Goldblatts Lobeshymne auf den Buben. Er war mit seinen Gedanken ganz woanders. Er beugte sich zu Goldblatt vor und fragte:

»Was halten S' davon, wenn Sie das nächste Mal, wenn wir mit dem Witte tarockieren, nicht mitspielen? Vielmehr setzen Sie sich als Kiebitz hinter ihn und schauen ihm ganz genau auf die Finger …«

Goldblatt kratzte sich seinen kahlen Schädel und nahm einen Schluck Cognac. Statt Goldblatt antwortete Kratochwilla:

»Nechyba, das ist eine ausgezeichnete Idee. Ich hoffe, der Herr Redakteur ist einverstanden?«

Dieser brummte: »Normalerweise spiel ich lieber selber mit, als dass ich zuschau. Aber in diesem Fall könnte das Zuschaun auch ganz schön spannend werden …«

Ein paar Tage später war es so weit. Witte, Kratochwilla, Nechyba und der Fuhrwerksunternehmer Karl Malotta setzten sich zu einer Tarockrunde im Café Sperl zusammen. Goldblatt, der bald nach Spielbeginn dazukam, nahm sich einen Stuhl und setzte sich unmittelbar hinter Witte. Diesen schien der hinzugekommene Kiebitz nicht zu stören. Im Gegenteil: Immer wieder lehnte er sich zu Goldblatt zurück, zeigte ihm seine Karten und plauderte mit ihm. Wieder war die Glücksgöttin einzig und allein dem Herrn Witte hold und Goldblatt war ausgesprochen froh, dass er nicht als Spieler am Kartentisch saß. Denn Witte gewann diesmal sogar 14 Kronen. Wiederum verließ er, gefolgt von seinem braven Sohn, kurz nach Beendigung des Spiels das Kaffeehaus. Der vierschrötige und bärbeißige Malotta knurrte:

»Was der für ein Massel hat … Normalerweise haben das nur Betrüger. Aber der Kerl hat, so weit ich ihm auf die Finger g'schaut hab, ehrlich g'spielt. Herr Redakteur, was sagen Sie? Sie sind ja die ganze Zeit sein Kiebitz g'wesen.«

»Ich hab keine Unregelmäßigkeit und keine Taschenspielertricks g'sehn. Tut mir leid, aber der Witte scheint wirklich so viel Massel zu haben …«

Malotta schüttelte den Kopf, zahlte und meinte bei der Verabschiedung:

»Das nächste Mal spiel ich wieder mit ihm. So lang, bis ich einmal g'winn. Und wenn ich ihm jemals draufkommen sollte, dass er falsch spielt, dann gnade ihm Gott. Dann brech ich ihm net nur die Finger, sondern auch das G'nack[5]! Habe die Ehre, meine Herren!«

Nechyba, der als Inspector des k. k. Polizeiagenteninstituts keine Häuser verdiente, war ganz blass. Er nippte an seinem doppelten Mokka, beugte sich über den Tisch zu Goldblatt und sagte:

»Wir bräuchten eine objektive Überwachung dieses Herrn. Eine Photokamera zum Beispiel. Die Bilder von ihm schießt. So dass man sich nachher in aller Ruhe und mehrmals hintereinander anschau'n kann, was Witte mit seinen Händen und Fingern beim Spielen so treibt.«

Während Kratochwilla zustimmend nickte, ging ein Ruck durch Goldblatt. Seine Augen leuchteten auf und ein maliziöses Lächeln machte sich in seinem Gesicht breit:

»Ausgezeichnete Idee, Nechyba. Eine Photokamera ist gut, aber eine Filmkamera wäre besser.«

Nechyba zuckte zusammen. Denn der einzige Mensch in Wien, den er kannte, der eine Filmkamera bedienen und auch Filme drehen konnte, war Johann Schwarzer. Seines Zeichens Eigentümer, Produzent, Kameramann und Regisseur der Saturn Film. Eine Firma, die ausschließlich

[5] Genick

erotische Machwerke produzierte. Nechyba hatte letztes Jahr eine Razzia in der Saturn Film durchgeführt und sie vorübergehend geschlossen.[6] Aus unerklärlichen Gründen durfte Schwarzer aber wieder aufsperren und weiterhin Schmutz und Schund produzieren.

»Vergessen S' das, Goldblatt. Ich möchte mit dem Schwarzer nichts zu tun haben.«

Kratochwilla, der die Vorgeschichte kannte, da eine ehemalige Sitzkassierin des Café Sperl darin verstrickt war, meinte sachlich:

»Ich finde, diese Idee ist einen Versuch wert. Stellen wir hier im Kaffeehaus eine Kamera auf und ich erzähl meinen Gästen, dass ich einen Film über das Café Sperl produzieren lasse. In Wahrheit dreht der Herr ... dieser Herr ... Scherzer oder wie er heißt ... nur den Witte beim Kartenspiel.«

Kreischend versteckte sich das nackte Mädel. Sie verschwand hinter der Voute, die als Hintergrund für den in Arbeit befindlichen Film diente. Johann Schwarzer, dessen Kopf unter dem schwarzen Tuch hinter der Kamera versteckt war, hörte erschrocken mit der Kurbelei des Filmdrehens auf und stolperte über das Dreibein des Kamerastativs. Als er Nechyba sah, setzte es ihn vor Schreck auf den Hintern. Die Augen weit geöffnet stammelte er:

[6] Siehe „Reigen des Todes", Gmeiner 2010.

»Nein! Nicht … nicht schon wieder Sie …«

Nechyba, der mit leichenbitterer Miene das Atelier betreten hatte, musste nun grinsen. Schwarzer, der dies als Ausdruck puren Sadismus interpretierte, rutschte auf dem Hosenboden vom Inspector weg; hin zu einer Tür, die in einen Nebenraum führte.

»Ich komm freiwillig mit aufs Kommissariat. Ich mach auch eine Selbstanzeige … aber lassen S' bitte die Einrichtung in Ruhe und die Kleine lassen S' bitte laufen.«

Nechyba blieb ruhig in der Mitte des Ateliers stehen und sagte nun ohne zu grinsen:

»Steh auf Schwarzer. Ich muss mit dir reden.«

Auf einem Sessel lagen die ärmlichen Kleidungsstücke des Mädchens: ein verwaschenes Strickjackerl, ein abgetragenes Kleid, ein Unterhemd und Wollstrümpfe. Nechyba nahm den Sessel und stellte ihn hinter die Voute. Dann sagte er in väterlichem Tonfall:

»Komm, zieh dich an und verschwind.«

Das Mädl antwortete mit zitternder Stimme:

»Jawohl, Herr Kommissär!«

»I bin Inspector. Aber des ist eh wurscht …«, grantelte Nechyba, und zu Schwarzer sagte er:

»Wo können wir uns hinsetzen und in Ruhe reden? Du musst mir nämlich einen Gefallen tun …«

Schwarzer, der mittlerweile aufgestanden war, lachte bitter:

»Ihnen einen Gefallen tun?«

Als er sah, dass sich Nechybas Miene schlagartig verdüsterte, murmelte er:

»Nix für ungut. Gemma in die Küche und red ma halt …«

In der Küche saßen die beiden Männer einander eine Zeitlang schweigend gegenüber. Plötzlich schlug Schwarzer mit der flachen Hand auf den Küchentisch und sagte in aggressivem Tonfall:

»Wie kommen Sie eigentlich auf die Schnapsidee, mich um Hilfe zu bitten? Sie haben mich letztes Jahr eingesperrt und mein Geschäft nachhaltig gestört. Und jetzt bitten Sie mich um einen Gefallen? Sind Sie meschugge?«

Nechyba bekam einen knallroten Schädel, die Zornadern schwollen an und er beugte sich wie eine kampflustige Bulldogge zu Schwarzer vor. Der zuckte zurück. Nechyba unterdrückte sein Verlangen, dem Sexfilmproduzenten ein paar schallende Ohrfeigen zu verabreichen. Mit zusammengebissenen Zähnen knurrte er:

»Ich sag dir was: Wenn du mir net hilfst, werden wir halt andere Saiten aufziehen. Ich mach dir Schwierigkeiten, dass dir Hören und Sehen vergehen.«

Schwarzer stand auf und ging nervös in der Küche hin und her.

»Und? Was ist das für ein Gefallen, um den Sie mich bitten?«

Nechyba schaute vor sich auf den Küchentisch, wo sein rechter Zeigefinger mit ein paar Brotbröseln spielte. Ohne aufzublicken gab er folgende Erklärung:

»Es geht um einen Falschspieler. Er agiert so geschickt, dass wir ihm nicht auf die Schliche kommen. Deshalb haben wir die Idee gehabt, ihn beim Spiel mit einer Kamera auf die Finger zu schauen. Vielleicht können wir ihn dadurch überführen … «

»Ein Skandal ist das! Net einmal seinen Kaffee kann man in Ruhe trinken … «, grantelte ein weißhaariger Oberst von der nahen Kriegsschule. Sonst war die Stimmung jedoch gut. Als es sich herumgesprochen hatte, dass im Café Sperl gefilmt werden würde, strömten die Adabeis und Habakuks[7] aus dem gesamten Gretzel[8] herbei, um ja nichts zu versäumen. Kratochwilla schmunzelte zufrieden ob des Besucherandrangs. Er wieselte mit seinen Kellnern durch die Menge, nahm Bestellungen auf und servierte so manchem Gast sogar die Melange, den Fiaker[9] oder den Kaffee verkehrt[10] persönlich. Mitten im Lokal hatte Schwarzer ein etwa einen halben Meter hohes Podest aufgebaut. Darauf stand das dreibeinige Stativ, auf dem sich die Kamera befand. Schwarzer kletterte immer wieder auf das Podest, verschwand mit Oberkörper und Kopf unter dem schwarzen

7 Gaffer, Wichtigmacher

8 städtisches Viertel

9 kleiner Schwarzer mit einem Schuss Rum oder Kirsch

10 kleiner Schwarzer in einem großen Glas mit viel heißer, aufgeschäumter Milch (Caffè Latte)

Tuch hinter der Kamera und begann zu drehen. Dazwischen war er der begehrte Gesprächs- und Auskunftspartner für die zahlreichen Neugierigen. Als der Handelsagent Witte in Begleitung seines wohlerzogenen Sohnes das Kaffeehaus betrat, runzelte er die Stirn. Kratochwilla begrüßte Witte freundlich und wollte ihn an dem Podest vorbei zu dem für ihn reservierten Kartentisch führen. Doch dieser zögerte. Er machte zwei Schritte zurück und winkte ab:

»Da ist mir heute zu viel los … Ich glaub ich komm erst am Donnerstag wieder.« Als er sich umdrehen und gehen wollte, stürzte sich Nechyba auf ihn, packte ihn am Ellenbogen und sagte dröhnend laut:

»Der beste Tarockspieler der Stadt will wegen dem bisserl Wirbel nicht spielen? Das kann ich mir nicht vorstellen!«

Zahlreiche Besucher starrten nun den besten Tarockspieler der Stadt an und Kratochwilla rief in die Menge:

»Meine Herrschaften, darf ich Ihnen vorstellen: Herr Alfons Witte. Handelsagent und begnadeter Tarockierer. Ein Mann, gegen den ich praktisch noch nie gewonnen habe …«

Ehrfürchtiges Raunen und gedämpfter Applaus waren zu hören. Zu dem Handelsagenten gewandt fuhr Kratochwilla schmeichelnd fort:

»Herr von Witte, ich bitte Sie, geben Sie uns eine Demonstration Ihrer überlegenen Tarockierkunst!«

Ob des Lobs war Witte rot geworden. Schließlich nickte er ernst und schritt bedächtig an der Kamera vorbei auf den freien Spieltisch zu. Da sich gleich mehrere Vorwitzige darum stritten mit dem besten Tarockierer der Stadt ein Spielchen zu wagen, konnten Nechyba und Kratochwilla diskret im Hintergrund bleiben. Und es kam, wie es kommen musste: Der Fuhrwerksunternehmer Malotta, der Fleischhauer Mostbichler und der Baumeister Böhm, die sich allen anderen vorgedrängt hatten, verloren im Laufe der nächsten zwei Stunden die stattliche Summe von zwölf Kronen und 56 Heller an den Handelsagenten. Nechyba blieb während dieser Zeit neben dem Podest stehen und assistierte Schwarzer, der fleißig kurbelte, beim Austausch der Filmrollen. Wie immer streifte Witte ohne mit der Wimper zu zucken den Gewinn ein, bezahlte seine Konsumation, grüßte allseits höflich und verließ, gefolgt von seinem Sohn, das Café Sperl. Schwarzer baute seine Kamera samt Stativ und Podest ab, wobei ihm Nechyba zur Hand ging. Als alles fein säuberlich geschlichtet beim Eingang stand und sich die Neugierigen allmählich verflüchtigt hatten, setzten sich die beiden Männer an einen kleinen Tisch, der sich unmittelbar neben den Billardspielern befand.

»Was wollen S' denn trinken? Ich lad Sie ein!«

Schwarzer war erstaunt. Dass Nechyba ihn plötzlich nicht mehr duzte und darüber hinaus auch noch einlud, überraschte ihn. Er bestellte ein Viertel Weiß und ein Glas Mineralwasser. Nechyba schloss sich dieser Bestellung an. Schweigend tranken die beiden Männer und lauschten dem Klacken der Billardkugeln. Plötzlich beugte sich Nechyba zu Schwarzer vor und sagte mit leiser Stimme:

»Ganz gleich, ob wir auf den Filmrollen was finden oder nicht. Eines möcht ich sagen: Dankschön, für die Mühe und den Aufwand! Das werd ich Ihnen nicht vergessen …«

Keuchend und schwitzend stiegen Joseph Maria Nechyba, Leo Goldblatt und Adolf Kratochwilla im Haus Arenbergring N° 15 die Stiegen zum Dachatelier empor. Vor dessen Eingang verschnauften sie. Als sie sich einigermaßen erfangen hatten, läutete Nechyba. Da niemand antwortete, läutete Nechyba noch einmal; diesmal länger und insistierend.

»Ich komm ja eh schon!«, erklang Schwarzers Stimme aus den Tiefen des Ateliers. Eilige Schritte näherten sich. Schwarzer machte die Tür auf, betrachtete die Herren mit missmutigem Blick und grantelte:

»Wenn ich gewusst hätte, wie viel Arbeit das ist, hätt ich mich nie auf diese G'schicht eingelassen …«

Nechyba antwortete betont freundlich:

»Aber gehen S'! Sind S' doch nicht so z'wieder. Schaun S', ich hab ein Flascherl Trebernen[11] mitgebracht. Da können wir uns bei Ihnen einen Kaffee kochen, den wir uns dann mit dem Schnaps spritzen.«

»Was, einen Kaffee wollen S' auch bei mir trinken? Hätt ich mich nur nie auf diese G'schicht eingelassen …«

[11] Tresterschnaps; wird aus Pressrückständen der Weintrauben gewonnen

Nun mischte sich Kratochwilla ein:

»Mein lieber Herr Schwarzer, regen S' Ihnen nicht auf. Das nächste Mal, wenn Sie ins Sperl kommen, sind Sie mein Gast. Da können Sie so viel Kaffee, Schnaps, Wein und Bier trinken, wie Sie wollen.«

Schwarzer quittierte diese Einladung mit einem gepressten »Ich werd mir's merken« und führte die drei Herren in sein geräumiges Büro. Die Jalousien waren heruntergezogen, auf einem kleinen Ecktisch stand ein Filmvorführgerät. Eine Schreibtischlampe sowie eine Stehlampe neben dem Filmprojektor sorgten für eine schummrige Beleuchtung. Nechyba, Goldblatt und Kratochwilla setzten sich auf die drei in einer Reihe stehenden Stühle. Schwarzer schaltete den Filmprojektor ein, der ein grell leuchtendes Rechteck auf die gegenüberliegende leere, weiße Wand warf. Der Projektor fing zu rattern an, und es waren der Handelsagent Witte, sein Sohn Ignaz sowie die Mitspieler Malotta, Mostbichler und Böhm beim Tarockieren zu sehen. Nechyba konzentrierte sich auf Witte. Je länger die Filmaufnahmen liefen, desto enttäuschter wurde er. Nichts, rein gar nichts konnte er an Wittes Spiel entdecken, das zu beanstanden gewesen wäre. Im Gegenteil: freundlich und entspannt saß Witte da, spielte absolut korrekt, pflegte höfliche Konversation mit seinen Mitspielern und bedachte seinen Sohn des Öfteren mit einem väterlich prüfenden Blick. Als die Filmrolle zu Ende war, blieben alle schweigend sitzen. Schließlich stand Nechyba auf und sagte:

»Also ich hab nix g'sehen. Ich brauch jetzt einen Schnaps. Schwarzer, haben Sie Schnapsglasln in der Küche?«

Der nickte, stand auf und verließ den Raum. Kurze Zeit später kam er mit vier dickwandigen Stamperln zurück, die Nechyba blattlvoll einschenkte. Schweigend stießen die Männer an und tranken. Nechyba sagte:

»Als dann! Schau ma uns die zweite Filmrolle an ...«

Schwarzer legte sie ein und wieder zeigten die Bilder einen korrekt spielenden und ständig gewinnenden Witte. Plötzlich räusperte sich Schwarzer. Zögernd sagte er:

»Ich bin ja weder Polizist noch ein besonders eifriger Tarockspieler. Aber eines scheint mir evident zu sein: Der Herr Handelsagent und sein Söhnchen sind das klassische Granat-Kosak-Duo[12] ...«

Kratochwilla lachte laut auf:

»Was? Der brave Bub soll ein Falschspieler sein?«

Nechyba war wie vom Donner gerührt. Er sagte jedoch kein Wort und beobachtete nur mehr den Buben. Und tatsächlich: Als Erstes fiel ihm auf, dass der Bub mit Streichhölzern agierte. Einmal hielt er eines hoch, dann zwei. Nun schob er sich ein Streichholz in den linken Mundwinkel, dann hielt er ein Streichholz waagrecht. Schließlich befand sich das Streichholz in seinem rechten Mundwinkel, dann zupfte er sich am Ohrläppchen oder tupfte sich an den Nasenflügel. Und immer wieder streifte der väterliche Blick den Buben. Was Nechyba vorher als Wahrnehmung

[12] Granat und Kosak: Alt-Wiener Gaunerausdrücke für professionelle Falschspieler

der väterlichen Aufsichtspflicht erschienen war, entpuppte sich nun als fragender Blick. Zusätzlich registrierte Nechyba, dass der Bub ständig seinen Standplatz hinter Wittes Mitspielern wechselte.

»Hurerei und Bigamie!«, fluchte der Inspector diesmal laut. »Ich bin so ein Rindvieh, dass mir das nicht selbst aufgefallen ist. Wie hab ich den Lausbuben nur für einen armen Patschachta[13] halten können? Der Rotzer[14] ist tatsächlich der Kosak vom Witte.«

Als die zweite Filmrolle abgespielt war, herrschte betroffenes Schweigen. Diesmal brach Goldblatt den Bann. Er griff zu Nechybas Schnapsflasche und schenkte eine Runde ein. Die Männer tranken und Goldblatt bemerkte lakonisch:

»Wir Menschen scheinen nur das zu sehen, was wir sehen wollen. In dem kleinen Ignaz Witte haben wir alle den braven Buben und das Waserl[15] gesehen. Erst Herr Schwarzer hat als Außenstehender bemerkt, dass er ein mit allen Wassern gewaschener Falschspieler ist.«

Da Witte an diesem Nachmittag, so wie an jedem Donnerstagnachmittag, ins Sperl tarockieren kam, eilten Nechyba, Goldblatt und Kratochwilla zurück ins Kaffeehaus. Nechyba

[13] hilfloser Typ
[14] Kurzform für Rotzbub
[15] harmloser, junger Mensch

stürmte als Erster ins Sperl, wobei er in einen großen, vogelgesichtigen Mann hineinrannte, der das Kaffeehaus gerade eilends verließ. Nechyba murmelte eine Entschuldigung, doch der Vogelgesichtige nahm davon keinerlei Notiz und ging einfach weiter. Kratochwilla, der hinter Nechyba war, grummelte: »Die Leute werden immer hektischer und unhöflicher …«. Nechyba war das wurscht. Er betrat das Café und sein Blick strich, Witte suchend, über die zahlreichen Gäste. Zu seiner Enttäuschung sah er nur den jungen Witte, der brav auf einem Sessel neben einem Kartentisch saß und ein Limonadeglas in der Hand hielt. Nechyba stürmte auf den Buben zu. Kratochwilla folgte ihm und fiel ihm in den Arm, als er den Buben beim Genick packen wollte.

»Nechyba, ich bitt Sie! Machen S' keinen Bahöö[16]. Kommen S' mit dem Buben nach hinten, in die Wirtschaftsräume des Kaffeehauses.«

Nechyba nickte. Barsch forderte er Ignaz Witte auf, das Limonadeglas auf ein benachbartes Tischchen zu stellen und ihm und dem Cafetier zu folgen. Der Bub zog den Kopf ein und trottete hinter Kratochwilla und vor Nechyba an der Sitzkassierin vorbei. Brav folgte er den beiden Männern in den Gang, von dem es rechts zu den Toiletten und links in die Küche ging. Sie gingen geradeaus weiter, an der Mehlspeisküche und den Umkleideräumen des Personals vorbei. Hier hinten war das Lager des Kaffeehauses. Rechter Hand stand eine Tür offen und man sah Regale, die mit Kaffee-

16 Lärm

und Zuckersäcken, Flaschen, Gläsern und allerlei anderem betriebsnotwendigen Dingen vollgeräumt waren. Nechyba packte den Buben beim Genick und drückte ihn grob gegen einen Stapel von Kaffeesäcken.

»Du Rotzpipen[17], du!«, fauchte er, »du hast uns die ganze Zeit ang'schmiert[18] beim Tarockieren. Indem du den Kosak von deinem Vater gespielt hast. Mit Streichhölzern und allen möglichen Gesten. Am liebsten würde ich dir das G'nack brechen!«

Tränen schossen dem Buben in die Augen und er schluchzte:

»Tun S' mir nix! Ich geb ja eh alles zu!«

»Und? Wo is dein feiner Herr Papa?«

»Das is ja gar net mein Vater. Weil mei Herr Vater is schon lange tot. So wie mei Frau Mutter. Der Herr Witte hat mich von der Straß'n aufgelesen, wo ich mich herumgetrieben hab. Er hat mich zu sich heimg'nommen und mir die ganzen Zeichen für die einzelnen Karten beigebracht.«

»Und wo ist der feine Herr Witte jetzt?«

»Der is aufs Klo gangen …«

Nechyba drückte die schmächtige Gestalt, die lautstark den Rotz aufzog, Kratochwilla in die Hände und ging den schmalen Gang zu den Toiletten vor. Er öffnete die Tür und trat in den Vorraum. Keine Menschenseele weit und breit. Er riss die Tür, die zu den ›Herren‹ führte auf, doch

[17] anderer Ausdruck für Rotzbub
[18] betrogen

auch vor dem Pissoir stand niemand. Er holte tief Luft und rüttelte an der Kabinentür des Herrenklos. Zu seiner Verwunderung ging sie auf. Jedoch nicht ganz, denn etwas blockierte. Nechyba drückte die Tür energisch auf und ein lebloser Körper fiel ihm entgegen. Der Inspector fluchte. Vor ihm lag Witte. Sein feiner Anzug war zerfetzt und blutgetränkt. Jemand hatte den Handelsvertreter mit unzähligen Messerstichen umgebracht.

Energisch schloss Nechyba die Wohnungstür auf. Mit dem Schlüssel, den er in Wittes Hosentasche gefunden hatte. Die Adresse der Wohnung hatte ihm Ignaz Witte, der eigentlich Pepi Pospischil hieß, verraten. Der Inspector betrat ein längliches Vorzimmer, das auch als Küche diente. Von hier führten zwei Türen in Nachbarzimmer. Durch die Erste, die sich gleich vis-à-vis der Eingangstür befand, gelangte man in ein schmales Kabinett mit einem ebenso schmalen Bett; offensichtlich das Kinderzimmer. Nechyba schloss diese Tür, durchquerte die Küche und betrat den zweiten Raum. Er diente als Wohn- und Schlafzimmer. Nechyba griff zu einer Petroleumlampe, nahm den Glaszylinder ab, zündete ein Streichholz an, wartete geduldig, bis der Docht ordentlich brannte, und stülpte dann den Glaszylinder über. Im Schein der Lampe begann er nun systematisch den Kasten, das Bett, die beiden Kommoden und den Diwan zu durchsuchen. Unter der Diwanpolsterung wurde er schließlich fündig. Er zog eine schmale Ledermappe hervor. Sie enthielt erstaunlich viel Bargeld sowie eine Reihe von Dokumenten. Sie alle lauteten auf Gustav Jerzabek.

»So hieß der feine Herr Witte also wirklich … «, murmelte Nechyba. Leise pfiff er durch die Zähne, als er auch den Entlassungsschein aus einer Strafanstalt, der auf den Namen Gustav Jerzabek lautete, vorfand. Plötzlich hörte er ein Geräusch. An der Wohnungstür machte sich jemand zu schaffen. So wie es sich anhörte, hatte dieser Jemand keinen Wohnungsschlüssel. Nechyba löschte die Petroleumlampe. Das Schloss sprang auf, die Eingangstür quietschte. Behutsame Schritte in der Küche, dann wurde eine Tür geöffnete und wieder geschlossen. ›Das Kinderzimmer … ‹, dachte Nechyba. Jetzt kamen die Schritte näher. Die Schnalle der Wohnzimmertür wurde heruntergedrückt, die Tür ging langsam auf. Ein großer Schatten betrat das Zimmer. Nechyba stand ganz an die Wand gepresst und hielt die Luft an. Der Mann ging einige Schritte vor. Nechyba atmete tief durch und sagte mit dröhnender Stimme:

»Polizei! Bleiben Sie stehen. Beugen Sie sich vor. Stützen Sie sich mit beiden Händen auf der Tischplatte ab!«

Der Mann erstarrte. Nechyba trat hinter ihn. Plötzlich wirbelte der Kerl um die eigene Achse. Das Klicken eines Springmessers. Die blitzende Klinge schoss auf Nechyba zu. Ein brennender Schmerz auf der linken Seite. Nechyba packte den Arm und riss ihn herum. Eine kräftige linke Hand packte ihn an der Gurgel. Nechyba trat gegen das

Schienbein seines Gegners. Ein Schmerzensschrei. Nechyba konnten den Arm mit dem Messer von sich wegdrehen. Mit seinem ganzen Gewicht stemmte er sich nun gegen den Mann und schob ihn, einer Dampfwalze gleich, durchs Zimmer. Mit einem wütenden Schrei stieß Nechyba den wankenden Körper mit aller Gewalt an die Wand. Da er dabei die Hand des Kontrahenten festhielt, rammte er die Stahlklinge in dessen Bauch. Der Köper des Mannes sackte zusammen. Nechyba trat einen Schritt zurück. Der Oberkörper rutschte an der Wand herunter. Nechyba ging schnaufend zur Petroleumlampe. Mit zitternden Fingern und noch immer schwer atmend zündete er sie an. Er nahm die Lampe und ging zu dem am Boden liegenden Mann. Plötzlich erkannte er dessen Visage. Es war der vogelgesichtige Kerl, der ihn im Eingang des Café Sperl angerempelt hatte. Nechyba kniete sich ächzend zu ihm hin und untersuchte die Verletzung. Das Messer steckte nicht im Bauch, sondern links unter dem Rippenbogen. Nechyba murmelte:

»Ein Herzstich … verdammt noch einmal!«

Als Nechyba mühsam schnaufend aufstand, öffnete der Schwerverletzte die Augen. Sein Blick traf Nechyba und ein dünnes Lächeln umspielte seine Lippen. Mit großer Anstrengung sagte er:

»Ich bin a Pechvogel. Selbst jetzt, wo ich den Jerzabek hamg'schickt[19] hab, hab i weiterhin nur Pech. Statt an sei-

[19] umgebracht

nen Schotter[20] komm ich an einen Kiberer. Noch dazu an so einen Riesen … «

Nechyba fragte ruhig:

»Was hast mit dem Jerzabek zu tun g'habt?«

Ganz leise kam die Antwort:

»Jahrelang war er mein Granat und ich sein Kosak. Bis wir einmal auf einen Kerl g'stoßen sind, der ein unglaubliches Massel g'habt hat. Der wollt uns aussackeln. Da hat der Jerzabek g'sagt: Da hast mein Mann[21]. Stich ihn ab! Dafür bin ich etliche Jahre Couvert machen[22] gangen. Während der Jerzabek sich vor Gericht erfolgreich an mir abgeputzt hat und nur ganz wenig Schmalz[23] ausg'fasst hat.«

»Und? Jetzt wie du rauskommen bist, hast den Jerzabek g'sucht und ihn abg'stochen?«

Ein geisterhaftes Lächeln huschte über das Gesicht des Sterbenden:

»Jawohl! Weil einmal muss ein jeder bezahlen. Auch ein Granat …«

20 Geld
21 Messer
22 als Häftling in der Kuvertproduktion der Strafanstalt Stein arbeiten
23 Strafe

Cafe Sperl
1060 Wien, Gumpendorfer Straße 11, *www.cafesperl.at*

Raoul Biltgen

Liebe Katharina Kafka

Wien, den 11. Juli 2011

Liebe Katharina Kafka,

zum wiederholten Mal habe ich jetzt den Roman »Schön tot« gelesen, welcher Ihre Erlebnisse rund um die Frauenmorde im Wiener Bezirk Margareten schildert. Dass ich Ihnen schreibe und nicht etwa der Autorin des Buches, wie man es ja eigentlich annehmen müsste, hat zwei Gründe: Zum einen sind Sie es, die es mir angetan hat. Der Roman ist gut geschrieben, keine Frage, aber vor allem hat mich die Stärke gefesselt, die Sie – nachdem Ihr Freund Orlando fast zu Tode gekommen war – beim Versuch, den Mörder zu überführen und dingfest zu machen, bewiesen haben, und dies ganz ohne Rücksicht auf die eigene Sicherheit. Tatsächlich fand ich es äußerst faszinierend, wie sehr Sie die Gefahr, in die Sie sich begeben haben, ignorierten. Jeder andere Mensch wäre doch zur Polizei gelaufen und hätte sich anschließend feig in seinen eigenen vier Wänden verschanzt, in der Hoffnung, verschont zu bleiben. Nicht so Sie. Ich gehe davon aus, dass es genau dieser Umstand war, der auch die Autorin auf Sie hat aufmerksam werden lassen, um sich Ihrer Geschichte für ihren Roman zu bedienen. Zum anderen, das muss ich zugeben, wäre es mir nicht nur eine Ehre, sondern auch eine überaus große Freude, Sie persönlich kennenlernen zu dürfen. Welch eine Wohltat war es doch für mich, in diesem Buch über eine Frau zu lesen, die sich nicht von den tatsächlich oder im übertragenen Sinn übergriffigen Männern unterbuttern lässt, die weiß, was sie will, die, entschuldigen Sie den platten Ausdruck, ihren Mann steht. Und wann hat man schon die Gelegenheit, einer jener Personen im tatsächlichen Leben zu begegnen, die sich doch sonst immer anonym hinter dem schönen, den Buchdeckel zierenden Satz »Beruhend auf wahren Begebenheiten« verstecken.

Allerdings ist es mir wichtig, dass Sie diesen meinen Brief nicht als einen der vielen Fanbriefe von liebestollen Teenagern oder liebesbedürftigen Alten missverstehen, wie sie wahrscheinlich zu Hunderten in Ihrem Postkasten landen, weshalb ich darauf verzichtet habe, auch noch von Ihrer Schönheit zu schwärmen, auch wenn mich diese, sofern sie dem entspricht, wie es im Buch »Schön tot« geschildert wird, ebenso sehr angesprochen hat.

Tatsächlich aber schreibe ich Ihnen, weil ich Ihnen mitteilen möchte, dass ich durch gewisse Umstände auf Dinge aufmerksam geworden bin, die in einem Zusammenhang mit den Geschehnissen im Buch stehen und über die ich gerne mit Ihnen persönlich sprechen möchte. Und das, was ich Ihnen zu berichten habe, ist tatsächlich von äußerster

Wichtigkeit und gehört nicht in einen Brief, der vielleicht in die falschen Hände gerät.

Deswegen möchte ich an dieser Stelle nicht mehr verraten und bitte Sie, mich unter beigefügter Telefonnummer zu kontaktieren.

In dringender Erwartung Ihres Anrufs verbleibe ich hochachtungsvoll

Ihr Raoul Biltgen

P.S.: Würden Sie mir mein Exemplar von »Schön tot« signieren?

Wien, den 18. Juli 2011

Liebe Frau Kafka,

abermals schreibe ich Ihnen, da Sie mich bisher nicht angerufen haben. Dabei ist doch schon eine Woche vergangen. Vielleicht hat Sie mein erster Brief ja gar nicht erreicht? Ich habe ihn mit der Angabe »Zu Handen Frau Katharina Kafka« an den Verlag geschickt, doch möglicherweise wurde er ja nicht an Sie weitergeleitet, weshalb ich bereits am vergangenen Mittwoch eine Kopie desselben an die Autorin von »Schön tot« geschickt habe. Zur Sicherheit werde ich auch diesen Brief an beide Adressen schicken.

Sollten Sie ihn aber doch erhalten haben, möchte ich noch einmal darauf hinweisen: Dies ist kein Fanbrief. Zumindest nicht nur. Vielleicht habe ich mich im letzten Brief missverständlich ausgedrückt. Es geht nicht um die Befriedigung von rein persönlichen Wünschen meinerseits, es geht um viel mehr. Wenn ich doch nur sicher sein könnte, dass Sie und niemand anderer diesen Brief in die Finger bekommt, würde ich Ihnen selbstverständlich gleich alles sagen, was ich Ihnen sagen will, ja, sagen muss, doch sehe ich die deutliche Gefahr, dass ich Ihnen dadurch nur noch größere Unannehmlichkeiten bereite. Nein, »Unannehmlichkeiten« klingt eindeutig zu harmlos: Ich möchte Sie warnen! Wovor oder vor wem, kann ich, wie gesagt, nur Ihnen direkt mitteilen.

In der Hoffnung, Sie mögen mich alsbald anrufen, verbleibe ich
mit freundlichen Grüßen

Ihr Raoul Biltgen

P.S.: Wenn es Ihnen unangenehm ist, Autogrammwünsche per Post zu erhalten, vergessen Sie diese meine Bitte einfach.

Wien, den 22. Juli 2011

Liebe Frau Kafka,

Ich sitze gerade im Gastgarten des Café Cuadro in Wien-Margareten. Gerne würde ich sagen, ich genieße die Sonne, doch ich habe mir ein Plätzchen im Schatten gesucht. Allerdings darf ich Ihnen mitteilen, dass der von Ihnen im Buch »Schön tot« hochgelobte Cuadro-Burger tatsächlich den Besuch hier wert ist. Ich muss aber zugeben, dass ich die Gurkenscheiben habe liegen lassen, da ich grundsätzlich keine Gurken mag. Dies tat aber dem Genuss des viereckigen Burgers keinen Abbruch.

Warum ich gerade im Cuadro sitze? Nun, da ich ja aus dem Roman weiß, dass Sie hier als Kellnerin arbeiten, habe ich gehofft, Sie hier abpassen zu können. Oh, das klingt jetzt vielleicht etwas zu, ich möchte fast sagen, brutal. Ich habe also gehofft, Sie hier anzutreffen, um mit Ihnen ins Gespräch zu kommen. Leider sind Sie nicht hier, keine Kellnerin weit und breit, die Ihnen auch nur im Entferntesten ähnlich sähe. Gut, Sie könnten einwenden, dass ich Ihnen noch nie leibhaftig begegnet bin, wie also sollte ich sie erkennen. Glauben Sie mir, ich kann, ich habe das Buch heute zum siebten Mal gelesen, ich weiß, wie Sie aussehen, ich weiß, wie Sie sich bewegen, wie Sie sprechen, ich würde Sie sofort erkennen, wären Sie hier.

Auch habe ich von den anderen Personen, die in »Schön tot« vorkommen, niemanden angetroffen, Orlando oder Tony oder wen auch immer, sonst hätte ich mich an sie gewandt. Nun gut, an Tony vielleicht nicht, da er mir nicht unbedingt besonders sympathisch ist, Orlando jedoch Vertrauen zu schenken, hätte ich keinen Augenblick gezögert. Aber kein Transvestit weit und breit, weder in Sisi-Kostümierung noch in einer anderen.

Ich werde noch eine Weile hier sitzen bleiben, in der Hoffnung, dass Sie vielleicht erst später Ihre Schicht antreten. Bis dahin verbleibe ich

mit freundlichen Grüßen

Ihr Raoul Biltgen

Wien, den 26. Juli 2011

Liebe Frau Kafka,

auch gestern und vorgestern waren Sie nicht im Cuadro. Ich habe einen Kellner angesprochen, ich weiß nicht, wie er heißt, denn er kommt eindeutig nicht in dem Buch vor, aber genau das war der Grund, warum ich mir dachte, ich könnte es wagen, ihn nach Ihnen zu fragen (weil er wohl eher nicht in die ganzen Geschehnisse rund um die damaligen Margaretner Frauenmorde verwickelt sein dürfte). Er ist etwa mittelgroß und schmächtig, blond, trägt einen Ring am linken Ohr, und unter seinem schwarzen Hemd hat am Hals die Ecke eines Tattoos hervorgeblitzt, vielleicht wissen Sie ja, wen ich meine. Der junge Mann war nicht unfreundlich, doch er hat mir keine Auskunft zu Ihnen respektive Ihrem Dienstantritt geben wollen. Ich betone das Wollen, ich hatte den starken Eindruck, dass er durchaus etwas wusste. Er meinte aber, dass er grundsätzlich keine Auskunft übers Personal gäbe. Ich weiß nicht, ob es mir nur so vorkam, aber seine Kolleginnen beäugten mich anschließend recht skeptisch. Was ich verstehen kann, schließlich saß da ein ihnen vollkommen fremder Mann und fragte nach einer Kollegin, das kann ja alles Mögliche bedeuten.

Trotz dieses gestrigen Misserfolgs sitze ich abermals im Cuadro und warte auf Sie. Den Burger habe ich in der Zwischenzeit in seiner dritten Variante ausprobiert, und ich kann mich nicht entscheiden, welche mir am liebsten ist.

Man könnte schon fast sagen, ich hätte hier einen Stammplatz gefunden: Wenn Sie in den Hof treten, finden Sie mich direkt an der rechten Mauer, ganz hinten.

Jetzt fällt mir ein, dass ich mich noch nicht beschrieben habe. Immerhin ist das wichtig, vielleicht haben Sie ja alle meine Briefe gelesen, doch sind Sie sich einfach nicht sicher, ob Sie mir trauen können. Dies zu beurteilen fällt natürlich leichter, wenn man eine Vorstellung davon hat, wie der Mensch aussieht. Also: Ich bin recht klein und trage meistens eine Baseballkappe, wenn nicht, bin ich an meiner Glatze zu erkennen. Hätte ich Haare, wären sie schwarz, ich habe sehr dunkle Augen und darüber, wie ich finde, schwungvolle dunkle Augenbrauen. Nun ja, und ich schreibe des Öfteren, wenn ich nicht gerade Burger esse oder »Schön tot« lese. Und was ich schreibe, das wissen Sie: Briefe an Sie.

Aber vielleicht ist es auch an der Zeit, etwas zu wagen. Wenn man bedenkt, wie sehr Sie sich während der Ereignisse, wie sie in »Schön tot« geschildert werden, in die Höhlen gleich mehrerer Löwen gewagt haben, um den Mörder zu finden, komm ich mir doch etwas feige vor. Glauben Sie mir, es ist nicht Feigheit, die mich immer wieder innehalten lässt, wenn ich dazu ansetze, Ihnen ausführlicher zu schreiben, es ist meine Angst um Sie, um Ihr Leben.

Bitte, ich wollte Sie nicht erschrecken, aber leider ist es so, ich befürchte das Schlimmste, das Allerschlimmste, und je mehr Zeit vergeht, desto größer wird die Gefahr. Für Sie.

Freundlichst
Ihr Raoul Biltgen

Wien, den 28. Juli 2011

Liebe Frau Kafka, Katharina,

Rufen Sie mich an!
Oder schreiben Sie mir!
Bitte!
Dringend!
Raoul Biltgen

Wien, den 29. Juli 2011

Liebe Katharina,

mein gestriger, recht kurz geratener Brief mag Sie erschreckt haben, weshalb ich Ihnen heute berichten möchte, was mich dazu gebracht hat, derart eindringlich zu werden.

Wie in der Zwischenzeit jeden Tag war ich auch gestern wieder im Cuadro, in der Hoffnung, Sie dort anzutreffen. Vorher bin ich schon an jenen Läden, die in »Schön tot« beschrieben werden, vorbeigegangen und habe durch die Fenster gelugt. Den kleinen Altwarenladen an der Ecke des Margaretenplatzes habe ich sogar betreten und mich nach Ihnen erkundigt, doch die Dame hat nur etwas unbeholfen aus der Wäsche geschaut und wollte mir nichts sagen. Nachdem ich meinen Burger gegessen hatte (die Chilivariante), suchte ich das Klo auf (nicht wegen des Chilis), wobei ich einen Blick in die Damentoiletten warf, wo ja der tätliche Angriff auf Orlando stattgefunden hatte, der Sie erst dazu gebracht hat, den Mörder aufspüren zu wollen, um so nicht nur ihrem Freund das Leben zu retten, sondern auch weitere Morde zu verhindern. Anschließend ging ich hinten durch den Durchgang zum angrenzenden Gastgarten des Silberwirten, als mir die Stelle ins Auge sprang, wo Sie, wenn ich so offen sprechen darf, Geschlechtsverkehr mit diesem Typen, Tony, hatten. Ich konnte nicht umhin, mir diese Szene, die doch recht anschaulich im Roman geschildert wird, vor Augen zu führen: wie sie da in der Nacht auf seinem Schoß gesessen sind, wie er in Sie eindrang, ohne Rücksicht auf Ihre Gefühle zu nehmen, wie Sie ihm einen Orgasmus vorspielten, um es endlich hinter sich zu bringen. Ich gebe zu, ich mag diesen Typen nicht, und es ist gut, dass er mir in diesem Moment nicht über den Weg gelaufen ist, ich weiß nicht, was ich gesagt oder vielmehr noch getan hätte. Überhaupt verstehe ich nicht, wie Sie sich diesem Menschen einfach so hingeben konnten, es tut mir in der Seele weh, ich kann es nicht anders sagen, wenn ich daran denke, wie Sie es zulassen konnten, dass ein solch ungehobelter, unguter Frauenverachter wie Tony Sie vergewaltigen konnte. Ja, Sie haben richtig gelesen, vergewaltigen, denn so ist es mir vorgekommen, als ich diese Episode las. Auch wenn er nicht der von Ihnen gesuchte Frauenmörder von Margareten war, so hätte auch er seine Strafe verdient. Ich kann nur hoffen, dass bei dieser Szene die Fantasie der Autorin mit ihr durchgegangen ist oder sie gedacht hat, eine Sexszene würde die Geschichte prickelnder machen, dass Sie aber, liebe Katharina, das gar nicht getan haben.

Sie merken, wie die Emotionen mit mir durchgehen.

Doch dann geschah Folgendes: Ebenjener Mensch, der in dem Buch nie leibhaftig vorkommt, tauchte im Gastgarten auf und sprach mich an. Sie wissen, von wem ich spreche: Gergely, der Besitzer des Cuadro und des ganzes Schlossquadrats. Nicht dass er sich mir vorgestellt hätte, aber sein Gesicht prangt ja gleich auf mehreren Zeitungsausschnitten, die in dem Durchgang, den ich gerade benutzt hatte, die Wände zieren. Er fragte mich, was ich denn da tue.

Und da habe ich einen sehr, sehr großen Fehler gemacht. Meine durch das Bild von Ihnen mit hochgeschobenem Rock und dem Glied eines mir gänzlich unangenehmen Menschen in Ihnen hervorgerufene Verwirrung brachte mich dazu, Gergely zu antworten, dass ich nach Ihnen suche.

Das hätte ich nicht tun dürfen.

Das hätte nicht passieren dürfen.

Gerade ihm gegenüber nicht.

Natürlich stellte er sich unwissend und fragte: »Nach wem?«, doch jetzt fasste ich mich wieder, murmelte etwas Unverständliches und machte mich aus dem Staub.

Doch dadurch habe ich die Gefahr, in der Sie schweben, ins Unemessliche gesteigert.

Und deshalb muss ich jetzt auch volles Risiko eingehen und meine eigene Sicherheit hintanstellen, um Sie zu retten.

Die Gefahr, vor der ich Sie nun schon seit einigen Tagen warnen möchte, geht von eben ihm aus, von Gergely, denn ich muss Sie leider, und damit möchte ich wirklich in keiner Weise Ihre überragenden Qualitäten als Detektivin schmälern, darauf hinweisen, dass Sie sich geirrt haben, was die Identität des Frauenmörders angeht, indem Sie glauben, dass er in der Person Angela Bischofs im Wienfluss den Tod gefunden hat. Dem ist leider nicht so, im Gegenteil, auch Angela Bischof ist ein Opfer des wahren Mörders, das letzte Opfer, das ideale Opfer für das perfekte Verbrechen, da er ihr die Schuld an den vorherigen Morden in die Schuhe schieben konnte, schließlich hatte sie genug Motive gehabt.

Und der wahre Mörder von Margareten ist: Stefan Gergely.

Ja, es stimmt, er ist es, ganz klar. Und er wird auch Ihnen nach dem Leben trachten, dessen bin ich mir sicher, denn er weiß ja, wie sehr Sie sich bemüht haben, die Margaretner Frauenmorde aufzuklären. Also müssen Sie ihm ein Dorn im Auge sein, den es zu entfernen gilt.

Und ich habe Beweise für meine Behauptungen.

Doch jetzt muss ich aufhören, Gergely hat gerade das Cuadro betreten, und es sieht so aus, als ob er es auch gleich wieder verlassen wird. Ich werde ihm folgen, allein schon für den Fall, dass er dahintergekommen ist, dass ich Sie nun schon seit einiger Zeit vor ihm warnen möchte, und sich nun auf den Weg macht, um sein Werk an Ihnen zu vollenden.

Ihr Raoul

Wien, den 31. Juli 2011

Liebe Katharina,

Ich hätte die ganze Sache anders angehen müssen, ich hätte niemals ins Cuadro gehen dürfen, denn dadurch habe ich Gergely doch erst darauf aufmerksam gemacht, dass die Sache für ihn noch lange nicht ausgestanden ist. Gut, als ich ihm vorgestern folgte, ist er nicht zu Ihnen gegangen, was mich beruhigt hat. Und doch, ich war derart besorgt um

Sie, dass ich ihn einige Stunden lang nicht aus den Augen gelassen und jeden seiner Schritte mit Argusaugen überwacht habe.

Ich bin verzweifelt.

Ich muss etwas unternehmen.

Ich muss Sie unbedingt ausfindig machen, bevor es zu spät ist. Ich werde versuchen, anhand des Buches herauszufinden, wo genau in Margareten Sie wohnen. Erschrecken Sie also nicht, wenn es an der Tür klingelt, ich bin es nur.

Ihr Raoul

Wien, den 2. August 2011

Liebe Katharina,

Wo stecken Sie? Warum melden Sie sich nicht? Der Hut brennt.

Ich werde verfolgt. Zwar nicht von Gergely selbst, dafür ist er natürlich zu gerissen, aber als ich mich gestern auf dem Margaretenplatz aufgehalten habe, das Buch in der Hand, die darin erwähnten Häuser suchend, trat aus dem Durchgang zum Gastgarten des Cuadro ebenjener Kellner, den ich schon einmal auf Sie angesprochen hatte. Doch anstatt dass er sich nach seiner Schicht auf den Nachhauseweg gemacht hätte, blieb er stehen. Und er beobachtete mich.

Versteckt, das versteht sich von selber, aber es war vollkommen klar.

Nur kurze Zeit später, ich hatte mich noch nicht entschieden, wie ich reagieren sollte, einfach weglaufen oder in die Offensive gehen, kam Gergely dazu und sprach ihn an. Gergely hat eindeutig den Kellner auf mich angesetzt. Und vielleicht nicht nur ihn?

Die Frage, die sich mir nun stellt, ist: Soll ich mich verstecken oder zum Angriff blasen?

Zu meiner eigenen Sicherheit verlasse ich von nun an das Haus nicht, ohne zumindest ein Küchenmesser eingesteckt zu haben. Ich überlege, mir eine Schusswaffe zu besorgen, weiß aber noch nicht, wie ich das am besten angehen soll.

Beste Grüße
Ihr Raoul

Wien, den 4. August 2011

Liebe Katharina,

in der Zwischenzeit grenzt es an Lächerlichkeit. Ich verfolge Gergely, Gergely lässt mich verfolgen. Gestern war ich stundenlang im fünften Bezirk unterwegs, und auch wenn ich niemand gesehen habe, hatte ich doch die ganze Zeit über das Gefühl, beobachtet zu werden. Gergely hat seine Fühler weit ausgestreckt, seine Helfershelfer lauern überall.

Ob sie von seinem mörderischen Treiben wissen oder ob es nur die finanzielle Abhängigkeit von ihm ist, da sie ja alle in einem seiner vielen Lokale angestellt sind, die sie zu seinen Komplizen macht, vermag ich nicht zu beurteilen. Ich hoffe auf Letzteres, denn sonst sehen wir uns einem Komplott unermesslichen Ausmaßes gegenüber, das aufzudecken ich alleine oder auch mit Ihrer Hilfe nicht imstande sein werde.

Aus diesem Grunde habe ich mich dazu entschlossen, die Karten auf den Tisch zu knallen und *all-in* zu gehen, wie es in der Pokersprache so schön heißt.

In »Schön tot« deutet alles auf Angela Bischof als Mörderin: Sie hat die Liebesgespielinnen ihres Mannes und jene Menschen, die von diesen Affären wussten, aus dem Weg räumen wollen. Am Ende versucht sie, in ihrem Skoda die hübsche Tamara zu überfahren, was ihr aber nicht gelingt. Stattdessen fährt sie, scheinbar vom Tatort flüchtend, die Pilgramgasse hinunter und landet im Wienfluss, wo sie den Tod findet. Womit die Mörderin auch gleich die angemessene Strafe für ihre Taten erhalten hätte.

Wohlweislich habe ich bisher nichts von meinen Beruf gesagt. Ich bin, oder eher war, Sachverständiger bei einer Versicherung, deren Name nichts zur Sache tut. Und in dieser Funktion hielt ich mich einmal in der Werkstatt des Skodahändlers auf, der ja ebenfalls in »Schön tot« erwähnt wird. Ein Angestellter unterhielt sich gerade mit einem Kollegen über ein dort abgestelltes, schwer beschädigtes Fahrzeug, welches bei einem Unfall in den Wienfluss gefallen sei. Dies ereignete sich nur kurze Zeit, nachdem ich den Roman zum ersten Mal gelesen hatte, und ich stellte dementsprechend sofort die richtigen Zusammenhänge her. Ich gebe zu, dass es meine ganz banale Neugier war, die mich dazu veranlasste, mir das Auto und den Schaden näher anzuschauen, eine *déformation professionelle*, wie der Franzose sagen würde. Mein geschulter Blick aber verriet mir, dass es sich keineswegs um einen Unfall handelte, denn es gab offensichtliche Spuren einer Manipulation an den Bremsschläuchen und wohl nicht nur an ihnen. Dass dies den Polizeiexperten nicht aufgefallen war, kann ich mir nur so erklären, dass es bewusst unter den Tisch fallengelassen wurde, da die ganze Sache mit der unappetitlichen Mordserie in Margareten ad acta gelegt werden sollte. Als ich meinen Chef über diesen Umstand informierte, untersagte er mir jegliche weiteren Nachforschungen, ich solle mich nicht »in etwas verrennen, das weder Hand noch Fuß hat«. Da mir meine Ehre als Sachverständiger aber gebot, die Hintergründe der Angelegenheit aufzuklären, hielt ich mich nicht an die Weisung meines Chefs. Was zu meinem Rausschmiss führte. Welche Räubergeschichten ich mir da wieder zusammenreimte, hieß es, und andere vollkommen ungerechtfertigte und hanebüchene Vorwürfe meine, wie sie meinten, überbordende Fantasie betreffend.

In der Zwischenzeit war Angela Bischofs Skoda natürlich (oder sollte ich sagen: wohlweislich?) verschrottet worden. Also nahm ich mir »Schön tot« wieder und wieder vor und analysierte alle Personen, alle Begebenheiten, alle Reaktionen, bis ich zu dem eindeutigen und unumstößlichen

Schluss kam, ja, kommen musste, dass Gergely der tatsächliche Mörder ist und er es war, der an Angela Bischofs Auto herumgewerkelt hat, um auch sie umzubringen. Wie ich darauf komme? Dass er sich mit Automechanik auskennt und dementsprechend die nötigen Kenntnisse zur Manipulation der Bremsschläuche mitbringt, schließe ich daraus, dass er einen antiken Traktor sozusagen als Spielzeug im Hof des Schlossquadrats stehen hat. Das Motiv für diese Taten war wohl, dass er sich eine Vergrößerung seines Imperiums versprach, und sei es nur durch die Aneignung des Würstelstands des ersten Mordopfers, eines Würstelstands, wie er ihn sich, wie er nicht müde wird, in Interviews zu betonen, schon seit langem wünscht. Zudem blieb er die ganze Zeit über im Hintergrund. Er taucht doch in »Schön tot« nie tatsächlich und in persona auf, oder? Haben Sie ihn überhaupt jemals getroffen? Nein. Ein Chef, der sich seiner Angestellten nicht ein einziges Mal zeigt? Das ist doch schon mehr als verdächtig. Von Anfang an ging er Ihnen aus dem Weg. Weil er Dreck am Stecken und Angst hatte, sich durch ein unbedachtes Wort oder auch nur ein Zucken mit den Augenbrauen im falschen Moment Ihnen gegenüber zu verraten, denn er wusste ja, dass Sie ermittelten, schließlich taten Sie dies ganz offen in all seinen Lokalen des Schlossquadrats. So aber konnte er nicht nur den Verdacht von sich ablenken, sondern auch die von ihm auserkorene neue Verdächtige aus dem Weg räumen.

So, nun ist es raus und damit ist die finale Schlacht eröffnet. Nun wissen Sie Bescheid. Aber nicht nur Sie, denn ich habe auch diesen Brief, wie alle vorangegangenen, sowohl an den Verlag wie an die Autorin des Buches geschickt. Ich habe mein Blatt gezeigt, nun ist es an Gergely zu offenbaren, was er noch alles auf der Hand hält.

Es ist mir sehr wohl bewusst, dass er mich jederzeit um die Ecke bringen kann, aber das Risiko ist es mir wert: Wird er mich jetzt töten, kommt die Wahrheit, die ganze Wahrheit, die Wahrheit über ihn und seine kriminellen Machenschaften ans Licht. Mich diesem Zweck – und der Rettung Ihres Lebens, liebe Katharina – zu opfern, ist mir Pflicht und Vergnügen zugleich, ich nehme die Sache in die Hand, das verspreche ich Ihnen.

Ihr Raoul Biltgen

Wien, den 6. August 2011

Liebste Katharina,

da ich ja nun sowieso zum offenen Kampf geblasen habe, bin ich entschlossen, Gergely aufs Äußerste herauszufordern. Deshalb befinde ich mich jetzt, da ich diese Zeilen schreibe, abermals im Cuadro (drinnen, denn es regnet), esse gemütlich, ja, bewusst provokant gelassen, einen Burger, lehne mich zurück und warte, was passiert. Und wissen Sie, was? Er beäugt mich schon die ganze Zeit, er weiß, wer ich bin, und ich weiß, er hat was vor. Und was er vorhat, das weiß ich auch: Er wartet auf die beste Gelegenheit, mich abzupassen, um mich zum Schweigen zu bringen.

Aber dem werde ich zuvorkommen. Ich habe mir über einen ehemaligen Kollegen aus der Versicherung einen Revolver besorgt. Ich gab vor, verfolgt zu werden. Womit ich ja nicht einmal gelogen habe. Vielleicht sollte ich mich, da sich das Cuadro nun langsam leert, zu den Toiletten begeben, schließlich hat er schon einmal versucht, ebendort zuzuschlagen. Nur dass es ihm beim zweiten Mal noch weniger gelingen wird.

Ich bin zu allem entschlossen.
Für Sie.

Ihr Raoul

Wien, den 27. August 2011

Liebste Katharina,

den Grund für mein längeres Schweigens kennen Sie ja, schließlich werden Ihnen die Schlagzeilen nicht entgangen sein, immerhin war ich ja in allen Nachrichten, wie man mir hier im Gefängnis berichtet. Aber den Nachrichten dürfen Sie nicht glauben. Sie müssen mir glauben, ganz alleine mir.

Ja, mein Anwalt kommt mir jeden Tag aufs Neue mit irgendwelchen psychologischen Gutachten, um meine Zurechnungsfähigkeit infrage zu stellen, aber ich weigere mich, bei dieser Scharade mitzumachen, denn ich weiß doch, was ich weiß, wie kann man mir da einreden wollen, dass es nicht so ist.

Nein, es kam am Abend meines letzten Briefes nicht ganz so, wie ich es mir ausgemalt hatte. Gergely hat mich nicht bis zum Klo verfolgt, stattdessen wartete er, bis der letzte Gast vor mir das Cuadro verlassen hatte, und setzte sich zu mir an den Tisch. Gut, dachte ich, wenn er eine Aussprache will, soll er sie haben, ich habe schließlich nichts zu verbergen. Und nichts zu verlieren. Er schon. Und zwar alles. Doch dann bat er eine Dame hinzu, die sich als Edith Kneifl vorstellte. Edith Kneifl? Woher kannte ich den Namen bloß? Sie kam meiner Frage zuvor: Sie sei die Schriftstellerin, die Autorin des Buches »Schön tot«. Sie, die Ihre Geschichte zu Papier gebracht hat, saß da, mir gegenüber, neben Gergely, dem Mörder von Margareten, und lächelte mich an. Und dann legte sie los. Ich kann die Worte nicht wiedergeben, denn bereits nach dem ersten Satz wurde mir schwindlig, die Welt um mich begann sich zu drehen, sie wurde schneller und schneller, sog mich in sich hinein wie in einen wirbelnden Strudel, der mich zerriss. Dass es Sie, Katharina, gar nicht gäbe, versuchte die Kneifl mir zu erklären, dass Sie lediglich eine erfundene literarische Figur wären, dass sie sich als Schriftstellerin all diese Geschehnisse nur ausgedacht hätte, dass es diese Frauenmorde in Margareten niemals gegeben hätte, dass dementsprechend auch Gergely kein Mörder wäre, gar keiner sein könnte, ja, dass sogar er ihr maßgeblich bei der Erarbeitung der Story geholfen hätte. Dass ich Fiktion und Realität durcheinander gebracht hätte. Dass sie das als Schriftstellerin zwar ehren würde, sie es aber doch nicht bei dieser meiner Fehleinschätzung bezüglich dessen, was wahr sei und was nicht, belassen könnte. Und dann knallte sie mir die Briefe auf den Tisch. Meine Briefe. Meine Briefe an Sie, liebste Katharina.

Das alles gar nicht wahr? Nur erfunden? Erstunken und erlogen? Sie, Katharina, nicht existent? Wie konnte das sein? Ich kannte Sie doch. Ich habe doch gelesen, was Sie erlebt haben. Mit wem. Und Gergely, dieser Gergely, er saß ja nun wirklich neben mir, neben Edith Kneifl. Und doch war auch er im Buch. War dann auch er nur eine Erfindung? Warum saß er dann da? Oder sah ich nun schon Gespenster? Wollte mir diese Schriftstellerin weismachen, Wahnvorstellungen zu haben? Aber es war doch Gergely, der sie an meinen Tisch gebeten hatte. Sie sagte, es wäre Gergely gewesen, der mit ihr über mich am Telefon gesprochen hätte, deshalb wäre sie gekommen. Um mich aus meiner Fantasiewelt herauszuholen, bevor ich mir oder jemand anderem Leid zufügte.

Aber die Frauen, schrie ich, diese Frauen, die sind doch tot.

Nein, sagte sie nur, diese Frauen gibt es gar nicht.

Wie können sie dann tot sein, wenn es sie nicht gibt?

Manchmal macht es Klick im Kopf, und es wird einem einfach alles klar. Das war so ein Moment. Es machte Klick, wirklich und hörbar machte es Klick, metallisch und scharf, und ich wusste, was ich tun musste. Ich stand auf und ging hinaus auf die Straße. Und da sah ich sie: Angela Bischof. Ich zog meinen Revolver, zielte und drückte ab. Ein schwarzrotes Loch klaffte, wo gerade noch ihr Gesicht war, dann fiel sie zu Boden. Ihr Körper hatte den Gehsteig noch nicht berührt, da sah ich Tamara, die schöne Tamara, die Hand vor den Mund haltend. Ich traf sie in die Brust. Dann Vera Navratil, Ilona, ich schoss sie beide nieder, bevor sie etwas sagen konnten. Orlando stieß einen schrillen Schrei aus, dann barst sein Schädel durch den nächsten Schuss, und eine weißliche Masse spritzte über die große Schaufensterscheibe des Cuadro. Schließlich stand als Letzter Tony da und schaute mich aus weit aufgerissenen Augen an. Ich drückte ihm die letzten beiden Kugeln in die Stirn und sah, wie er herumwirbelnd umfiel und auf Orlando liegenblieb. Es stank nach Blut und Pulver und gebratenem Fleisch.

Aufgewacht bin in meiner Zelle. Ich war müde, fühlte mich benommen, Menschen redeten auf mich ein, ein Mann stellte sich als mein Anwalt vor und faselte was von Amoklauf am Margaretenplatz, von Auszucker, von verschobenen Wahrnehmungen, von Paranoia und psychotischem Schub, von Psychiatern und Psychologen und Gutachten und Diagnosen und Medikamenten und … Und ob ich nun einsähe, dass es Sie nicht gibt. Dass es Sie, Katharina, liebste Katharina, überhaupt nicht gibt.

Aber wie kann ich das einsehen, ich schreibe Ihnen doch. Das kann doch gar nicht sein.

Sie sind doch tot, die in Ihrem Roman sterben, Angela und Ilona, Tamara und Vera, sie sind doch alle tot.

Oder nicht?

Doch, das weiß ich doch, ich habe sie doch sterben sehen.

Beweisen Sie es, bitte, ich flehe Sie an, beweisen Sie es den Menschen, der Polizei und dem ganzen Journalistenpack, meinem Schnöselanwalt und Ihrer Autorin, beweisen Sie es, beweisen Sie es mir, dass nicht ich es bin, der sich irrt. Dass es Sie gibt. Schreiben Sie mir, antworten Sie, das ist alles, worum ich Sie bitte, antworten Sie mir, nur einmal, nur ein einziges Mal.

Und alles wird gut.
Mit herzlichen Grüßen

Ihr Raoul Biltgen

Cuadro
1050 Wien, Margaretenstraße 77, *www.cuadro.at*

Manfred Wieninger

Dein Tod in meinen Augen

Herzdame, Treffbub und die Liebe in Zeiten der Hypertonie

Während sich die Frau mit dem gesamten Oberkörper über den Billardtisch beugte, um einen komplizierten Stoß mit dem Queue auszuführen, fiel ihr eine Strähne ihres braunroten, glänzenden Haares über die linke Wange. Ihr ganzer Körper, von den Waden bis zum Nacken, stand unter Spannung, und die Spitzen ihrer kleinen Brüste unter dem violetten Top schienen das Tuch des Billardtisches sanft, unendlich sanft zu streicheln. Hademar fand sie zum Weinen schön, und er wusste, dass er sie töten würde. Er war 51 Jahre alt und es gab keine andere Möglichkeit mehr, seinem Leben noch einmal eine entscheidende Wendung zu geben. Während er dies zum abertausendsten Mal dachte, drehte er ohne Nachzudenken automatisch mit einem Vierziger und einem Ass zu, wobei Skorek noch nicht aus dem Schneider gekommen war. Der gewonnene Zweier besiegelte das zwanzigste Bummerl, das Hademars Gegenspieler auch getreulich aufnotierte. Skorek bückte sich ebenso automatisch, griff in seine Aktentasche, die neben seinem rechten Fuß am Boden stand, und zog die Kopie eines Totenscheins hervor, den er Hademar wortlos reichte. Der faltete das Papierl zweimal, ohne auch nur einen Blick darauf zu werfen, und steckte es in die Brusttasche seines Sakkos. Dabei ließ er seine Augen nicht von der Frau, die ihren Stoß verpatzt hatte und jetzt wieder mit dem Queue in der rechten Hand an der Längsseite des Billardtisches stand, um ihrem Spielpartner, der an die Reihe gekommen war, gespannt zuzusehen. Hademar machte sich nichts aus Billard, während die Frau Stammgast an den Billardtischen des Café Schopenhauer war. Sie spielte für Geld und sämtliche Billardspieler des Lokals waren verrückt nach ihr, weil sie meistens gewann und sich die gewonnenen Scheine nach dem Ende der Partie in einer schnellen, eleganten Bewegung in den Hosenbund zu stecken pflegte, und zwar genau dorthin, wo bei Damen Binden ihre Funktion zu entfalten pflegen. Ab dem zwanzigsten, fünfundzwanzigsten Bummerl überlegte sich Hademar zu seiner Zerstreuung zwischendurch immer wieder, wie er die Frau töten würde. Am Anfang hatte er, wenig fantasievoll, immer nur an ein Messer oder an einen Dolch gedacht, wuchtige Stiche in einer Toreinfahrt gegen ihre Brust, ihren Bauch und Unterleib. Dann wieder ein stärkeres Plastiksackerl präferiert, das er ihr ruckartig über den Kopf ziehen würde, was unter anderem den genussträchtigen Vorteil hätte, dass sie in seinen Händen sterben würde, während er das Plastik gegen ihren Hals presste. Niemals aber hatte er daran gedacht, sie vor dem Schopenhauer in der Staudgasse einfach mit seinem Ford Mondeo über den Haufen zu fahren oder gar vor eine U-Bahn zu stoßen, das wäre ihm viel zu unpersönlich erschienen. Jedenfalls wechselten seine Vorstellungen und Fantasien wie die Gerichte auf der Speisekarte im Kaffeehaus, und er hatte immer wieder ganz einfach Spaß daran, neue Tötungsmethoden zu ersinnen und sie langsam und ausführlich im Gedanken durchzuspielen, während Skorek gelegentlich einmal auch ein Bummerl gewann, in Summe aber verlor, immer nur verlor. Das ging nun schon seit Jahren so, und Hademar spürte, wie das Leben nach und nach aus ihm entwich. Seine Ohren und seine Nase, fand er, wurden Tag für Tag ein wenig größer, seine Lungen und sein Hirn, so schien es ihm jedenfalls, dagegen kleiner. Seine Manneskraft, die er für gewöhnlich am Gürtel in irgendwelchen Videokabinen oder Ukrainerinnen erprobte, ließ nach. Er schlief schlechter und träumte gelegentlich sogar von seiner Mutter, was ihn besonders erschreckte, da er vor drei Jahren das elterliche Grab am Zentralfriedhof nicht mehr verlängert hatte.

Dabei hatte eigentlich alles so gut begonnen. Seine Mutter hatte ihn immer für etwas Besonderes gehalten und ihm für sein Leben Großes prophezeit, während ihn sein Vater für jede Kleinigkeit unbarmherzig schlug und damit auch schon seine gesamte Erziehungsarbeit erledigt zu haben glaubte. Ja, seine Mutter hatte ihm sogar zugetraut, einmal eine Berühmtheit, eine echte Berühmtheit zu werden. Sie hatte so fest daran geglaubt, erinnerte er sich, mindestens ebenso fest wie an die Muttergottes von Lourdes und an die überragende Qualität von Persil. Hademar hatte seiner Mutter geglaubt, aber schon in der Volksschule hatte sich der Erfolg wegen seines etwas schweren Kopfes nicht recht einstellen wollen. Nach einer abgebrochenen Schlosserlehre hatte er nichts Besseres zu tun gewusst, als sich jeden Abend mit Cola-Rot und Cola-Rum niederzumachen und nächtens in den Beserlparks seines Grätzels ausgerissene Handelsschülerinnen zu penetrieren, die er zuvor in irgendwelchen Gürtelcafés aufgelesen hatte. Sein Vater, ein kleinbürgerlicher Versicherungsinspektor, war etwas nervös geworden und hatte ihn mit 17 Jahren zum Bundesheer gesteckt, völlig freiwillig natürlich. Die Grundausbildung in Korneuburg und viereinhalb Jahre Golan, inklusive einer Art zweiter Menschwerdung in den Nachtbars und Puffs diverser, in der Bibel erwähnter Städte folgten. Alle zwei Wochen ließ man ihn und seine Kameraden für zwei Tage aus dem Camp. Wenn die Israelis in einer Bar plötzlich losbrüllten und ihre Waffen zogen, warf man sich am besten auf den Boden und blieb still liegen. Wenn man davonrannte, lief man Gefahr, als Attentäter erschossen zu werden. An der Grenze beschlagnahmten die Syrer alles, was eine hebräische Aufschrift trug. Fruchtsäfte, Müsliriegel, Zigaretten. Alkohol sowieso. Abends wurde man gelegentlich zum Umtrunk in eines ihrer Casinos eingeladen. Als Österreicher hatte man bei ihnen keinen schlechten Stand. Wenn der obligate Toast auf Hitler, seltener auf Göring, ausgebracht wurde, hatte man die Wahl. Wenn der syrische Geheimdienst eine Schmugglerkolonne erwischte, löschte er sie aus. Als Beobachter konnte man leicht eine Kugel in den Rücken bekommen, wenn man den Toast verweigert hatte oder bei der Schmugglerei mitmischte.

Als Hademar wieder in Wien war und sich entschloss, nicht mehr bei den Eltern wohnen zu wollen, meldete er sich auf eine Annonce, in der die Ausbildung zum Berufsdetektiv angeboten wurde. Er durchlief diesen Kursus, der ihn einen Großteil des restlichen Golan-Soldes kostete, und zwar in einer halbwegs honorigen, mittelständischen Detektei in Favoriten, wo er nach Beendigung seiner Ausbildung auch als freier Mitarbeiter bleiben durfte. Bald aber kränkte es ihn, der sich in seiner Selbsteinschätzung für eine unglaublich begabte Mischung aus Hercule Poirot und Inspektor Columbo hielt, dass man dort in der praktischen Arbeit des Tagesgeschäftes weniger seine kriminalistischen Fähigkeiten, sondern viel mehr seine Fertigkeiten im Anfertigen von Nachschlüsseln zu schätzen wusste. Er wechselte mehrmals den Arbeitgeber und das jeweilige Bezirksarbeitsamt und landete schließlich mit schon sehr viel kleineren Ambitionen und Hoffnungen im sogenannten Büro Wawra. Das quasi Schlosserische spielte dort zu seiner Erleichterung eine viel kleinere Rolle, gefragt waren bei Wickerl Wawra, dem Chef, aber leider auch nicht so sehr die kleinen, grauen Zellen Hademars, sondern viel eher dessen breite Schultern und klodeckelgroße Pratzen, die er sich vor allem durch Hanteltraining, Schneeschaufeln und Bierstemmen am Mount Hermon angezüchtet hatte. Wickerl Wawra residierte seit eh und je praktisch jeden Abend im Café Schopenhauer, das damals neben der üblichen Laufkundschaft aus Schülern und Studenten, Ärzten und Krankenschwestern, Grätzelbewohnern und Verliebten vor allem von Asphaltblüten und deren Zuhältern, Berufsspielern und Kleinkriminellen frequentiert wurde. Mit seinen grauen Nadelstreifanzügen und zumeist gelben Seidenkrawatten sah der alte Wawra aus wie jemand, der ziemlich erfolglos Humphrey Bogart kopierte, der wiederum Al Capone kopierte. Oder umgekehrt, da der Style der alten Gangster ja nicht von ihnen selbst, sondern von Hollywood erfunden wurde. Am Nachmittag ließ er sich von einem Taxi von seiner Wohnung, die irgendwo rund um die Schwedenbrücke situiert sein mochte – nicht einmal alle seiner Verwandten kannten die genaue Wohnadresse –, ins Schopenhauer bringen, wobei er nach Möglichkeit niemals das gleiche Taxi und die gleiche Route benutzte. In seiner schwarzen, schweinsledernen Aktentasche trug er stets eine geladene Glock und einen Totschläger mit sich herum. Wickerl Wawra hatte aber auch wirklich allen Grund, keine Pakete von unbekannten Absendern anzunehmen und seine Anschrift nicht für Kundenkarten oder Ähnliches herzugeben, denn seine kleine, aber unfeine Firma beschäftige sich weniger mit den klassischen Aufgaben einer Detektei, sondern ehrlich gesagt eher mit sogenannten Abreibungen in allen Formen, Varianten und Schweregraden. Während andere Wiener Detektivbüros also beispielsweise vor allem damit beschäftigt waren, vermuteten ehebrecherischen Umtrieben nachzuspüren und die diversen Akte auf Fotopapier zu bannen, das dann bei Scheidungsprozessen vor Gericht ins Spiel gebracht werden konnte, wurde Wawras Truppe vornehmlich damit beauftragt, sogenannte Bestrafungsaktionen vorzunehmen, auch natürlich an Ehebrechern, aber vor allem an betrügerischen oder sonstwie unangenehmen ehemaligen Geschäftspartnern, die einen gelinkt hatten, an Stammfreiern, die den Schandlohn nicht bezahlt oder – noch schlimmer – gar Anspruch auf ein Mädchen erhoben hatten, an lästigen Mietern, die der Parifizierung eines Zinshauses nicht weichen wollten, und so weiter und so fort, das ganze Register hinauf und hinunter. Die Bestrafungen durch das Büro Wawra begannen in der Regel relativ harmlos mit dem Aufschlitzen von Autoreifen, mit Telefonterror von Wertkartenhandys aus sowie dem fingierten Bestellen von wahren Warenbergen bei dutzenden Versandhäusern auf die Adresse des »Delinquenten« und endeten beileibe noch nicht beim Abschlachten eventueller Haustiere, bei klassischen Säureattentaten und Bauchstichen. Dazwischen gab es noch den Postversand von Drohbriefen und schwarzen Miniatursärgen, das Zertrümmern von Fensterscheiben mittels Steinschleudern oder simpler Pflastersteine, das Vernadern bei der Hausbank, beim Arbeitgeber und bei den Nachbarn, die guten, alten, sozusagen klassischen Prügel und anonyme Anzeigen beim Finanzamt oder beim Arbeitsinspektorat. Im Prinzip waren der Fantasie des Auftraggebers keinerlei Grenzen gesetzt. Das Büro Wawra war als ausgesprochenes Dienstleistungsunternehmen ganz auf die Kundenwünsche ausgerichtet und hatte keinerlei Scheu, bei Bedarf neue, auch ausgefallene Wege zu gehen, sprich Innovationen Platz greifen zu lassen. Obwohl ihm nicht alles gefiel, was ihm aufgetragen wurde, und das Gehalt nur mittelmäßig war, blieb Hademar fast 14 Jahre. Da die Aufträge nur unregelmäßig hereinkamen, hatte er viel Freizeit. Er begann bei einem Amateur-Boxklub in der Vorstadt zu trainieren und diese Weiterbildung kam ihm beruflich auch sehr zugute. Mit den Jahren jedoch wurde der alte Wickerl Wawra immer psychotischer. Er wechselte die Taxifahrer öfter als die Hemden, begann wie ein Nomade innerhalb Wiens hin und her zu übersiedeln und trennte sich überraschend von seiner Frau, die er für ein immer größeres Sicherheitsrisiko hielt. Er alterte rasch und überlebte zwei Messerattacken von ausgesprochenen Amateuren auf ihn. Eines Tages war er nach Mallorca verschwunden, wo er angeblich nicht weit von Kreiskys Villa entfernt eine Finca für den Ruhestand gekauft hatte. Das Büro Wawra, das auch zu seinen besten Zeiten aus nicht mehr als einer Handvoll Mitarbeitern bestanden hatte, löste sich in der Folge sang- und klanglos auf. Seine Aufgaben wurden von diversen Gruppierungen übernommen, die mit älteren, finanziell viel zu hoch eingestuften Angestellten wie etwa Hademar nichts anfangen konnten und wollten. In dieser Zeit änderte sich auch das Publikum im Schopenhauer und damit der Charakter des Lokals. Die frühere Gürtel-Stammkundschaft wurde nach und nach immer seltener gesichtet und blieb schließlich ganz aus. Statt der professionellen Spieler, die sich vor allem gegenseitig übers Ohr hauten, tauchten plötzlich Kammersänger, Oberarztwitwen und Management Consultants auf, die nichts als gepflegt-bürgerlich tarockieren wollten und als zusätzlichen Thrill höchstens mal um einen doppelten Henessy spielten. Die Billardtische wurden nun vor allem von Schülern frequentiert und es gab Unmengen von Hausfrauen oder kleinen Angestellten aus dem Grätzel, die nur wegen der guten hausgemachten Mehlspeisen kamen, die neuerdings auf der Karte standen. An manchen Tagen wurde das Café geradezu von Medizin- und Psychologiestudenten überflutet, die im nahen AKH ihre Ausbildung absolvierten und sich mit Caffè Latte den Inhalt ihrer Skripten in die Köpfe saugten. Innerlich trauerte Hademar der guten alten Zeit nach, kam aber trotzdem noch immer jeden Abend ins Schopenhauer. Den Aktenkoffer des alten Wawra mit der Glock und dem Totschläger hatte er stets mit dabei. Selbst den Nadelstreif und ähnliche Krawatten wie der Alte hatte er angelegt. Es gab aber niemanden mehr, der dies als Wiederaufleben des Büros Wawra deuten hätte können. Die Studenten starrten Hademar an wie eine skurrile Gestalt aus einem Krimi ihrer Großväter, und die Tarock-Hofräte kannten schließlich noch ganz andere Methoden, um sich bei Bedarf, wenn ihnen halt danach war, zu rächen. Hademar ärgerte sich insgeheim, dass er die Kundenkartei des Alten in dessen Garconniere in der Josefstadt nirgends hatte finden können. Wahrscheinlich hatte sie sich nur in seinem Kopf befunden. Oder in einem Bank-Schließfach, wo sie langsam, aber sicher verschimmeln würde. Er hatte sich eigentlich nur vorzuwerfen, dass er den Alten vielleicht doch etwas zu heftig gefoltert hatte. Als Hademar die

Schlagbohrmaschine und den Nudelwalker weggelegt hatte, weil ihm durch die Anstrengung beide Arme ein wenig wehtaten, war der Alte wahrscheinlich schon eine gute Viertelstunde tot gewesen. Vor allem aber ärgerte er sich über die viele, leider vergebliche Mühe, die er aufgewendet hatte. Es war schließlich kein Honigschlecken gewesen, den alten, nackten Wawra, den er in der Badewanne gewaschen hatte, in ein etwas größeres Schuhkästchen, aus dem Hademar zuvor die Regalbretter herausgenommen hatte, zu zwängen, dieses mit zwei Rollbrettern, wie sie Möbelpacker verwendeten, zum Auto zu transportieren und diese Ladung dann in der Lobau so tief zu verbuddeln, dass nicht gleich der erstbeste Fuchs an den Knöcheln des Alten herumnagen konnte. Ganz zu schweigen davon, dass er sich die Hacken wundgelaufen hatte, um im ganzen Grätzel das Gerücht von Wawras mallorquinischen Pensionsdomizil zu verbreiten. Herrje, dachte Hademar, und jetzt traut mir verdammt noch einmal niemand, gar niemand zu, was sie dem alten Wawra alle zugetraut haben.

In diesen für ihn persönlich mehr als schweren und bitteren Tagen hatte er glücklicherweise Skorek im Schopenhauer kennengelernt, was seinem Leben noch einmal eine Wendung gab. Skorek war ein subalterner, anhangloser Beamter der Stadt Wien und schien alterslos zu sein. Er hatte dünnblaue Augen und aschfarbenes, kurzes Haar. Als Kanzlist in einem Back-Office der städtischen Bestattung war er nicht an die strenge Kleiderordnung der Pompfüneberer gebunden, sondern trug die immer gleichen beigen

Cordhosen und eine dunkelblaue Trainingsjacke mit weißen Streifen, die an die Dienstkleidung früher DDR-Weltmeister erinnerte. Im Übrigen roch er wie ein zehn oder fünfzehn Jahre alter Duschvorhang, der noch nie gereinigt worden war. Mit seinem Leben hatte Skorek längst abgeschlossen, sein Leben, besonders sein Büroleben, war ihm nur mehr eine Last. Eigentlich hegte er nur mehr die Hoffnung, dass er dereinst mit einem dicken Packen Rätselhefte einige hundert Jahre einigermaßen beschäftigt im Fegefeuer verbringen würde und dann halt die Ewigkeit, das Paradies, das Elysium, wie auch immer. Im Büro hatte er öfters die zwanghafte Vorstellung, das mehr als unangenehme Gefühl, er würde in etwas versinken. In einen See aus Vanillepudding, ohne Halt, ohne Boden unter den Füßen. Oder halt aus Schokopudding. Bis zu den Knien schon. Oder aus Kartoffelpüree. Bis zur Hüfte. Kein Grund. Oder aus Caffè Latte mit ganz, ganz viel Zucker. Bis zur Brust. Bis zum Kinn. Bis über den Kopf. Man atmete plötzlich in dem Zeug und sank tiefer und tiefer. Oder man atmete partout nicht, und trotzdem ging es weiter runter, immer weiter runter. Kein Wunder, dass er das Büro mied, wann immer es ging. Und dieser Skorek hatte einen Partner zum Kartenspielen, genauer gesagt zum Schnapsen gesucht, und im Schopenhauer mangelte es leider genau daran, während es vor Tarockspielern nur so wimmelte. Insgeheim hatte man im Kaffeehaus sogar eine leichte Abneigung gegen das volkstümliche Schnapsen, das vor allem von Provinzlern und Bauern gespielt wurde. Bei ihren ersten paar Bummerln mit französischen Karten am Kaffeehaustisch hatte der alterslose Kanzlist andauernd ein unverschämt gutes Blatt gehabt. Quasi am laufenden Band sagte er Vierziger und Zwanziger an und von den vier Assen landete für gewöhnlich das ganze Quartett bei ihm. Hatte ihm Hademar beim Geben vier Karo gegeben, so konnte man sicher sein, dass diese Farbe auch Atout war. Hademar hatte bald fünfzig, sechzig Euro verloren, spielte aber unverdrossen weiter. Allmählich kam er dahinter, dass Skorek zwar ganz ordentlich und sogar außerordentlich couragiert spielte, aber sozusagen die Basics des Spiels nicht beherrschte. Das heißt, er merkte sich offensichtlich die bereits gefallenen Karten, also die Stiche, nicht. Außerdem zählte er offenbar den Punktestand des Gegners nicht mit. Vor allem aber hatte er kein Timing für das Zudrehen, er spielte viel zu aggressiv und ging unnötige Risiken ein. Weiters ließ er sich durch Schnapsersprüche, also die üblichen, eher rauen Neckereien, ablenken beziehungsweise damit sogar in eine bestimmte Richtung lenken. So kann man auf längere Sicht nicht gewinnen, lachte Hademar innerlich. Nach fast sechzig Bummerl hatte er ein paar Hunderter verdient und für den morgigen Nachmittag war wieder eine Partie vereinbart, *same time, same station.* Ein paar Wochen lang trug Hademar noch die Aktentasche des alten Wawra mit dem gefährlichen Inhalt ins Schopenhauer, aber seine Einnahmequelle war von nun an nicht ein etwaiges Büro Wawra II, sondern einzig und allein Skorek, der anhanglose Bestattungskanzlist. Der entwickelte nämlich eine unglaubliche, geradezu obsessive Leidenschaft für das Schnapsen mit dem ehemaligen Berufsdetektiv beziehungsweise Berufsschläger, obwohl er dabei nur verlor und verlor. Jeden Nachmittag, ausgenommen sonntags, bis spätabends lieferten sich die beiden Duelle in Herz und Karo, Pique und Treff, und während der Bestatter dabei heftig dem Zweigelt zusprach, blieb Hademar nüchtern, Mineralwassertrinker und der Gewinner. Der ehemalige Angehörige des Büros Wawra ging von nun an täglich ins Schopenhauer, um seinen Zins zahlen zu können, also weil er musste, nicht etwa, weil er den Flair eines Wiener Kaffeehauses in irgendeiner Weise geschätzt hätte. Der Mythos ließ ihn völlig kalt, und er hatte noch keines der berühmten Alt-Wiener Kaffeehäuser in der Innenstadt jemals betreten. Skorek konnte sich von seiner Dienststelle meistens schon ab 15 Uhr freimachen und erwartete seinen Spielpartner schon eine halbe Stunde später ungeduldig zum Schnapsen im Schopenhauer. Seine Cordhose und Trainingsjacke wechselte er nicht, wahrscheinlich nicht einmal zum Schlafen, und ebenso wenig seine ungeschickte, impulsive Spielweise. Bald hatte er bei Hademar ein paar tausend Euro Schulden. Nach ein paar Monaten ersuchte der Kanzlist, von nun an nicht mehr um Geld zu spielen, sondern um Totenscheine, um Totenscheine von Selbstmördern, also zumindest von seiner Seite aus. »Totenscheine?«, fragte Hademar gedehnt und misstrauisch, bis ihm plötzlich klar wurde, dass die Totenscheine von Selbstmördern nicht nur so gut wie Geld, sondern vielleicht sogar noch besser waren. So mancher schließt zuerst eine Lebensversicherung über sagen wir mal 50.000 oder 70.000 Euro ab und erhängt sich ein paar Wochen später mit einem Verlängerungskabel am Sicherungskasten in seiner Gemeindebauwohnung. Da den Versicherungen aus Datenschutzgründen die Einsicht in die Sektionsprotokolle, vor allem aber in die Totenscheine, in denen die Todesursache vermerkt ist, für gewöhnlich verwehrt ist, müssen sie oft nolens volens den Tod von gutversicherten Selbstmördern vergolden, wenn deren Angehörige dies beantragen, was sie so gut wie immer tun, wenn die Polizze auffindbar gewesen ist. Ohne Sachbeweise gingen auch die von den Versicherungen angestrengten Prozesse verloren, auch wenn die besten (und teuersten) Anwälte für die Assekuranzen tätig waren. Mit der Kopie eines Totenscheins aber, auf dem der Haus- oder Amtsarzt zum Beispiel Strangulationspuren vermerkt hatte, ließ sich da schon viel besser mit den trauernden Hinterbliebenen verhandeln beziehungsweise waren deren Ansprüche locker abschmetterbar. Zwar waren Skoreks Selbstmörder sehr oft nur Selbstmörder und keine Versicherungsnehmer, hatten also zu Lebzeiten keine Lebensversicherung abgeschlossen. Auf der anderen Seite gab es aber immer wieder auch sozusagen saftige Treffer, durch die sich die eine oder andere Versicherung die Auszahlung von tausenden, ja zehntausenden Euro ersparen konnte. Auf jeden Fall waren die Geschäftsbeziehungen von Hademar zu diversen Versicherungs- und Maklerbüros bald die allerbesten. Von den Erfolgsprämien, die man ihm auszahlte, konnte er sehr gut, ja geradezu bequem leben. Eine Versicherung, sein Hauptkunde, stellte ihn sogar pro forma als Außendienstmitarbeiter ein, sodass seine Einkünfte nicht mehr ausschließlich aus Schwarzgeld bestanden.

In dieser Zeit war ihm auch die Frau, die jeden zweiten, dritten Abend ins Schopenhauer kam, um quasi professionell Billard zu spielen, zum ersten Mal aufgefallen. Er hielt sie sowieso für eine Professionelle, die nicht nur mit dem Queue, sondern auch mit anderen, anders gearteten Stangen Geld verdiente. Im Übrigen war er ihr sofort verfallen. Er hätte sie auch gerne angesprochen, aber Skorek duldete keine anderen Götter neben sich, schon gar keine Göttin. Wenn der kartenversessene Kanzlist spätabends die Partie für beendet erklärte, hatte die Frau das Lokal schon längst verlassen. Acht Jahre lang, dachte Hademar bitter, musste er nun schon Nachmittag für Nachmittag, Abend für Abend Skoreks Duschvorhang-Geruch aus nächster Nähe ertragen. Er hatte nicht einmal Zeit, sein mit den Totenscheinen verdientes Geld richtig auszugeben, da ihn der vom Schnapsen geradezu besessene Kanzlist sechs Tage in der Woche okkupierte. Wenn er, Hademar, aber letztlich nicht verhungern wollte, musste er dieses Leben sozusagen an Skoreks Seite weiterführen, bis einer von ihnen beiden starb. Ein großes Leben, wie es ihm seine Mutter vorhergesagt hatte, konnte man das wohl nicht nennen. Er musste sich eingestehen, es zu nichts gebracht zu haben, geschweige denn zu irgendeiner Art von Berühmtheit. Das Einzige, was seinem Leben noch eine entsprechende Wendung geben konnte, ihm wenigstens eine Art von zeitweiliger Zeitungsberühmtheit verschaffen konnte, war der Tod der Frau. Den er, das wusste er, entsprechend zelebrieren musste, um die Reporter und damit die Massen zu faszinieren.

Natürlich blieben über die Jahre hinweg Hademars Geschäfte mit den Totenscheinen von Selbstmördern nicht allen verborgen und auch die Quelle seiner Informationen, seiner Aktenkopien, der kartenspielversessene Kanzlist der städtischen Bestattung, war bald ausgemacht. Insbesondere eine albanische Platte interessierte sich brennend für die Übernahme des lukrativen Geschäftszweiges und machte Skorek entsprechende Avancen. Als die nichts fruchteten, kamen massive Einschüchterungsversuche und Drohungen hinzu. Doch der Kanzlist, dem Geld vollkommen egal war, machte den Albanern schnell klar, dass er die Kopien der Totenscheine auf keinen Fall zu verkaufen gedenke. Sie könnten höchstens mit ihm darum spielen. Und zwar ausschließlich Schnapsen, weil er vom Tarockieren nichts verstehe und Preferanzen langweilig finde. Selbst als sein entblößter rechter Unterarm von zwei Mitgliedern der Platte festgehalten wurde und ein drittes Mitglied ein paar Tropfen Salzsäure daraufspritzte, gab er ihnen keinen anderen Bescheid. Während die Verätzungen nach und nach heilten, beauftragten die Albaner zwei ihrer jüngeren Leute, möglichst rasch Skoreks exotisches Kartenspiel zu lernen, wofür sie sich französischer Piatnik-Karten und eines volkstümlichen Lehrbuches bedienten, dass allerdings in Mostviertler Dialekt abgefasst war, was die Sache nicht gerade erleichterte. Nach einigen Wochen schickte man die beiden auch zu diversen Preisschnapsen von Schrebergartenvereinen, Wirtshausrunden und Rettungsdienststellen, wobei sie allerdings immer in der ersten Runde ausschieden, wodurch das Nenngeld jedes Mal verloren war. Die Albaner waren einfach noch nicht so weit. Schließlich gingen sie dazu über, bei den Partien von Skorek und Hademar im Café Schopenhauer einfach zu kiebitzen, wobei von Ersterem nicht viel zu lernen war und sich die Kunst des Letzteren vor allem in dessen Kopf, genauer gesagt in dessen Kurzzeitgedächtnis, verbarg, das unablässig gefallene Kartenwerte registrierte und zuverlässig addierte. Immerhin konnten die albanischen Lehrlinge die völlig divergierende Taktik der beiden beim Angriff, also beim Zudrehen, studieren und sich ihren Reim darauf machen, da Skorek höchstens zehn Prozent der Bummerl gewann, neunzig Prozent aber verlor. Auch den Preis für die Kopie eines Totenscheines, zwanzig gewonnene Bummerl, bekamen die beiden natürlich mit. Hademar ließ die ihm völlig Unbekannten mehr oder weniger gedankenlos gewähren, da er sich doch etwas geschmeichelt fühlte. Denn Kiebitze gab es im Schopenhauer normalerweise nämlich nur beim als anspruchsvoller geltenden Tarockspiel, bei den seltenen Schachpartien und beim Billard natürlich. Außerdem war er nach acht Jahren tagtäglichen, unsäglich langweiligen Kartenspiels mit Skorek mittlerweile für jede, für wirklich jede Abwechslung dankbar. Wenn die Frau da war und Billard spielte, hatte er sowieso nur Augen für sie und nahm die beiden albanischen Kiebitze mit den flinken, kalten Augen nicht einmal wahr.

Er hatte sich vor einigen Monaten eine Eigentumswohnung in Palma de Mallorca gekauft, um wenigstens einen Teil seines Schwarzgeldes einigermaßen sinnvoll anzulegen. Er hatte die Immobilie – außer im Internet – allerdings noch nie gesehen, musste sie von einem spanischen Hausmeister verwalten lassen, da Skorek auf den ewigen Kartenpartien von Montag bis Samstag bestand und ein Sonntag ihm einfach zu kurz erschien, um nach Mallorca zu jetten und wieder zurück. Inzwischen träumte er davon, die Frau doch noch im Schopenhauer anzusprechen und auf einen Trip auf die Sonneninsel einzuladen. Er stellte sich vor, wie er sich im warmen, seichten Wasser des blütenweißen Sandstrandes von Palma auf ihren Körper legen und dann ihren Kopf unbarmherzig unter das azurblaue Wasser drücken würde. Persönlicher ginge es wohl nicht mehr, dachte er, so schön könnte die Liebe sein.

Cafe Schopenhauer
1180 Wien, Staudgasse 1, *www.cafeschopenhauer.at*

Sabina Naber

Anleitung zum perfekt Morden

Café Hummel, 15. April, spätmittags:
Ein perfekter Mord ist leicht, wenn man intelligent ist. Wer wissen will, wie das geht, der lese weiter. Wem das zu unanständig ist, der beende hier die Lektüre, stecke das Papier wieder zurück und bleibe weiterhin auf der Verliererstraße.

Sie haben sich also fürs Weiterlesen entschieden. Ich hoffe, ich kann Ihre Neugierde erschöpfend befriedigen.

Ort des Geschehens: mein Lieblingscafé, das Hummel in der Josefstadt – also hier; Opfer: Karl Pariasek, mein Erzfeind; Ertrag: 1,1 Millionen Euro.

Man könnte sagen, es hat sich ausgezahlt. Und ich werde mir zur Feier des Tages (Monatsjubiläum!) jetzt noch einen Carnuntum Cuvée bestellen, denn so ein Filetsteak auf Madagaskarsoße muss richtig gut schwimmen. Außerdem war es der Lieblingswein von Pariasek sowie auch Steak seine Leibspeise war.

Es hat ein paar Minuten gedauert, bitte entschuldigen Sie. Im Hummel ist Sonntagmittag kurz nach zwei immer sehr viel los. Zurück zum Thema.

Ich hab immer schon mit der Idee gespielt, ein perfektes Verbrechen zu begehen. Was wahrscheinlich an meinem Beruf, der immer schon Berufung war, liegt, dem ich jetzt aber leider nicht mehr nachgehen kann: Ich war Polizist … vielmehr, ich bin Polizist, nur leider sozusagen außer Dienst gestellt. Nein, ich war nicht so dämlich, mich von einem Einbrecher berufsunfähig schießen zu lassen oder fernsehgerecht einem Serienmörder in die Falle zu tappen. Erstens muss man sich der Gefahr, angeschossen zu werden, nicht aussetzen, denn man kann ja einfach in Deckung gehen und auf die direkte Konfrontation verzichten. Was ist schon ein entkommener Dieb mehr im Vergleich zum eigenen Leben? Na, eben, Ihnen wäre doch auch das Hemd näher als der Rock. Und zweitens bin ich schnell, sehr schnell mit meiner Waffe, da ich natürlich auch in diesem Bereich ein Perfektionist bin. Ich wäre nie zur Polizei gegangen, wenn ich nicht ein Gefühl für Waffen hätte, auch wenn ich durch diesen Verzicht für den Rest meines Lebens unglücklich gewesen wäre – mit einer Ausnahme vielleicht: Wenn ich es geschafft hätte, ein professioneller und hoch geachteter Schriftsteller zu werden. Die Kurse für kreatives Schreiben, die ich seit Jahren besuche, bereichern mein Leben schon ungemein (es macht mir z. B. immensen Spaß, das Stilmittel der versteckten Zeitangaben auszuprobieren, in der Hoffnung, dass die Geschichte so bei Ihnen authentischer ankommt). Aber man weiß ja, dass der Beruf des Künstlers ein harter ist. Nein, nein, es war schon ein Glück, dass ich ein Naturtalent an der Waffe und mit Handkuss bei der Polizei genommen worden bin. Sogar die Scharfschützenausbildung habe ich, und so hat vielleicht lediglich ein Profikiller eine Chance gegen mich. Aber auch nur vielleicht.

Meine Dienstuntauglichkeit ist also nicht das Ergebnis eines Betriebsunfalls, sondern schlicht und rührend lausiges Schicksal. Und dieses Schicksal heißt Karl Pariasek. Nicht, dass Sie jetzt glauben, meine Erzfeindschaft mit ihm hat ihren Ursprung bei diesem Ereignis, nein, weit gefehlt: Karl Pariasek ist der Dorn im Fleisch meines Lebens. Dieser Kretin. Und der Unfall ist nur ein Glied in der langen Kette, die uns seit Jahrzehnten zusammengeschnürt hat und die ich jetzt durchtrennt habe.

Ja, ich kann durchatmen wie nach dem Genuss eines Mentholzuckerls. Ich sitze da im Hummel, vor mir mein Laptop, in der Hand – inzwischen – ein Glas Grappa barrique, und starre auf Pariaseks Stammplatz, den Fensterplatz draußen im Nichtraucherraum (erstaunlich, dass sich das die Tarockierer und Bridgespieler gefallen lassen), diesen Tisch direkt unter dem Fernseher hoch oben im Eck – und ich möchte anmerken, dass genau dieser Platz für Pariasek symptomatisch ist. *Am Fenster* bedeutet in der Auslage, sprich, bewundert mich alle, *im Eck,* dass man alles überblickt, also die Kontrolle hat, *Nichtraucher* ist klar bei jemanden, der immer alles richtig macht, und *unter dem Fernseher* ist die kleine Attitüde, die sagt, ich bin nicht wie alle, ich schau nicht blöd in die Glotze, ich lese oder sinniere.

Ich sitze also, vielmehr lehne an einem Hocker bei meinem eigenen, nunmehrigen Stammplatz, dem ersten Stehtisch im hinteren Fernsehzimmer, in dem außer am Sonntag, wenn viele Familien hier ihr Mittagessen einnehmen, beim Fußballschauen auch geraucht und heftig Bier getrunken wird, linse durch den dunklen Klogang auf Pariaseks Fensternische, und da lümmelt ein mir völlig Fremder. Es ist ungewohnt, und unwillkürlich blinzle ich, aber ein Irrtum ist ausgeschlossen. Ja, trotz Gegenlichts ist vollkommen klar, dass der Mann dort nicht mein Sargnagel sein kann, denn so eine buckelige Haltung hätte Pariasek nie eingenommen. Er hielt sich immer aufrecht und gerade, wie ein König, der lächelnd seine Untertanen empfängt. Man hat uns beiden immer gesagt, dass er mehr wie ein Polizist wirkt als ich. So stramm und so groß und so gutaussehend und so vertrauenerweckend. Und so und so und so. Die haben alle keine Ahnung. Zum Militär hätte er vielleicht gehen können, dort brauchen sie immer ein paar Alibi-Gutmenschen, die für die Ehre und das Wohl der Gesellschaft einstehen, damit die Drecksarbeit der anderen nicht so auffällt, aber bei der Polizei wäre er falsch gewesen. Vollkommen falsch. Vor allem bei der Kriminalpolizei, wo er ihrer Meinung nach zweifelsfrei gelandet wäre, *weil er ja so intelligent ist.* Um Verbrecher zu fassen, musst du wie ein Verbrecher denken. Pariasek wäre gescheitert.

Wenn ich mir das so überlege, hätte ich ihm nicht abraten, sondern gut zureden sollen. Wir hätten uns viel erspart.

Aber ich schweife ab. Ich wollte Ihnen ja erzählen, wie man das perfekte Verbrechen plant. Da gibt es ein paar Regeln. Die erste und grundlegendste ist: Verüben Sie das Verbrechen nie, aber auch wirklich nie, im Affekt. Gefühle haben dabei nichts zu suchen. Sodann: Lernen Sie Ihr Opfer kennen, das gilt gleichermaßen für Objekte wie Menschen. Die Beobachtung von einigen Monaten ist hierfür vonnöten. Was sind die Gewohnheiten? Die Ausnahmen? Wo sitzt die Achillesferse? Et cetera, et cetera. Das geht bei Objekten zugegebenermaßen einfacher als bei Personen. Bei Menschen sollte man sich zusätzlich in deren Computer hacken. Das ist im Normalfall ganz einfach. Mit dem Dietrich rein in die Wohnung und Mails sowie Dokumente und Seitenaufrufe durchwühlen. Die meisten Menschen sichern weder ihre Wohnung noch ihren PC. Falls der Dietrich nicht funktioniert, stehlen Sie die Schlüssel der Person und stellen Duplikate her. Für etwaige Passworte im Computer gibt es herrliche Crackprogramme im Internet. Sie bemängeln, das sei ein bisschen viel Aufwand? Ja, niemand sagt, dass das perfekte Verbrechen reiner Spaß ist. Es ist Arbeit, schwere Arbeit. Aber es lohnt sich. Denken Sie nur an mein Resümee zu Beginn des Berichts. Na, eben.

Der nächste Punkt ist der Schauplatz des Verbrechens – kann, muss aber nicht ident mit dem ausspionierten Objekt sein. Da gelten die gleichen Regeln.

Dann erstellen Sie einen Plan. Halten Sie ihn schriftlich fest. Lassen Sie ein paar Tage verstreichen, kontrollieren Sie ihn nochmals, bessern Sie aus.

Und schließlich kommt der schwierigste Punkt: Sie stellen sich das Ergebnis vor, betrachten also von außen den Tatort. Und dann denken Sie wie ein Kommissar und deuten die Spuren. Ich gebe zu, das könnte viele Menschen überfordern. Aber bedenken Sie: Sie haben schon unzählige Krimis im Fernsehen gesehen und wahrscheinlich auch gelesen. Zusätzlich kaufen Sie sich diverse Handbücher zum Sichern von Spuren, und schon wissen Sie, worauf Sie achten müssen. Keinerlei Fingerabdrücke und DNS-Spuren zu hinterlassen, das weiß heutzutage schon jeder. Ein Alibi zu haben, ist auch klar. Aber es gibt noch viele Kleinigkeiten zu bedenken, bis hin zu einer eventuellen Einvernahme, bei der Sie gut lügen können sollten. Also muss man zuvor die falsche Geschichte so sehr für sich selbst zur echten machen, dass man selbst bei einem Lügendetektortest nicht ins Schwitzen kommt. Dazu gehört die Fähigkeit des abstrakten Denkens und vor allem Fantasie. Wenn Sie diese beiden Eigenschaften nicht besitzen, sollten Sie sowie von einem Verbrechen Abstand nehmen. Die Polizei hat nämlich nur deswegen so eine gute Aufklärungsquote, weil die Menschen erstens im Affekt handeln und zweitens für Verbrechen im Durchschnitt zu blöd sind.

Kehren wir zu meinem Beispielverbrechen zurück. Jetzt kann ich mich übrigens viel besser konzentrieren, die braven Mitbürger mit ihren zu stopfenden Mäulern sind – kurz vor drei Uhr – endlich weg. Raucherlaubnis.

Also, mein Opfer ist Karl Pariasek. Das muss ich beobachten. Ich gebe ehrlich zu, diesen Punkt hätte ich beinahe vermasselt, denn ich dachte, ich kenne Pariasek, weil ich ihn schon mein Lebtag beobachte. Ich habe ihn kennengelernt, als ich sechs und er zwei Jahre alt war. Das ergibt also fast fünf Jahrzehnte gemeinsames Leben. Und nein, wir waren nicht die Kinder befreundeter Eltern oder Kameraden in einem Sportklub oder Ministranten oder Schulweggenossen, nein, wir sind – waren natürlich, Halbbrüder. Viele von Ihnen, deren Eltern sich scheiden haben lassen und die dann mit neuen Partnern neue Kinder in die Welt gesetzt haben, können mich jetzt in meiner Abneigung gegenüber Pariasek sicher besser verstehen. Bei uns war es aber noch ein bisschen unangenehmer, denn ich war nicht der Ältere, der sich mit dem quasi halblegitimen Beiseitenachwuchs herumschlagen musste. Nein, ich war die illegitime Vorhut, die unseren Vater dazu gebracht hat, mit seiner legitimen Frau doch auch endlich ein legitimes Kind zu zeugen, den kleinen Sonnenschein Karl.

Gott sei Dank hat es für ihn auch einmal geregnet, ein Mal in seinem Leben, das hat meinem Bestreben, ihn loszuwerden, eine gesunde Verwirklichungsbasis gegeben. Am liebsten würde ich an seinem zweiten Stammplatz, jenem seiner jüngeren Vergangenheit, da, mir schräg gegenüber, in dem kleinen Kämmerchen mit den beiden Spielautomaten, eine Gedenktafel anbringen. *Hier fand Karl Pariasek das ihm gebührende Schicksal.* Diese Laus in meinem Pelz.

Sie werden jetzt den Kopf schütteln, sagen, das gibt es doch öfters, dass ein Nachzügler kommt und dass sich das ältere Kind beiseitegeschoben fühlt. Aber deswegen muss man ja nicht hassen. Da gebe ich Ihnen im Grunde Recht. Bei mir war es aber ein klein wenig anders. Ich war fünf Jahre der Held, der seinen Vater, der immer auf Reisen war und die tollsten Geschenke mitbrachte, vergötterte. Auch dann noch, als er plötzlich ein ganzes Jahr in Südamerika verbringen musste und mir nur Briefe schreiben konnte, die mir meine Mutter vorlas. Unter Tränen. Ich habe sie immer umarmt und ihr gesagt, dass Papa ja bald wieder da sei.

In Südamerika – das war in der Josefstadt, in einer für diesen gutbürgerlichen Bezirk typischen, 150 Quadratmeter großen Wohnung mit Balkon und Erstfrau. All die Jahre wohnte er Luftlinie nur zwei Kilometer von unserer Wohnung in Margareten entfernt. Gemeindebau mit einer Schlafcouch für meine Mutter (alias Geliebte) im großen Zimmer.

Inzwischen wohne ich in dieser noblen Reithalle, und seit kurzem auch allein. Jetzt hat alles seine Ordnung.

Die Unordnung begann an dem rabenschwarzen Tag, als ich mit meiner Mutter nicht auf unserem üblichen Spielplatz am Karlsplatz, sondern auf jenem im Volksgarten war (wir hatten irgendwas in einem Magistrat in der Nähe des Rathauses wegen meiner Einschulung zu regeln). Ich also, voller Stolz, bald ein Schulkind zu sein, und voller Vorfreude, das meinem Vater demnächst eigenhändig schreiben zu können, stürme den Volksgarten, renne, ja, rase zum

Spielplatz, um meinen überbordenden Gefühlen mit hohem Schaukeln Ausdruck zu verleihen – und pralle zehn Meter vor der Sandkiste gegen eine unsichtbare Mauer, die einen Bereich umgibt, den ich nicht betreten darf. Ja, das habe ich mit meinen sechs Jahren instinktiv gespürt. Denn da auf der Holzeinfriedung, die den Sandhaufen umgibt, sitzt mein Vater und putzt gerade einen pausbäckigen, dunkel gelockten Zwerg. Küsst ihn. Der Vater schaut mich an. Steht auf. Verstellt den Blick auf den quäkenden Gnom. Mein Vater sieht an mir vorbei, zieht die Stirn in Falten und schüttelt den Kopf. Jemand nimmt mich am Arm und schleift mich durch den Park, über den Heldenplatz, die Ringstraße entlang, über den Karlsplatz, die Margaretenstraße hinauf. Vor unserer Haustür erkenne ich in diesem Jemand meine Mutter, ich will sie anschreien und ihr sagen, dass ich sie hasse, aber sie weint. Sie sagt, Papa kann nichts dafür. Es ist gekommen, wie es gekommen ist.

Also hasse ich den Gnom.

So, Entleerung und Nachfüllung. Es ist erstaunlich, welchen Durst man beim Schreiben bekommt. Jetzt bin ich auch mit einer großen Kanne Tee für das Fußballspiel gerüstet, das in knapp zehn Minuten, um halb vier, beginnt. Rapid gegen Red Bull Salzburg. Die meisten der üblichen Verdächtigen sind schon im Fernsehraum eingetrudelt. Also, wo waren wir?

Ach ja, Sie fragen sich jetzt sicher, warum ich nicht trotzdem meinen Vater gehasst habe. Zu kurz gedacht. Das tun schließlich ja auch nicht jene Kinder, die geschlagen oder missbraucht werden. Und außerdem hat sich mein Vater wirklich bemüht. Er hatte Mitleid mit mir, hat den Seitensprung mit meiner Mutter seiner Frau gestanden und sich zu mir offiziell bekannt. Gemeinsame Besuche am Fußballplatz (hat nur mir gefallen, Karl fand das Spiel immer zu primitiv – was ja schon alles über ihn aussagt) und im Schwimmbad (das viele Untertauchen im Chlorwasser hat auch nichts genützt, Karl hat die Schule und das Studium trotzdem ohne geistige Schäden mit Vorzug absolviert), gemeinsame Kurzurlaube (lange Urlaube hat er immer nur mit seiner Hauptfrau und dem Goldkind gemacht), gemeinsames Eisessen, gemeinsame Kinobesuche (das Weichei hat bei Prügelszenen natürlich geheult), gemeinsame Bescherung zu Weihnachten (aber nur bis fünf Uhr am Nachmittag, denn dann waren die anderen beiden dran).

Sie können mir glauben, dass ich alles unternommen habe, um meinem Konkurrenten das Leben schwerzumachen. Bis zu jenem Tag, als ich die Bremse auf seinem Mofa manipuliert habe, er das bemerkt und mich in den Arm genommen hat. *Ich versteh dich. Wenn ich der Bastard wäre, wäre ich auch sauer. Aber ich mag dich trotzdem, Bruderherz. Echt.* So ungefähr hat er es gesagt, mir hat so das Blut in den Ohren pulsiert, dass ich nicht jedes Wort verstanden habe. Er hat mir dir Faust zum Gegenschlagen hingehalten und wollte auf ewige Blutsbrüderschaft schwören.

Da habe ich meine Strategie geändert. Seitdem war ich immer für ihn da.

Sie erinnern sich? Das Opfer muss genauestens beobachtet und analysiert werden. Das habe ich perfektioniert. Hier im Café Hummel haben mir alle nach seinem Tod kondoliert. Alle Stammgäste wissen, dass wir so unzertrennlich wie siamesische Zwillinge waren. Ein Herz und eine Seele, wie zwei richtige Brüder eben. Es war auch der Oberkellner, der mir zugeflüstert hat, dass mein Bruder immer dann, wenn ich nicht da bin, an den einarmigen Banditen sitzt. Dass ich doch bitte auf ihn aufpassen solle, denn der Karl würde sich sonst noch bis zum Hals verschulden. Als ob ich das nicht sowieso gewusst hätte, aber Tarnen und Täuschen und Blödstellen gehört auch zu einer guten Vorbereitung.

Wie aufmerksam, jetzt hat mir wie auf Stichwort der Oberkellner einen zweiten Grappa spendiert, denn auf einem Bein steht man ja schlecht. Und außerdem … *im Andenken an den guten und schönen und lieben Herrn Karl. Ex. Prost. So furchtbar. Wenn ich nicht wüsste, dass Sie alles getan haben, um ihn …*

Ja, habe ich. Ich habe dafür gesorgt, dass die Verschuldung über die Haarspitzen hinausging. Und das war ganz einfach zu bewerkstelligen, denn ich musste ihm nur sagen, dass ich seine Spielerei ziemlich cool fände, wie sehr er das alles im Griff hätte und ich mich das nie trauen würde. Denn seit diesem Schwur der ewigen Liebe, bei dem ich geweint hatte (Karl dachte, aus Verzweiflung oder aus Rührung und Dankbarkeit, es war natürlich aus Wut, aber das muss ich ja nicht besonders erwähnen), hielt er mich für einen Pechvogel ohne Selbstbewusstsein. Denn was anderes konnte ein Bastard schon sein? Ein Erstgeborener auf dem zweiten Platz?

Apropos Platz: Auch meinen Platz hier im Hummel hat er mir genommen. Nein, ich saß nie in dieser Fensternische, so konkret meine ich das nicht. Ich und Fensternische, also wirklich nicht. Nein, meine Heimat war der Tisch links neben dem Eingang, im nunmehrigen Raucherbereich gegenüber der Bar. Also ständigen Raucherbereich. Klar, wo sonst? Und zwar saß ich dort seit ungefähr zwanzig Jahren, konkret seit dem Jahr, in dem Pariasek (ich heiße übrigens natürlich nicht Pariasek, ich bin ja ein Bastard, ich heiße vollkommen unwichtig, wie es mir gebührt, Meier, weder mit Y noch mit AI noch mit weggelassenem E, einfach nur ordinär Meier) – also das Jahr, in dem Pariasek von seinem Studium im Ausland und seinem Job im Ausland und seiner Hochzeit im Ausland (das Goldkind hat eine reiche, schöne, charmante, studierte, plastikbebuste Amerikanerin geheiratet, was sonst?) endgültig in seine Heimat, exakt in die inzwischen ihm allein gehörende elterliche Wohnung in der Josefstadt zurückgekehrt ist. Und zwar als Finanzmensch. Ich behellige Sie jetzt nicht mit Details. Jedenfalls in solch einer Position und mit derartigen Verbindungen, dass jeder Kriminalist sofort hellhörig wird. Aber da ich damals noch in der Leib-und-Leben-Abteilung war, konnte ich ihn nicht während der Dienstzeit observieren. Und ich wollte auch keinem meiner Kollegen den Triumph gönnen, den goldigen Gnom zu verknacken. Daher können Sie sich wahrscheinlich vorstellen, dass ich sofort alles darangesetzt habe, in die Wirtschaftsabteilung versetzt zu werden. Und nachdem ich mitbekommen hatte, dass Pariaseks Kontakte bis zur New Yorker Börse und zu den Caymans reichten, steuerte ich einen Posten beim Bundeskriminalamt an. Ist mir alles gelungen. Doch das dauerte seine Zeit, und bis dahin musste ich meine karge Freizeit für die Observation opfern. Ja, und danach, wenn er endlich in seinem Bettchen lag, habe ich mir immer im Hummel, das um die Ecke von der 150-Quadratmeter-Reithalle liegt, Sacherwürstel, abwechselnd mit Gulaschsaft oder Kren und Senf, sowie ein Gösser gegönnt. Genau genommen zuerst immer zwei große Bier und danach noch einen Pfiff, nur deswegen, weil man diese 0,1 oder 0,2 Liter Bier kaum sonstwo noch bekommt. Die Aufrechterhaltung dieser Tradition gehört belohnt, genauso wie etwa das Auflegen von Zeitungen. Eine *NZZ* in dieser typischen Kaffeehaushalterung vor dem Gesicht ist übrigens eine wunderbare Abwehr gegen unerwünschte Kontaktaufnahmen. Aber das nur nebenbei.

Wenn ich so überlege, waren das die friedlichsten Momente in meinem Leben. Ich hatte alles im Griff, die berechtigte Hoffnung, mich irgendwann an Pariasek rächen zu können, gutes Kaffeehausessen und selige Ruhe beim Rauchen meiner täglichen Zigarillo – nicht einmal die etwas durchgeknallten Nachtschwärmer (das Hummel hatte damals noch bis zum Morgengrauen offen) oder die Scheidung von meiner Frau konnten meine Stimmung trüben.

Ach ja, das habe ich bis jetzt zu erwähnen vergessen: Ich war einmal verheiratet, und wie es sich für einen Durchschnittsmenschen zweiter Wahl gehört mit einer Volksschullehrerin (die Volksschullehrerinnen unter Ihnen mögen mir das jetzt verzeihen, aber in meiner Familie kommen Volksschullehrerinnen gegen superreiche und superschöne und supererfolgreiche Amerikanerinnen einfach nicht an). Renate. Sie ist mit Pariasek ins Bett gestiegen, und jetzt hat sie mit einem Klon von ihm drei goldige Kinderchen (und da sage noch einmal wer, Frauen über vierzig seien nicht mehr fruchtbar, es kommt nur auf das stimulierende Gegenüber an).

Ich werde mir jetzt ein Bier bestellen. Denn die Erinnerung an mein Kaffeehausmenü früher hat mir gerade meinen Tee vermiest. Endgültig vermiest. *Sumatra Green Oolong*. Dieses brackige Abwaschwasser hat Pariasek immer getrunken. Ich würge es seit seinem Tod hinunter (er hat natürlich auf englischen Gentleman gemacht und nicht wie ein gestandener Mann einen großen Schwarzen getrunken), und alle sind von dieser meiner Andacht gerührt, vor allem die junge Frau mit den kurzen schwarzen Haaren, die mittlerweile, seit gut zwei Wochen, Pariaseks Hocker vor dem rechten Spielautomaten eingenommen hat. Ich werde ihr bald den Tipp geben müssen, den ich meinem Sargnagel hab angedeihen lassen. Nein, sie ist nett. Sie lächelt mir öfters zu, und zwar nicht nur mitleidig, wenn Sie verstehen, was ich meine. Ich werde sie zur Schuldnerberatung schleifen. Und ihr dann vielleicht einmal die Handschellen anlegen. Sie scheint mir eine zu sein, der solche Spielchen gefallen. Es sind meist die nach außen hin Selbstbewussten.

So, jetzt ist ein Bier in Arbeit. Hoffentlich kommt es bald. Das mit dem außen so und innen so war auch das Problem von Pariasek. Der große Machatschek ist zwei Mal pro Monat zu einer Hur gegangen und hat sich erniedrigen lassen. Der Klassiker halt. Hat mich, ehrlich gesagt, nicht weiter gestört. Ich bin nicht einmal auf die Idee gekommen, dass ich es seiner Frau steck. Wissen Sie, an und für sich habe ich das Motto: Leben und leben lassen. Ich bin nicht so kleinkariert und missgünstig, wie Sie vielleicht nach all dem, was ich Ihnen erzählt habe, denken. Ich hab mich auch bei Bankräubern immer schwer konzentrieren müssen, dass ich meinen Dienst anständig und korrekt versehe, denn die sind doch arme Schweine. Neunzig Prozent von denen wissen nicht weiter vor lauter Schulden, nur zehn Prozent sind echte, organisierte Verbrecher. Und den Banken tun ein paar Millionen Verlust ja nicht weh, seien wir ehrlich.

Tschuldigung, ich war nur kurz vom Fußballspiel abgelenkt. Ausgleich in der 21. Minute. Eine Schande. Nein, den Pariasek hätte ich nicht verraten, auch, weil ich gehofft hatte, dass er irgendwann einen seiner Finanzfreunde mitschleppt, ich die letzten Mosaiksteine zusammenfügen und ich ihn mit Bomben und Granaten mit seinen ganzen miesen Finanzgeschäften auffliegen lassen kann. Aber das Schicksal wollte es anders.

Aah, die Schaumkrone ist ein Traum, und der erste Schluck immer der beste. Ein Glaserl Hirschbirne hintennach. Das ist Leben. Und Rapid führt gerade 2:1 gegen Red Bull Salzburg. 28. Minute. Nieder mit den Dosingern!

Aber das interessiert Sie wahrscheinlich nicht. Sie wollen ja wissen, wie man den perfekten Mord begeht. Nun ja, indem man dem hochverschuldeten Volltrottel von Goldkind-Halbbruder einredet, er soll die Sicherheitsfirma, die immer das Geld aus den Spielautomaten herausholt, ausspionieren und dann überfallen. Natürlich alles bestens mit dem Know-how des Polizistenbruders geplant, der selber kein Geld hat und für die Mitplanung einen Teil der Beute zur eigenen Schuldentilgung einfordert. Hat er mir echt geglaubt. Daran erkennen Sie, wie fertig Pariasek schon war.

Nun gut, das ist ja auch kein Wunder, nach dem Knick in seiner ewigen Aufwärtskurve. Womit wir bei meiner Freistellung vom Dienst wären. Denn ein Polizist mit zertrümmerter Schulter ist nicht mehr waffentauglich, ist nicht mehr außendiensttauglich, ist vom Innendienst frustriert, hat Burn-out und Depressionen, ist zu alt für eine Umschulung, wird, weil hoch dekoriert, vom Dienst freigestellt – offiziell in der Hoffnung, dass er doch irgendwann wieder den Kollegen mit seiner Berufserfahrung zur Seite stehen kann, inoffiziell im Ruhestand und wie ein Pinguin unterm Zitronenbaum beäugt, wenn er das Büro betritt, um zu zeigen, dass er noch lebt. Also tut das der Ruhedienstler nicht mehr, freut sich dafür lieber, dass er nun mehr Zeit hat, mit der richtigen Technik kurz und schmerzlos den Dorn aus seinem Fleisch zu ziehen.

Wo war ich? Weil ich hab grad mit einem weiteren Gösser den Ausgleich hinunterspülen müssen (in der 45. Minute! Diese Wappler!). Und dann mit den anderen hier im Fernsehraum die Scheiße der ersten Halbzeit diskutieren müssen. Und jetzt hat mich die alte Vettel mit den lilafarbenen Haaren, diese Schnapsdrossel, die im Nichtraucherraum immer am ersten Tisch neben dem Seiteneingang einen Punschkrapfen inhaliert und dazu ihren Fernet sauft, und das nicht wenig, jetzt hat mich diese alte Schabracke auch noch bemitleiden müssen wegen dem Pariasek. Hat die doch glatt gesagt, dass ich beim Trinken aufpassen soll. Alkohol hilft bei Trauer nichts. Das wisse sie nur allzu gut. Und wie ich der Oma das glaub. Die hat Routine bei Fernet gegen toten Fritzl. So hat ihr Alter geheißen, der schon vor siebzehn Jahren die Kurve gekratzt hat. Übrigens: aufgehängt wegen Spielschulden. Kein Scherz. Aber von so einem blöden Selbstmord hat doch niemand was. Da hab ich dem Pariasek und mir doch richtiggehend einen Gefallen getan. Er hat sich vorm Sterben nicht fürchten müssen, weil er ja nicht gewusst hat, wann es passiert, und ich hab zum Trocknen meiner Tränen 1,1 Millionen Euro. So macht man das. Jawohl.

Gut. Die zertrümmerte Schulter hab ich mir zugezogen, weil ich blöderweise einmal in eine nahegelegene Nachtbar auf ein Bier gegangen bin, während sich Pariasek auspeitschen hat lassen. Und weil ich einen alten Kollegen getroffen hab, habe ich die Zeit übersehen. Prompt hat der Goldjunge vom Nightlife noch nicht genug gehabt und ist auch noch in meine Nachtbar hineingekracht. Ich hab mich zum Ausgang verdrückt – ein blöder Reflex, ich hätte einfach sagen müssen, dass unser Aufeinandertreffen Zufall sei. Pariasek hat auch prompt in meine Richtung geschaut, geblinzelt, sich unsicher in Bewegung gesetzt, ich bin losgerannt, er ruft freudig meinen Namen und folgt mir, ich hinaus auf die Straße und direkt in ein Taxi. Ich habe es knacksen gehört und gehofft, dass es vorbei ist. Vorbei war es nur mit dem Außendienst, wie gesagt, aber auch mit Pariaseks Ehe. Denn seine Amitusse war nicht blöd und hat die richtigen Rückschlüsse aus dem Polizeiprotokoll gezogen. Und sie hatte es nicht so mit der Rolle der Dom, sie war eine von den Amis, die alles jenseits von der Missionarsstellung für Teufelszeug halten.

Ja, was soll ich sagen? Frau weg, Alkohol her, schlechte Geschäfte, Finanzkrise, Pleite. Das Übliche halt, was wahrhaft schwache Menschen so machen, wenn ihnen einmal ein Wind entgegenweht, der ein bissel rauer ist. Nach fast fünfzig Jahren Butterseite ist es natürlich kaum zu verkraften, wenn man einmal nicht die Nummer eins ist. Er muss sogar seinen liebsten Bruder bitten, bei ihm einzuziehen, damit er die Familienwohnung nicht aufgeben muss. Und seitdem habe ich meinen Platz verloren, jenen an der Wand im Raucherbereich entlang der Bar, Sie erinnern sich? Weil nun musste ich ja mit ihm gemeinsam ins Café gehen, bei ihm sitzen, dem Weichei die Hand halten, während er sein Schicksal betrauerte. Dass tausende andere Männer, inklusive seines heißgeliebten Halbbruders, auch ihren Job und ihre Frau verloren haben und dennoch nicht in den Abgrund stürzen, das wollte er nicht hören. Es ist nicht schade um ihn. Nicht lebensfähig.

Das Leben ist trist. 61. Minute. Die Dosinger führen 3:2 gegen Rapid. Trist, trist, trist. Wie zwei Arbeitslose in einer viel zu großen Wohnung. Nein, das ist leicht übertrieben, mehr aus der Sicht von Pariasek gesehen. Ich habe ja immer meine Schreiberei gehabt. Mittlerweile sind auch schon ein paar meiner Geschichten in so Literaturzeitungen erschienen. Sie sind zwar kopierte Papiere für handverlesene Gäste bei Lesungen in kleinen Cafés, nahezu unter Ausschluss der Öffentlichkeit abgehalten, aber immerhin. Ich schreibe. Pariasek hat gespielt.

Bald waren seine Schulden jenseits der Bonitätsgrenze, die ihm seine kaum vorhandenen ehemaligen Freunde in der Finanzwelt eingeräumt haben. Daraufhin hat er noch mehr gespielt, denn er musste ja seinen Verlust wettmachen. So unsinnig, so sinnig. Habe ich nie verstanden, ist nicht meine Sucht. Und weil er wollte, dass ich auf ihn aufpasse und ich nirgendwo anders hingehen wollte als ins Hummel, hat er eben hier gespielt. Auf einem der beiden Automaten. Sie können sich gar nicht vorstellen, wie furchtbar das für ihn war, wenn einmal beide Apparate besetzt waren und er warten musste. Jedes Mal hat er die absolute und einzige Chance seines Lebens versäumt, den Jackpot zu knacken. Irgendwann hat er mir die Schuld an seiner Misere gegeben, denn ich zwang ihn ja durch meine Sturheit, nur ins

Hummel gehen zu wollen, an diesen beiden Automaten zu spielen. In einem größeren Casino, ja, da würde er … widerlich. Weichei.

Das war der Zeitpunkt, wo ich ihn nicht mehr nur hasste, sondern wo er mir lästig wurde. Das brachte mir die nötige Ruhe und Analysefähigkeit.

74. Minute – Ausgleich Rapid. Und die Rapid-Viertelstunde hat begonnen. Die Hoffnung lebt. Also, ich werde das jetzt zügig zu Ende schreiben, weil ich hab jetzt genug. Ich will heute lieber mit meinen Kumpels vom Fernsehraum einen letzten Absacker machen. Dann werde ich diese Schrift ausdrucken und irgendwo am Herrenklo hier im Hummel verstecken. Damit Sie, ja, genau Sie, der Sie diese Anleitung zum perfekten Verbrechen gerade gefunden haben, Ihrem Leben mit meinen Ezzes endlich eine andere Richtung geben können. Oder soll ich sie im Damenklo verstecken? Sie, der oder die Sie das gerade lesen, wissen, wie ich mich entschieden habe.

Gut, und jetzt zu den Fakten: Ich hab mit Pariasek den Geldtransporter ausspioniert (der damals vor vier Wochen erstens voller Geld am Ende seiner Tour und zweitens zu einer für Raubüberfälle wirklich guten Zeit kam, nämlich um 8.15 Uhr morgens – Schulkinder weg, Pensionisten noch nicht auf Einkaufstour, also kaum Leute auf der Straße; jetzt fahren sie zu einer anderen Zeit, und auch nicht mehr einer allein, sondern zu zweit), dann hab ich ihm eine nicht registrierte Pistole (man hat noch seine alten Kontakte) und passendes Gewand mit Handschuhen, Maske und Kapuze besorgt. Wir haben die Fahrtzeiten der Straßenbahnen studiert (vor dem Café kreuzen die Linien 2, 5 und 33) und offene Hauseingänge gecheckt. Die Linie 33 war mit ihrer Ankunftszeit um 8.20 Uhr perfekt. Erfahrungsgemäß kreuzte sie sich auch mit einer der beiden anderen Straßenbahnen und bot so den besten Sichtschutz. Pariasek sollte hinter der Straßenbahn verschwinden, in den Hauseingang, an den die Filiale von – nein, sage ich jetzt nicht, sonst bekommen die noch eine Untersuchung wegen Mittäterschaft. Er sollte also in diesen Hausflur, an den das bewusste Geschäft angrenzt, mir dort das Geld und sein Übergewand geben, durch die von mir geöffnete Gangtür über das Kundenklo in das Verkaufslokal dieses Geschäftes schlüpfen und seelenruhig in die nächste Straßenbahn einsteigen. Ich, der ich mit ihm körperlich ja keinerlei Ähnlichkeit habe, könnte unbehelligt nach Hause schlendern. Vorher sollte er ein bisschen in die Luft schießen und drohen. Pariasek hat mir geglaubt, dass das funktioniert. Anhand dessen sieht man schon, wie ungerecht es war, dass er die Nummer eins war und nicht ich (ich habe in dieser intensiven Zeit zwischen uns beiden übrigens herausgefunden, dass er entgegen meiner Annahme tatsächlich nie ein Finanzverbrechen begangen hat; ein unfähiger Gutmensch halt). Nun ja, und wie erwartet, hat Pariasek gejammert, dass er Angst vor dem Schießen hat, worauf ich den geplanten Joker ins Spiel gebracht habe. Seinen neuen besten Freund. Man hat ja noch alte Kontakte, die einem was schuldig sind. Gemeinsames

Spielen, gemeinsames Saufen, gemeinsame Bordellbesuche, vom Polizistenbruder als unbedenklich eingestuft, genauso stier wie man selbst, genauso betrogen von Frau und Freund wie man selbst.

Pariasek war so naiv, ja, geradezu gutgläubig-dumm, dass man ihn von Rechts wegen eigentlich in einen geschützten Raum hätte sperren müssen. Nicht überlebensfähig. Wenn ich ihn nicht jahrelang gehasst hätte, hätte ich Mitleid bekommen und ihn in eine Entzugsklinik gesteckt.

Naja, der langen Rede kurzer Sinn: Mein alter Kontakt wurde sein und mein Komplize, der nun seinerseits alle mit Geschrei und Schüssen in die Luft ablenken und mit dem Fahrrad fliehen sollte. Ich hab meine Waffe von diesem alten Kontakt kontrollieren lassen, diese dann nur mehr mit den Fingerspitzen und dann auch nur mit Handschuhen angefasst. Und ich war auch nicht im ausgemachten Hausflur gegenüber dem Hummel bei der Station vom 2er, sondern in einem nicht einsehbaren Eingang neben dem Hummel in der Albertgasse, die hier eigentlich der Josef-Mathias-Hauer-Platz ist (übrigens ein Komponist, was gut zu Kaffeehaus passt). Und als mein alter Kontakt wild schießend in der perfekten Richtung stand, also mit dem Rücken zu mir und mit dem Gesicht zu Pariasek, sozusagen in meiner direkten Schusslinie, habe ich statt ihm geschossen. Blattschuss ins Herz von Pariasek. Wie gesagt, ich habe eine exzellente Ausbildung. Blut. Gekreische. Mein alter Kontakt flieht – nun hysterisch wie eine Jungfrau (er ist mehr ein Dieb als ein Django). Ich stürme herbei, tu so, als ob ich gerade von unserer Wohnung käme, stolpere schreiend Richtung Leiche und lasse dabei unauffällig die Waffe mit den Fingerabdrücken meines alten Kontaktes fallen. Werfe achtlos meinen Mantel über die Beute, um mehr Bewegungsfreiheit für die Wiederbelebungsversuche zu haben, und lache meinem Halbbruder ins gebrochene Auge. Das hat allerdings niemand gesehen. Und auch nicht, dass mein zusammengeknüllter Mantel ein ziemlich großer Ballen war, als ich verzweifelt den Schauplatz des Verbrechens verließ.

Ja, so einfach geht es. Ein bisschen Planung und ein bisschen Psychologie. Die Menschen sehen nur, was sie sehen wollen. Ein maskierter Räuber ist einfach der bessere Täter als ein trauernder Bruder. Und ich kenne meine Ex-Kollegen: nur nicht zu viel Arbeit.

Unentschieden gegen die Dosinger. Ich bin müde. Aber ich muss ihnen noch auf eine Frage antworten, die Sie sich jetzt sicher stellen: Wieso hat mich mein alter Kontakt nicht verpfiffen? Hat er ja. Er hat nur nicht meinen richtigen Namen gewusst. Er hat mich einst undercover kennengelernt. Und wenn ich undercover unterwegs war, hab ich immer mehrere Namen benützt. Man will ja nicht, dass etwaige kriminelle Handlungen in Berichten aufscheinen. Und natürlich waren wir nicht hier im Hummel mit ihm in Kontakt. Wiedererkennungseffekt. Außerdem würde ich so ein Subjekt den Menschen hier nicht zumuten. Und Sie brauchen auch kein Mitleid mit ihm haben. Das Gefängnis ist seine zweite Heimat. Richtig wohl fühlt er sich eigentlich nur dort.

Sie merken: alles durchgeplant. So gesehen ist diese ganze Anleitung für Sie unbrauchbar. Ja, jetzt wird es mir klar: Für das perfekte Verbrechen muss man Polizist sein. Denn als solcher denkt man wie ein Verbrecher, emotionsfrei und analytisch. Aber vielleicht sind Sie, ja, gerade Sie, ein Talent. Oder selber Polizist. Ich werde also meinen Bericht für Sie verstecken. Und dann den nächsten Flug nach Rio de Janeiro nehmen. Kein Auslieferungsabkommen, warm und billig (1,1 Millionen sind dort viel Geld). Da kaufe ich mir dann eine Villa. Und suche mir eine Frau, die nicht auf einen schönen, großen Mann mit braunen Locken steht, der sie mit Börsengewinnen beeindruckt, sondern auf einen mit inneren Werten wie Intelligenz.

Aber vorher werde ich noch ein paar Bier trinken. Mich dazu allerdings von meinem Stehtisch beim Klogang in die Tiefen des Fernsehraumes verziehen. Denn es ist nicht gut, auf einen leeren Platz in einer Fensternische zu starren.

Cafe-Restaurant Hummel
1080 Wien, Josefstädter Straße 66, *www.cafehummel.at*

Helga Anderle

Ringelspiel

Wer killt, gewinnt

Immer, wenn Helene durch die zwei Türen des Windfangs ins Prückel trat, erinnerte sie sich daran, wie sie als Kinder mit den Drehtüren der großen Kaffeehäuser Ringelspiel gefahren waren. Meist war es nur ein kurzer Spaß gewesen, denn noch ehe man richtig in Fahrt kam, wurde man schon vom grantigen Ober weggestampert. Komisch eigentlich, dass sie ausgerechnet daran denken musste. Die Kinderzeit hatte sie längst hinter sich gelassen und von den vielen Ringstraßen-Cafés existierten kaum noch welche. Schon gar nicht solche mit Drehtüren.

Als einziges Relikt der früheren Pracht des Prückel – bei der Eröffnung 1903 präsentierte es sich in üppigem plüschigem Makart-Stil – war nur noch die Stuckdecke im rauchfreien Teil des Lokals übriggeblieben. Allerdings hatte das Mobiliar aus der Zeit der Renovierung in den Fünfzigerjahren mittlerweile auch schon wieder die entsprechende Patina, um als Kult zu gelten.

Helene war das alles herzlich egal, sie ging nicht aus nostalgischen Gründen hin. Nicht wegen der Zeitungen, nicht wegen der Mehlspeisen, auch nicht wegen des Kaffees

– obwohl vom Kapuziner bis zum Salon-Einspänner jede nur erdenkliche Kaffeespezialität zu bekommen war –, ihr reichte die übliche Melange. Sie frequentierte das Prückel allein deshalb, weil es zentral lag. Wenn sie sich mit Freunden verabredete, nach einem Spaziergang im Stadtpark, einem Besuch im Mak oder wenn sie sich von einer der Buchhandlungen in der Wollzeile losgerissen hatte, landete sie unweigerlich dort. Im Augenblick hatte sie jedoch ein ganz spezielles Motiv. Sie suchte einen Mann, einen ganz bestimmten Mann, den sie bis dahin nur aus Erzählungen und von den Wirtschaftsjournalen her kannte.

Als Witwe war sie des Alleinseins überdrüssig, und sie konnte sich gut vorstellen, dass er und sie perfekt zusammenpassten. Obwohl bereits Mitte fünfzig, war sie immer noch eine attraktive Erscheinung, sie achtete auf ihre Figur, trainierte regelmäßig im Fitnesscenter, war weltgewandt, beherrschte mehrere Sprachen und wusste sich in der Gesellschaft zu bewegen. Genau die Richtige für einen Mann in seiner Position. Jetzt, wo Tina nicht mehr da war.

Bei Tinas Begräbnis hatte sie wegen des beachtlichen Andrangs nur einen kurzen Blick auf den Witwer erhaschen können: Gramgebeugt schritt er, mit Hut und schwarzer Brille, hinter dem Sarg einher. Sie war spät dran gewesen – der 71er brauchte ewig bis zum 2. Tor des Zentralfriedhofs – und die Aufbahrungshalle war bereits so voll, dass sie sich regelrecht hineinquetschen hatte müssen. Die Nachbarin zu ihrer Linken, eine alte Dame, deren Persianer penetrant nach Mottenkugeln stank, war ihr mit ihrem ständigen Gemurmel ziemlich auf die Nerven gegangen. Aus ihren Kommentaren schloss sie, dass die Pelzträgerin ein Begräbnisgroupie war, die sich statt »Reich und schön« im Fernsehen lieber eine Beerdigung anschaute. Da kam sie bei Tinas Begräbnis garantiert auf ihre Kosten. Man hätte fast glauben können, es handle sich um ein Staatsoberhaupt oder einen Burgschauspieler. Vermutlich hätte Tina das aufwendige Spektakel gefallen, Bescheidenheit gehörte nicht zu ihren Tugenden. Sie stand immer gerne im Rampenlicht, genoss es, wenn nicht nur alle Augen, sondern möglichst auch noch dutzende Foto- und Filmkameras auf sie gerichtet waren.

War ja durchaus verständlich. Tina war auffallend hübsch gewesen und hatte vor ihrer Heirat als Model gejobbt. Keines von diesen zaundürren, muffig dreinschauenden Klappergestellen, wie sie in Mailand, Paris oder New York über den Laufsteg stöckeln. Für eine internationale Karriere fehlten ihr das Format und der Ehrgeiz. Ihr reichte es, für lokale Kaufhauskataloge und Werbeprospekte zu posieren: Klamotten, Unterwäsche, Bademoden, Kosmetika und so Zeug. Beim Shooting für einen Fertigteilhaus-Katalog hatte sie ihren Mann kennengelernt und das Modeln aufgegeben. Konnte die Gnädige spielen und musste sich nicht mehr von geilen Fotografen begrapschen lassen.

Woher Helene das alles so genau wusste? Tina, die einfach gestrickt war, hatte sich ihr bei dem Yogakurs förmlich aufgedrängt. Eine Plaudertasche, der ständig das Mundwerk ging, immer alles frisch von der Leber weg. Helene, um einiges älter, war das genaue Gegenteil: der Typ, der zuhören kann. Zunächst gelangweilt, später mit wachsendem Interesse. Besonders als Tina immer freizügiger von ihren Eheproblemen zu erzählen begann. Es war offensichtlich, dass sie trotz ihres privilegierten Lebens als Gattin des bekannten und schwerreichen Baulöwen Robert Steinbach nicht besonders glücklich war und bei ihr Trost und Anteilnahme suchte.

Das Prückel war, wie immer am späten Nachmittag, gerammelt voll. Vor ihr gab es einen Stau, eine junge Frau mit Kinderwagen versuchte sich durch die engen Gänge zu manövrieren und stand den nachdrängenden Gästen und den Obern im Weg. Soweit Helene sehen konnte, waren alle Tische besetzt. Das übliche Publikum: hauptsächlich ältere Herrschaften, die Herren in Anzug und Krawatte, die Damen in adretten Kostümchen, neuerdings eine Menge junger Schnösel mit Gelfrisur vor ihren Laptops, Touristen, die sich um die Mehlspeisenvitrine scharten, Zeitungsleser. Die meisten Gäste – so wie sie ja auch – einsame Seelen, die lieber Ellbogen an Ellbogen Kaffee tranken, als allein in ihren 5-Zimmer-Wohnungen Trübsal zu blasen. Ganz hinten im Mittelgang erhob sich eine Blondine aus ihrem Sessel und winkte. Helene war sich nicht sicher, ob sie gemeint war. Die Frau kam ihr zwar vage bekannt vor, aber ihr war jetzt nicht nach Smalltalk. Steinbach war nirgends zu sehen. Es war vermutlich zu früh für ihn, sich bereits fünf Wochen nach Tinas Tod in seinem Stammcafé unter die Leute zu mischen.

Helene ließ noch zwei weitere Wochen vergehen, und als er im Prückel noch immer nicht aufgetaucht war, beschloss sie, nach ihm zu suchen. Vermutlich verkroch er sich ja zu Hause. Nach einem Todesfall ist man als nächster Angehöriger zuerst einmal in einer Art Schockzustand. Kann es nicht glauben, leugnet es, vermag den leidvollen Verlust nicht zu akzeptieren. Danach folgt die Phase der Isolation, der Abkapselung. Das war genau der richtige Zeitpunkt. Robert Steinbach brauchte sie wie einen Bissen Brot. Sie wusste, wie sie ihm beistehen, ihm helfen konnte. Wenn es klappte – und davon war Helene zutiefst überzeugt –, dann würde sich alles Weitere wie von selbst ergeben.

Helene kannte die Adresse in der Gloriettegasse, sie hatte Tina des Öfteren vor der imposanten, in Schönbrunnergelb gehaltenen Villa abgesetzt. Schon beim Einparken bemerkte sie die vielen Umzugskartons, die sich auf der Veranda stapelten. Das Gartentor stand offen. Helene zögerte nicht lange, ging hinein, schlängelte sich geschickt an den randvoll mit Klamotten, Schuhen, Taschen, DVDs, Sportgeräten, Kosmetika und sonstigem Klimbim gefüllten Schachteln vorbei. Auch die Haustür war offen. Auf dem Läufer im Foyer ein wüstes Durcheinander von Fotos und dutzenden Versandhauskatalogen, für die Tina gemodelt hatte. Helene erschrak, als plötzlich der Hausherr vor ihr stand und sie böse anschnaubte: Was sie hier zu suchen hätte? Sie hatte damit gerechnet, dass er misstrauisch und abweisend sein würde, war aber fest entschlossen, sich nicht abwimmeln zu lassen. Rasch stellte sie sich als Tinas Freundin vor. Er musterte sie eingehend. »Ja, ja, ich erinnere mich … Helene Werner … Tina hat von Ihnen gesprochen.«

Der Mann sah gut aus. Hochgewachsen, schlank, markante männliche Gesichtszüge, Falten, Tränensäcke, das schon, aber immer noch volles, weißes Haar. Bequeme Jeans, hellblaues Hemd mit offenem Kragen, dunkelblaue Strickweste und handgefertigte Schuhe. Zwischen sechzig und siebzig, eine angenehme, präsentable Erscheinung. Er gefiel ihr auf Anhieb, und sie fand, dass er perfekt zu der gediegenen Villa passte, während sie sich Tina in diesem Ambiente überhaupt nicht vorstellen konnte.

»Tinas Sachen«, erklärte Robert Steinbach, nachdem sie sich zur Begrüßung die Hände geschüttelt hatten. »Für die Caritas … brauch dieses Zeug nicht, will es nicht mehr im Haus haben, muss alles weg!«

»Ja, ich verstehe«, sagte Helene einfühlsam, »das sind alles schmerzhafte Erinnerungen, jetzt, wo Tina nicht mehr da ist …«

Steinbach wischte sich über die Augen, sah zu Boden.

»Entschuldigen Sie, Frau Werner, es tut mir leid, ich hab jetzt keine Zeit, aber vielleicht können wir uns gelegentlich irgendwo treffen, am besten im Prückel, mein Büro ist gleich um die Ecke.« Sie gab ihm ihre Karte und er versprach, sich zu melden.

Eine Woche verging, ohne dass er sich rührte, und Helene war schon versucht, selbst die Initiative zu ergreifen, als er endlich anrief. Sie schob noch rasch einen Termin bei Kosmetikerin und Friseur ein und erschien pünktlich zur vereinbarten Zeit im Prückel. Steinbach saß in einer Fensternische im rauchfreien Bereich, worüber sie froh war. Zur Begrüßung stand er auf und half ihr aus dem Mantel. Auf seinen Wink hin kam der Kellner beflissen herbeigeeilt und servierte das Geschirr ab. Steinbach hatte mehr als die Hälfte des Saftbratens stehenlassen und bestellte für sie beide eine Melange.

»Es mag Ihnen herzlos vorgekommen sein, dass ich Tinas Sachen so schnell weghaben wollte … für mich hat das Zeug keinen Wert mehr … vielleicht hat ja jemand seine Freude damit … !«, begann er.

»Des einen Leid, des anderen Freud«, sagte Helene und schämte sich sogleich für diese abgedroschene Phrase. Steinbach machte eine wegwerfende Handbewegung. »Was wissen Sie schon … es wäre besser gewesen, Tina und ich wären uns nie begegnet. Hätte sie nicht heiraten sollen, alter Knacker, der ich bin, hätte meine Enkelin sein können«, sagte er mit bitterem Lachen.

Sie nickte verständnisvoll. »Tina suchte wohl einen Vaterersatz, eine starke Schulter zum Anlehnen.«

»Ach was, eher so einen alten Trottel wie mich, mit einer dicken Brieftasche, aus der die Scheine nur so herauspurzeln.« Helene fand den ausgesprochen sarkastischen Unterton ziemlich irritierend. »Ja, ja, sie hat mir oft erzählt, wie großzügig sie waren und wie sehr Sie sie verwöhnt haben«, bemerkte sie rasch.

»Jeden Blödsinn musste sie haben … hat mein Geld mit vollen Händen rausgeschmissen, als ob ich es selber drucken würde. Am liebsten hätte ich sie …« Abrupt brach er ab.

Die Tragödie war ein Fressen für die Medien gewesen. Ein Darling der Society, jung, bildhübsch, vollgepumpt mit Tabletten und Wodka, in der Badwanne ertrunken. Der passende Stoff für Dramen, Gerüchte und Spekulationen. Wie immer bei Todesfällen unter dubiosen Umständen hatte man Untersuchungen eingeleitet und zunächst auch den Ehemann verdächtigt. Aber Steinbachs Sekretärin, eine langjährige Mitarbeiterin, seriös bis in die Haarspitzen, hatte sein Alibi bestätigt. »Es ist skandalös, eine so honorige, über jeden Zweifel erhabene Persönlichkeit wie Herrn Steinbach einem derart schwerwiegenden Verdacht auszusetzen«, hatte sie ihrer Empörung Luft gemacht. »Ich kann beschwören, dass mein Chef den ganzen Abend mit mir im Büro war.« Andere Verdächtige gab es nicht. Selbstmord wurde ausgeschlossen, also kam man zu dem Schluss, es sei ein tragischer Unfall gewesen.

Helene räusperte sich und überlegte, wie sie am besten anfangen sollte. »Sieht so aus, als ob zwischen Ihnen beiden nicht alles Honig und Rosenwasser gewesen ist, wenn ich mir die Bemerkung als Außenstehende erlauben darf.« Steinbach betrachtete schweigend seine Schuhspitzen und nickte nur leicht mit dem Kopf. »Auf jeden Fall sollten Sie zu Ihren Gefühlen stehen«, fuhr sie fort. »Wenn Sie wütend sind, ist es okay.«

Zum ersten Mal wich er ihrem Blick nicht aus. »Merkwürdig … Tina hat auch immer so komisch dahergeredet wie Sie, dass man zu seinen Gefühlen stehen und sie akzeptieren soll.« Typisch Mann, dachte Helene, wollen ihre Gefühle am liebsten in die unterste Schublade stecken und ja nicht daran rühren. Würde nicht leicht werden, seine harte Schale zu knacken.

Inzwischen hatte der Kellner den Kaffee serviert. Schweigend rührten sie eine Weile in ihren Tassen. Steinbach nahm einen Schluck, lehnte sich zurück. »Unsere Ehe stand von Anfang an unter keinem guten Stern, es war nicht nur der Altersunterschied … wir hatten auch ganz konträre Interessen. Die Firma steht bei mir an erster Stelle, hab ganz klein angefangen, jetzt sind wir europaweit an der Spitze, das schafft man nur, wenn man seine ganze Energie in die Arbeit steckt. Zur Entspannung gehe ich gerne ins Theater, in die Oper, gelegentlich ein feines Diner oder mit Geschäftsfreunden zum Heurigen. Tina hat sich dabei nur gelangweilt. Ihr stand mehr der Sinn nach Discos, Partys, Galas – am liebsten war es ihr, wenn die ›Seitenblicke‹ dabei waren.«

Das war Helene nicht neu. Tina hatte sich oft bei ihr darüber beschwert, dass ihr Mann nur für seine Arbeit lebte und sie sträflichst vernachlässigte. Sie fühlte sich in seinem erzkonservativen Freundes- und Bekanntenkreis nicht wohl, hasste es, bei steifen Essenseinladungen die Gastgeberin spielen zu müssen, langweilte sich entsetzlich, fühlte sich eingeengt, gesnobt und bevormundet.

»Ehrlich gesagt war es die Hölle mit ihr«, begann Steinbach wieder. »Sie hat mich zum Gespött der Leute gemacht, musste mich oft für ihre dummen, taktlosen Bemerkungen schämen, ist von einem Fettnäpfchen ins andere getreten … meist hat sie auch zu viel getrunken, sich lasziv an Männer herangemacht …«

Als der Kellner kam, verstummte er. »Mir ist jetzt nach einem Cognac, wollen Sie auch einen?« Helene bestellte einen Cointreau. Steinbach leerte das Glas in einem Zug. »Ich bin durchaus tolerant, hab gedacht, sie ist jung, es wird sich mit der Zeit schon einrenken, hab ihr ja ohnehin viele Freiheiten gelassen, aber wenigstens bei offiziellen Anlässen sollte sie eine gute Figur machen … Sie haben ja keine Ahnung, wie peinlich es ist, wenn hinter ihrem Rücken getuschelt und gelacht wird … ich war so verzweifelt, dass ich schon an Scheidung gedacht habe …«

Helene war überrascht, das hatte ihr Tina verschwiegen.

»… wäre mich teuer zu stehen gekommen«, erzählte er weiter, »gerade jetzt, wo die Krise die Baubranche besonders hart trifft … hab sie in meiner Vorstellung wohl hunderte Male …« Er machte eine abfällige Handbewegung, ließ den Satz unvollendet.

»Ja, ja, das ist schon in Ordnung … in unserer Fantasie gibt es keine Tabus, da dürfen wir uns alles erlauben, bis hin zum Mord«, sagte Helene im Brustton der Überzeugung. Steinbachs Unterkiefer sackte nach unten, mit offenem Mund sah er sie ungläubig an. Helene war fasziniert, wie all der aufgestaute Ärger und Frust nur so aus ihm heraussprudelten. Weiter so, weiter so, spornte sie ihn im Stillen an. Der Mann war auf dem richtigen Weg. Er reagierte wie im Lehrbuch, ließ endlich locker, begann sich zu öffnen. Sie beugte sich vor und ergriff seine Hand. Er entzog sie ihr, bedeckte sein Gesicht mit den Händen, und seine Schultern begannen zu zucken. Helene wechselte rasch die Seite, setzte sich neben ihn und drückte ihn tröstend an sich. Die Tränen waren ein gutes Zeichen. Das »Tal der Tränen« musste beim Trauern unbedingt durchschritten werden. Je früher, desto besser.

Er zog ein Taschentuch aus dem Hosensack und fuhr sich damit übers Gesicht. Sein Gefühlsausbruch in aller Öffentlichkeit war ihm peinlich. Helene hingegen war begeistert, dass es schon beim ersten Gespräch so gut lief. Offenbar hatte sie es richtig angelegt, sowohl in Hinblick auf das Timing als auch auf die Gesprächsführung. Wie es aussah, hatte der arme Mann einen ganzen Mount Everest von Problemen aufzuarbeiten. Ganz allein, nur mit sich selbst. Er hatte nur einen Anstoß dazu gebraucht, und den hatte sie ihm gegeben. Jetzt war es Zeit, Abschied zu nehmen. Steinbach ging voran und schien ganz unbekümmert. Helene hingegen konnte sich des Eindrucks nicht erwehren, dass sie beobachtet wurden. Ihr war, als würden sich bösartige Blicke in ihren Rücken bohren. Sie war froh, dass Steinbach sie bis zur U-Bahn begleitete.

»Sehen wir uns wieder, Frau Werner?«, fragte er verlegen. »Entschuldigen Sie, dass ich mich so gehen hab lassen … wir kennen uns ja kaum … üblicherweise bin ich nicht der Typ, aber ich muss zugeben, es hat mir gutgetan, mit jemandem so offen über meine Schuldgefühle reden zu können.« Nach einer kurzen Pause fügte er hinzu: »und Verständnis zu finden, statt verurteilt zu werden«.

»Sie können mich jederzeit anrufen«, sagte Helene zum Abschied. Beflügelt machte sie sich auf den Heimweg. Ein perfekter Anfang, genauso, nein, besser noch, als sie es sich vorgestellt hatte. Merkwürdig, dass der Mann befürchtete, sie würde ihn verurteilen. Im Gegenteil, sie war ganz auf seiner Seite. Offenbar ging Schönheit häufig mit einem miesen Charakter einher. Tina war ein richtiges Miststück gewesen, zu echter Freundschaft nicht fähig. Sie hatte sie nur als eine Art Mistkübel missbraucht, in dem sie ihren ganzen Seelenmüll abladen konnte.

Eines Abends läutete bei Helene das Telefon. »Ich hab dich neulich im Prückel gesehen, hab dir gewunken, aber du hast nicht reagiert«, sagte eine Frauenstimme. »Kannst dich wohl nicht mehr an mich erinnern, wir kennen uns vom Chorsingen, Sieglinde Schneider!« Ach, die farblose Bohnenstange, Sopranstimme wie sie, Sekretärin bei … – als es ihr einfiel, war Helene wie elektrisiert – … Steinbach! »Ja, ja, wir müssen uns unbedingt einmal treffen, ich bin nur im Augenblick ziemlich beschäftigt. Sag mir deine Telefonnummer, ich melde mich bei dir!«

Tatsächlich kam sie kaum noch zum Verschnaufen, pendelte ständig zwischen ihrer Stadtwohnung und Hietzing hin und her, lief von Laden zu Laden, um ihre Garderobe aufzupeppen. Steinbach lud sie zum Essen ein, ins Theater oder zu einem Ausflug in den Wienerwald. Eines

Nachmittags – sie waren nach einem Bummel durch die Innenstadt wieder im Prückel gelandet – schlug er vor, sich zu duzen. »Seit wir uns das erste Mal getroffen haben, fühle ich mich wie neugeboren. Hab viel nachgedacht über das, was du gesagt hast …, dass es eine normale Reaktion ist, sich schuldig zu fühlen und sich anzuklagen …«

Sie nickte und tätschelte ihm die Hand. »Das geht nicht nur dir so, sondern allen, die mit dem Verlust eines Partners fertigwerden müssen. Selbst bei Ehepaaren, die in Harmonie miteinander lebten, gehören Schuldgefühle nach dem Tod dazu. Erst recht, wenn es, so wie bei dir und Tina, nicht ganz so friedvoll und idyllisch zuging …«

Er atmete tief durch, blickte an ihr vorbei und sagte rasch: »Ich muss dir was gestehen … meine Sekretärin hat gelogen … sie konnte nicht länger zusehen, wie ich kaputtging …«

Für einen Augenblick setzte Helenes Herzschlag aus. Um Himmelswillen! War das ein Geständnis? War der Mann, mit dem sie ihr zukünftiges Leben verbringen wollte, ein Mörder? Fassungslos versuchte sie, den drängenden Fluchtimpuls zu unterdrücken, legte ihm stattdessen die Hand auf den Mund. »Robert, bitte, ich will das nicht hören, du solltest besser versuchen, einen Schlussstrich unter dieses unerfreuliche Kapitel zu ziehen. Du musst die Vergangenheit loslassen … ein für alle Mal.«

Toller Ratschlag, aber was Besseres war ihr auf die Schnelle nicht eingefallen. Heilige Madonna! Was, wenn sie Tina falsch eingeschätzt hatte? Wenn Steinbach tatsächlich der Psychopath war, als den sie ihn beschrieben hatte, und sie, das unerfahrene, junge Ding, sein wehrloses Opfer?

Immerhin war Steinbach sensibel genug, ihren Stimmungswandel zu bemerken. Er seufzte. »Was bin ich nur für ein Idiot! Du hast mich mit deinem Gerede derart eingelullt, dass ich …«

»Ich weiß nicht, was ich denken soll, ich bin völlig durcheinander, es wird das Beste sein, wenn ich jetzt gehe«, stammelte Helene und sprang auf. Auch Steinbach erhob sich, aber zu ihrer Erleichterung legte er ihr nicht die Hände um den Hals, um sie zu erwürgen, sondern wendete sich von ihr ab und ließ sie ungeschoren gehen.

Der Schock hielt auch während der nächsten Tage an. Helene hatte sich die Zukunft bereits in den rosigsten Farben ausgemalt. Hatte sich schon als umschwärmte Gastgeberin in der schönen Villa residieren sehen und sich vorgestellt, wie sie an Steinbachs Seite auf großen Galas und Empfängen glänzen würde. Mit einem Schlag waren all ihre wunderbaren Träume geplatzt. Erst allmählich beruhigte sich das Chaos in ihrem Kopf, und bald meldeten sich leise Zweifel. Vielleicht hatte sie sich nur etwas zusammenfantasiert, vielleicht hatte sie Robert falsch verstanden und er hatte Tina gar nicht …?

Sie musste sich Gewissheit verschaffen, musste unbedingt Sieglinde treffen, um sie auszuhorchen. Kurzerhand wählte sie ihre Nummer und lud sie zu sich ein. Die Bohnenstange, dunkelblauer Hosenanzug, weiße Bluse, schnickschnacklose Pumps, Haarknoten im Nacken festgezurrt, war pünktlich. Mit einer Flasche Champagner und einer Bonbonniere stand sie vor der Tür. »Na so was, dass du dich erinnerst … meine Lieblingspralinen!«, rief Helene begeistert aus, nachdem sie Wangenküsschen getauscht hatten. Sie bat Sieglinde herein, bot ihr Platz an und ging in die Küche, um den Champagner kaltzustellen. Sie wischte sich noch rasch über den Mund, bevor sie das Tablett mit den Gläsern und den Sandwichs hereinbrachte und sich zu ihrem Gast setzte. Sie gab sich einen Ruck, holte tief Luft und sagte beiläufig: »Was hältst du denn davon … es ist schon ein merkwürdiger Zufall, ausgerechnet dein Chef und ich … wir sehen uns in letzter Zeit ziemlich häufig, wer weiß, vielleicht …«

Ein Geräusch, das sich wie ein drohendes Knurren anhörte, drang aus Sieglindes Brust. Ihr Blick hätte Wasser zu Eiswürfeln gefrieren lassen. Plötzlich sprang sie wie eine Besessene auf, riss dabei das Tischtuch mit den Gläsern herunter und schrie: »Denkst du, ich weiß das nicht! Ich hab euch schon ein paar Mal beim Turteln im Prückel gesehen. Nicht schon wieder! Ich hab es so satt, dieses ewige Ringelspiel! Der unverbesserliche Dummkopf wird es nie kapieren! Kaum hab ich ihm dieses billige Flittchen vom Hals geschafft, lässt er sich bereits von der Nächsten einlullen …!«

Helene war wie vom Donner gerührt. Sieglinde war keine Verbündete, sondern eine Konkurrentin! Eine, die eiskalt und skrupellos jedes Hindernis beseitigte, das ihr im

Weg stand. Sie wollte wegrennen, ehe sich Sieglinde auf sie stürzen konnte, aber ihr Körper gehorchte ihr nicht mehr. Die Pralinen! Sieglinde musste wohl gewusst haben, dass sie sich sofort ein paar davon in den Mund stopfen würde.

Café Prückel
1010 Wien, Stubenring 24, *www.prueckel.at*

Eva Rossmann

Beziehungsweise

Der Coach, die Helden und Kamillentee mit Schuss

Ihr Leben ist es, das auf dem Spiel steht«, donnert er.

»Aber … meine Tochter … ich kann sie doch nicht im Stich …«, eine zaghafte Stimme.

»Hören Sie mir genau zu: Es geht um Ihr Leben. Sie wollen doch leben, oder?«

Ein Aufschrei und dann ganz leise: »Ja.«

»Dann vergessen Sie jetzt einmal alle rundum. Was brauchen Sie?«

»Ich … ich weiß es nicht.«

»Ja, dann, liebe Frau, kann ich Ihnen auch nicht helfen. Dabei gebe ich mir wirklich Mühe. Aber ich bin eben nur ein Coach, ich kann nicht Ihr Leben leben. – Möchte ich, nebenbei gesagt, auch nicht. Aber weil ich Sie nicht so aus der Leitung werfen will, fasse ich es noch einmal zusammen: Ihr Mann hat sie verlassen. Sie haben sich nicht so um ihre Tochter gekümmert, wie Sie es sollten. Sie waren in der geschlossenen Anstalt. – Warum eigentlich? Das, was ich Sie jetzt frage, tut vielleicht weh, aber ich muss es fragen, wenn wir weiterkommen wollen: Haben Sie sich vielleicht dorthin geflüchtet? Weil Sie gar nicht mit Ihrer Tochter zusammen sein wollten? Weil sie Sie zu sehr an Ihren Mann erinnert? Sie können es zugeben. Es ist heilsam. Wir alle hören Ihnen zu.«

»So ein Arsch«, sagt Moni und fasst es damit für mich perfekt zusammen. Moni ist Kellnerin im Radiocafé. Am späten Abend ist fast nichts mehr los, also hören wir Radio. Passt doch.

Wir hören die Frau wimmern. »Dreh ab, Lila«, sagt Moni.

»Dreh du ab«, murmle ich.

»Ich kann nicht.«

»Das ist ja der Mist. So funktioniert es.« Lila Kaiser, du gehst jetzt sofort zum Radio und drehst ab. Mit dir macht man so was nicht. Du bist keine Voyeurin. Du kannst mit Moni über viel nettere Dinge plaudern. Über deine Rolle in der Kinderhörspielserie zum Beispiel. Es ist eine Rolle als Frosch. Und? Ist ja Radio, nicht Fernsehen. Sonst müsste einem das doch zu denken geben.

»Ich hab schon überlegt, ob ich ihm seinen blöden Caffè Latte über die Hose leeren soll«, sagt Moni. Abgedreht hat sie immer noch nicht.

»Gut, dann lassen wir es dabei«, hören wir Christoph Vordernberg dröhnen. »Wie geht es Ihnen jetzt damit?«

»Ich … danke.« Und dann nichts mehr. Hat sie aufgelegt? Hat Vordernberg sie aus der Leitung geworfen? Was tut sie jetzt? Wie kann man auch so dämlich sein, in so einer Sendung anzurufen? Ich frage es Moni.

»Oder so kaputt«, erwidert sie und dreht jetzt endgültig ab. »Im Haus sind sie eh stinksauer. Die Bosse vom Berg haben Vordernberg durchgesetzt. Weil der Unternehmensberater die Quoten im Nachtprogramm doch eher mau fand. Jetzt sind sie super. Am Anfang haben so gut wie alle den Psycho-Heini geschnitten. Jetzt hocken jeden Tag ein paar mehr um ihn herum, er hält richtig Hof. Ist so was wie ein neuer Star. Man packt es nicht.«

»Glaubst du, dass er wirklich Psychotherapeut ist?«, frage ich Moni. »Ich meine, er könnte ja auch bloß tun als ob.« Weiß ich, ich bin Schauspielerin, auch wenn ich momentan bloß einem Frosch meine gar nicht quäkende Stimme leihe. Na gut, nebenbei gebe ich auch immer wieder eine Köchin. Kann ich ganz gut. Ich bin zäh, hitzebeständig und hab bei ein paar guten Typen einfach live eine Menge gelernt. So bin ich auch Moni begegnet. Sie war Kellnerin an meiner bisher letzten kulinarischen Wirkungsstätte. Nobelitaliener. Dann ist der Chef nach Italien abgehauen. Das Seltsame dabei ist: Antonio war gar kein Italiener, sondern aus Mistelbach. Irgendwann scheint er das vergessen zu haben und auch, dass er gar nicht Italienisch kann, sondern sich bloß einen italienischen Akzent zugelegt hat. Er hat das Wetter in Österreich nicht mehr ertragen, er musste endlich heim zu Mama in einen kleinen Ort in der Nähe von Neapel. Hoffentlich hat er ihn gefunden. Moni jobbt seither im Kulturcafé.

Moni sieht auf die Uhr. »Gleich kommt er.« Sie geht hinter die Bar und brüht Tee auf. Kamillentee. Als die Tür aufgeht, schüttet sie noch rasch einen guten Schuss Wodka in die Tasse. Wie immer sieht sich Amadeus erst einmal um, bevor er den Raum betritt. Keine Feinde, nicht einmal außergewöhnliche Gefahren zu registrieren. Dann entdeckt er Moni und lächelt sie an. Ich werde dabei quasi mit Augen- und Mundwinkeln mitbedacht. Amadeus mag Moni, ich glaube sogar, er steht auf sie. Weil sie nie über ihn lacht. Aber wahrscheinlich vor allem, weil sie gerade an ihrem Master in »Computeral Logic« arbeitet.

Amadeus nimmt seinen Kamillentee, schnuppert, führt ihn vorsichtig an die Lippen. Checkt er wirklich nicht, dass ihm Moni jedes Mal einen doppelten Wodka hineinleert? Allein der Name. Was soll aus einem werden, der Amadeus Übelhör heißt? Ein Genie. Oder ein Wahnsinniger. Unser Amadeus hat sich nicht entscheiden können und ist eine eigenartige Mischung aus beidem. Sein Großonkel Alfons Übelhör hatte es immerhin bis zum Hörfunkdirektor gebracht. Amadeus arbeitet im Radioarchiv. Weil er sich mit Musik auskennt wie kein Zweiter. Aber auch, weil er errechnet hat, dass das der absolut und in jeder Hinsicht sicherste Arbeitsplatz ist. Amadeus lebt nämlich in ständiger Angst. Und die bekämpft er mit Statistiken und Wahrscheinlichkeiten. Deswegen auch seine Liebe zu Monis Studium.

»Heute war er besonders arg«, sagt Moni zu Amadeus.

Der zuckt zusammen. War wohl gerade irgendwo zwischen einer Mozartsymphonie und der Überlegung, ob es am Montag gegen 23 Uhr sicherer sei, zu Fuß zu gehen oder mit dem Taxi nach Hause zu fahren. Oder ob er lieber bis nach Mitternacht warten soll. Das hat er mir nämlich schon erklärt: Dass seltsamerweise nach Mitternacht in Wien weniger Überfälle begangen werden als in den Stunden davor. Wobei ich ja das Gefühl habe, dass sich die Überfälle im vierten Bezirk sowieso in Grenzen halten.

»Ich konzentriere mich auf die Musikwünsche«, seufzt unser Freund. »Damit kann ich den Anrufern vielleicht doch eine Freude machen. Wenn man bedenkt, dass er früher in der Wetterredaktion war ...«

Moni kreischt begeistert auf. »Echt? Der ist eigentlich Meteorologe?«

»Keine Ahnung ... Dann hat ihn angeblich der Blitz gestreift ... vor Blitzen, das sage ich euch nur, muss man sich auch in der Stadt viel mehr in Acht nehmen, als die meisten glauben möchten, wisst ihr, dass im 15. Bezirk um ....«

»BITTE!«, rufen wir gleichzeitig. »Vordernberg. Vom Blitz gestreift. Und dann?«

»Und danach hat er eine Psychotherapieausbildung gemacht. Kann jeder machen, der dafür zahlt. Da sind dann solche und solche dabei. Die arme Frau, die heute auf Sendung war. Ich hab versucht, sie nach der Sendung anzurufen. Aber sie hat nicht abgehoben.« Amadeus nimmt noch einen großen Schluck. »Bei dir schmeckt der Kamillentee ganz besonders gut.« Er lächelt Moni an.

»Man sollte ihn loswerden. Und zwar dringend«, antwortet sie.

»Gib mir auch so einen«, sage ich zu ihr und deute auf die Tasse von Amadeus.

Ich eile die Treppen von der U1 nach oben, biege in die Taubstummengasse ein. Taubstummengasse, Übelhör und das Radio. Na gut, was Namen angeht, sollte ich lieber nicht zu viel grübeln. Meine Eltern haben mich in Verehrung für Kaiserin Sisi Elisabeth genannt. Elisabeth Kaiser, Kaiserin Elisabeth. Wen wundert es, dass ich mich schon seit der Schulzeit Lila nenne? Das Wetter ist jedenfalls sonnig und mein Frosch hat heute einen nahezu tragenden Part in der Hörspielfolge. Er wird draufkommen, dass er gar nicht möchte, dass ihn jemand an die Wand wirft, weil er gar kein Prinz werden will, sondern froh ist, ein grasgrüner, munterer Frosch zu sein. Nett, oder? Was ist an einem Prinzen schon dran im Verhältnis zu einem Frosch? Ich wende mich schwungvoll dem Hörfunkgebäude zu und stocke: Am Tisch vor dem Radiocafe, an dem Psycho-Vordernberg in letzter Zeit Hof hält, herrscht Aufruhr. Prügeln sie ihn für die gestrige Sendung? Gut so. Ich sehe auf die Uhr. 15 Minuten hab ich noch. Als ich näher komme, sehe ich, dass seltsamerweise das Zentrum der Erregung fehlt. Dort, wo Vordernberg gesessen ist, sitzt niemand.

Moni steht vor einem Mann in Jeans, der reichlich abgerissen aussieht. Womöglich einer der Freaks, die in der Nacht anrufen und ihre Probleme loswerden wollen.

»Was heißt, er ist verschwunden? Er war gestern Nacht auf Sendung«, höre ich sie sagen.

»Aber danach ist er nicht heimgekommen. Seine Freundin hat uns verständigt.« Kann es sein, dass der Freak im Nebenberuf Polizeibeamter ist?

»Vielleicht war er saufen«, antwortet Moni nicht besonders beeindruckt. »Im Radiocafé war er jedenfalls nicht.«

»Saufen!«, kreischt ein junger Mann mit bleichem Gesicht. »Der säuft nicht! Aber ... einer wie er, der hat sicher Feinde ...«

»So wie er mit den Leuten umgegangen ist, man sollte dem schon einmal Bescheid sagen«, mischt sich ein kräftiger Typ ein, er trägt eine knallrote Baseballkappe, sein Kopf sieht aus wie ein verkleideter Fußball. Nicht gerade der klassische Ö1-Hörer, aber Vordernberg hat eben mehr Publikum angezogen als das »Philosophikum«.

»Er hat gesagt, ich soll um elf beim Radiocafé sein«, ruft eine dickliche Frau um die vierzig.

»Was wollte er von Ihnen?«, frage ich so leise wie möglich in das Tohuwabohu hinein.

Sie sieht mich irritiert an. »Ich von ihm. Ich wollte ein paar Stunden bei ihm nehmen. Er hat gemeint, das wäre schon sehr gut für mich.« Mittlerweile hat sich eine beachtliche Menschentraube vor dem Café zusammengefunden. Eigentlich kein Wunder bei einem gehäuften Vorkommen von Journalisten und Reporterinnen. Neugier gehört nun einmal zu ihrem Berufsbild.

Ich ziehe die Frau zur Seite. »Wie sind Sie auf Vordernberg gekommen?«

»Ich ... ich hab in seiner Sendung angerufen.«

»Gestern?«

»Nein, vor einer Woche. Er war sehr nett. Er hat mich nach der Sendung zurückgerufen und gefragt, wie es mir geht. Und ob ich nicht ein paar Stunden will. – Und jetzt ist er verschwunden.«

Sieh an, unser Psychoguru keilt also Patienten, oder wie immer man dazu sagt.

Die Menschentraube hat sich inzwischen in zwei Lager gespalten. Das eine fürchtet um das Leben des Quotenwunders, das andere glaubt eher an einen PR-Gag von Vordernberg. Der Geräuschpegel steigt. Der Polizeibeamte wird zunehmend nervös und schreit in die Runde: »Dann fassen wir also zusammen … es hat Drohungen gegeben … wer … dann fassen wir also zusammen …«

Ich aber fasse Moni am Unterarm und ziehe sie hinter das Begrenzungsgebüsch des Radiocafés. »Drohung? Hast du das mitgekriegt?«

»Willst du ihn etwa finden? Ich nicht. Offenbar hat er Drohbriefe gekriegt. Der Polizist hat mich gefragt, ob ich in letzter Zeit im Café verdächtige Typen gesehen hätte. Sehr witzig. Meint er unseren Lieblingstonmeister, der um zehn aufs erste Bier kommt? Oder den ehemaligen Ö1-Chef, der herumhockt und jedem erzählt, dass er das Feature erfunden hat? Oder dieses alte Groupie mit den lila Haaren, die Rosenberg anschaut, als wollte sie ihn sofort vernaschen? – Der Freund von der Frau von gestern Nacht, der ist auch da.«

Ich recke den Kopf, spähe am Gebüsch vorbei. »Wer?«

Moni geht ums Grünzeug herum, sie ist nicht so groß wie ich. »Fort. Es war so ein muskulöser, mit einer roten Kappe.«

Mist. Der Polizist schreibt etwas in einen kleinen Notizblock. Sieht aus, als würde er gelbe Karten verteilen. Die Menschentraube scheint kleiner zu werden. Haben wahrscheinlich auch etwas anderes zu tun. – Oh du liebe Güte! Mein Frosch! Ich renne, hüpfe los, ich sollte längst quaken!

Zum Glück ließ unser Hauptdarsteller, ein echter Burgschauspieler, auf sich warten. Wichtiger Medientermin. Dass ich nicht lache, wird sich gestern Nacht versoffen haben. Glück für mich. Unsereins Fröschen wird Zuspätkommen nicht so leicht nachgesehen. Es ist Nachmittag, als ich das Studio verlasse und überlege, ob man es nicht doch riskieren sollte, an die Wand gedroschen zu werden, um danach ein Prinz zu sein. Inzwischen ist schon ein ganzes Rudel Polizisten in Zivil im Funkhaus unterwegs und fragt herum. Bei Vordernberg in der Praxis sind sie sicher schon gewesen. Trotzdem. Ich habe ohnehin heute nichts Besseres mehr zu tun. Ich will sie sehen. Seltsamerweise gibt es keinen Vordernberg mit irgendeinem Psycho-Hinweis im elektronischen Telefonbuch. »Ruf doch beim Psychotherapieverband an!«, sagt die Sekretärin der Literaturabteilung.

Zehn Minuten später weiß ich die Adresse und sonst noch so einiges: Unser Beziehungsweise-Coach hatte ziemlichen Ärger mit dem Psychotherapieverband. Die stehen nicht so drauf, dass jemand mit einer nicht einmal abgeschlossenen Schmalspurausbildung übers Radio Unsinn verbreitet. Und dass er eine Art von Privatpraxis betreibt. Vielleicht haben sie ihm nach seiner letzten Sendung aufgelauert. Hübsche Vorstellung: ein Rudel Psychotherpeuten, das den neuen Quotenstar lyncht.

Der Wirbel rund um Vordernberg wird immer größer. Einer der ORF-Direktoren sieht gar einen »Anschlag auf die Medienfreiheit«, und das wird auch noch in einer Tageszeitung veröffentlicht. Für die heutige Sendung hat man eine Lösung gefunden: Menschen können anrufen und sich, wie bisher, ein Musikstück wünschen. Amadeus wird sie blitzschnell wie immer zuordnen und einspielen. Er erkennt einfach alles. Und wenn jemand etwas erzählen will, kann er es tun. Wir wären ja dafür gewesen, dass Amadeus Vordernbergs Stimme einfach imitiert, er ist ein großartiger Imitator, muss mit seinem Musikgenie zusammenhängen, aber man ist übereingekommen, dass er lieber nichts sagt.

Ich höre den ersten Teil der Sendung in meinem Radioplayer. Ein Mann erzählt, dass er nach dem Tod seiner Frau einsam ist und bis heute mit der Waschmaschine nicht klarkommt. Soll er sich eine alleinstehende Wäscherin suchen. Eine junge Frau überlegt live, ob sie sich von ihrem Freund trennen soll. Hoffentlich hört er nicht Ö1. Dann stehe ich vor dem Haus, in dem Vordernberg seine Praxis haben soll. Ehemaliges Handwerkerhaus, eines der anachronistischen Gebäude, die es in den Wiener Innenstadtbezirken immer noch gibt. Die hellgelbe Fassade bröckelt. Kein Namensschild. Die Tür ist versperrt. Klingel gibt es keine. Aber eine Einfahrt zum Hof. Ich gehe hinein. Matter Schein vom Licht der Straßenlaterne. An der langgezogenen, niedrigen

Fassade seltsame Konturen. Da hockt jemand. Da schaut jemand. Regungslos. Zwei sind es mindestens, dort drüben, weiter hinten: noch einer. Was machen die hier? Was treibt Vordernberg da? Wer sagt, dass er wirklich verschwunden ist? Ich drücke mich eng an eine Mülltonne. Plötzlich Bewegung. Der eine Kopf. Ist abgefallen. – Er geht langsam und mit aufgestelltem Schwanz den schmalen Innenhof entlang. Eine Katze. Lila, du Idiotin. Skulpturen. Sie lagern entlang der Hausmauer. Da ist eine Hintertür. Ich drücke die Klinke nach unten. Seltsam. Die Tür ist nicht versperrt. Falle? Missgeschick? Die Polizei war sicher schon da. Versiegelt hat sie nichts. Also. Lila, du bis herzlich eingeladen. Noch weniger Licht. Ein großer Raum mit hohen Fenstern. Steinblöcke, Holzstämme, Werkzeug. Atelier. Ein Geräusch. Es kommt von weiter vorne. Das ist bloß wieder eine Katze. Ich schleiche zur offenstehenden Tür, bin in einem Vorraum. Drei Türen gehen von hier ab. Auf einer steht: »Lebens-Coach Christoph Vordernberg«. Sie ist einen Spalt weit offen. Ich lausche. Ich drücke die Tür vorsichtig weiter auf. Plötzlich, aus dem Nichts, eine Hand vor meinem Mund. Riesig und fest. Ich trete um mich. Ich stoße mit meinen Ellbogen nach hinten. Die Hand hat einen eigentümlichen Geruch, Betäubungsmittel? Nein. Die Hand riecht nach Benzin. Was, wenn er Feuer gelegt hat? Er ist viel stärker als ich. Eine Chance hab ich noch. Ich gebe jede Gegenwehr auf, tue, als würde ich ohnmächtig werden. Und jetzt dann, im richtigen Moment … er hat tatsächlich losgelassen. Ich hocke auf dem Boden, und gerade als ich losrasen will, sehe ich, dass der Mann nicht Vordernberg ist. Massiger Typ, der über mir steht und mich irritiert anglotzt. Er trägt eine rote Baseballkappe. Den hab ich doch schon … »Wo ist Vordernberg?«

Ich gehe langsam zur Tür Richtung Atelier. »Sie waren beim Kulturhauscafé.«

Er nickt. »Ich hab geglaubt, er ist einfach untergetaucht. Vielleicht da. Wär kein Wunder. Meine Freundin hat nach der Sendung versucht, sich umzubringen. Der Arsch hat ihr den Rest gegeben. Ich hab Nachtdienst in der Tankstelle. Nachbarn haben mich angerufen. Ich wollt ihm bloß richtig Bescheid sagen … aber da war niemand. Dann hab ich geglaubt, er kommt doch noch, aber das waren Sie.«

»Richtig Bescheid sagen wollten Sie ihm also …«

»Naja, ihm drohen. Dass er die Sendung sein lasst. Ich glaub noch immer nicht, dass den jemand weggeräumt hat. Der ist selbst abgehauen. Vielleicht ist er zum Fernsehen durchgegangen.«

Was für eine eigenartige Idee.

Eigenartig ist auch das Duo, das da aus dem Handwerkerhaus schleicht: Tankwart mit roter Kappe und Schauspielerin auf Abwegen. »Haben Sie die Tür …«, flüstere ich, als wir in den Innenhof gehen.

»Wir müssen immer wieder Autotüren aufkriegen, in der Tankstelle. Da lernt man so was.«

Auf der Gasse blinzeln wir einander an. Seltsam hell ist es hier plötzlich. Dann verschwindet er in die eine Richtung und ich gehe in die andere davon.

Die Sendung ist vorbei, als ich noch einen Sprung ins Radiocafé mache. Moni steht hinter der Schank und poliert Gläser. In einer Ecke sitzen ein paar Leute und tuscheln miteinander.

Ich erzähle ihr in groben Zügen, was mir der tätlichbesorgte Tankwart gesagt hat.

»Zum Fernsehen durchgegangen? Der Typ hat jedenfalls Sinn für Humor. Das täte genau zu Vordernberg passen.«

Ich stutze. »Und was, wenn er wirklich … Unsinn. Dann kapern sie ihn doch nicht, sondern machen eine Presseaussendung.«

»Vielleicht soll er gar die Fernsehstudios im Haus via-à-vis kriegen«, spinnt Moni weiter. »Seitdem sie diese Society-Sendung sausen haben lassen, stehen die doch leer.«

»Dass sie den Typen, der sie moderiert hat, zum Chef der Programmentwicklung gemacht haben …«, sage ich und denke dann: Darum geht es jetzt nicht. Aber apropos abwegige Idee: »Vielleicht wollte er zu schnell ein Prinz werden, unser Psycho-Coach.«

Moni sieht mich verständnislos an.

»Fernsehen ist Prinzenrolle. – Weißt du zufällig, wie man in die Studios kommt?«

Moni denkt nach und lächelt dann.

Kellnerin im Radiocafé müsste man sein. Kaum hilft man den Typen vom Sicherheitsdienst unerlaubterweise mit ein paar Bier durch die düstere Nacht, kann man beinahe alles von ihnen haben. Samt der Information, dass es in den Studios nur einmal die Woche einen Sicherheits-Check gibt. Die Alarmanlage würde eh alles melden. Oje. Dann wäre Vordernberg wohl aufgefallen. Aber wenn wir schon Schlüssel und Code haben: Warum keine Tour durchs verdörrte Quotenland? Liegt ja bloß auf der anderen Straßenseite.

Moni schließt auf und füttert die Alarmanlage mit Nummern. Das hektische Blinken geht in ein freundliches Blinzeln über. Ich atme erleichtert aus. Durch die großen Scheiben dringt genug Licht herein. In Vordernbergs Haus war es finsterer. Leere Büros. Leere Garderobe. Keine Computer, leergeräumte Regale, nicht einmal Telefone. Wir sehen aus dem Fenster. Alles ruhig beim Funkhauseingang. Alles ruhig beim Radiocafé. Alles ruhig? Moni soll mit diesem Klopfen aufhören.

»Hör du auf«, sagt sie.

Ich sehe sie irritiert an. Es klopft. Dumpf. »Vielleicht der Geist«, flüstert Moni. »Sie haben ihn gleich am Anfang eingesperrt, dass er nicht versehentlich auf Sendung kommt.«

Es pocht weiter. Irgendeine Leitung. Es nervt. Moni geht zielsicher auf einen dunklen Gang zu. Minitaschenlampe. Ich hab eine am Schlüsselbund. Ich leuchte. Studiotür. Das Pochen wird lauter. Vor der Studiotür ein Kasten, der den Türgriff fixiert. Ich suche einen Lichtschalter, jetzt ist es egal. Ich gehe hin, drücke. Nichts. Es bleibt finster. Schatten, der jetzt auf die Tür einprügelt. Ohne etwas zu sagen, schieben wir den Schrank zur Seite. Die Türe wird aufgerissen. Vor uns steht Vordernberg. Ziemlich derangiert. Im Studio stinkt es. Und zwar wie. Ich atme vorsichtig durch den Mund.

»Lassen Sie mich sofort frei!«, dröhnt er.

Wie wäre es mit »Danke«? Wir sollten ihn sofort wieder einsperren.

»Wo ist hier eine Toilette?«

Moni zeigt auf eine Tür. Er verschwindet. »Er hat natürlich ins Studio machen müssen«, flüstert sie mir zu.

Will ich gar nicht so genau wissen, dafür so einiges andere. Aber Vordernberg kommt nicht wieder. Wir hören die Klospülung, hören Wasser laufen, hören nichts mehr. Vielleicht ist er getürmt? Warum? Ich öffne die Tür, leuchte hinein, sehe Vordernberg erschöpft auf dem Behälter für die gebrauchten Papiertaschentücher sitzen.

»Was wollen Sie von mir? Lösegeld?« Seine Stimme dröhnt weiter, aber dann wird mir klar … er hat Angst, panische Angst. Vor uns!

»Wenn Sie alles erzählen, dann lassen wir Sie raus«, sagt Moni emotionslos.

Er starrt sie an. »Sie sind doch die … Kellnerin, oder?«

»Sie macht ihren Master in ›Computeral Logic‹«, ergänze ich. Ich ziehe Moni zu mir. »Er soll sich ruhig fürchten«, flüstere ich ihr zu. Lauter, sodass auch er es hören kann: »Oder müssen wir ihn holen?«

Er sieht sich um, scheint eine Flucht zu überlegen, taumelt, setzt sich wieder.

»Ich … der Fernsehdirektor hat mich herbestellt. Es geht um eine Sendung. Nach meinem Erfolg beim Radio … Ich bin her. Ich habe ihn gesucht. Bin ins Studio. Habe mich umgesehen. Und plötzlich war die Türe zu. Ein Kasten davor. Strom weg. Alle Leitungen tot. Sie wollten mich da verhungern und verdursten lassen! Das ist Mord!«

»Ich hab eine Kiste Mineralwasser im Studio gesehen«, antwortet Moni trocken.

»Einmal in der Woche kommt der Sicherheitsdienst«, informiere ich ihn. »Hat Ihnen der Fernsehdirektor eine E-Mail geschickt? Einen Brief?«

»Er hat mich natürlich angerufen.«

»Wie oft haben Sie vorher mit ihm schon gesprochen?«

»… einige Male.«

»Sie hatten doch sicher ein Mobiltelefon«, fällt Moni ein.

»Im Auto. Der Fernsehdirektor hat gemeint, unser Treffen sei topsecret. Und der Standort von Mobiltelefonen …« Vordernberg wird wütend. »Was grinsen Sie so?«

»Da hat einer zugeschlagen, der Ihre Sendung nicht mag. Zur Warnung. Das wird Ihnen wieder passieren«, sagt Moni.

Was hat sie damals am Abend gesagt? Man sollte Vordernberg abdrehen. Und zwar dringend. Vordernberg springt auf, rennt uns einfach nieder, den Gang entlang, touchiert einen Schreibtisch, strauchelt, rennt weiter, davon.

Wir laufen ihm nicht nach. Und die Polizei kann er selbst verständigen, wenn er will. Wir werden dem Sicherheitsdienst die Sauerei im Studio erklären müssen. Später.

Vor der Tür zum Radiocafé meint Moni: »Amadeus. Er kann großartig Stimmen imitieren.«

Ich schüttle den Kopf. »Er ist … nicht eben mutig.«

Moni lächelt. »Vielleicht hab ich ihn herausgefordert. – Unbewusst«, fügt sie hinzu, als sie meinen Blick sieht.

»Hast du gar keine Angst gehabt?« Wir sitzen zu dritt in einer Ecke des Cafés und trinken Kamillentee mit Wodka. Ist so irre, dass es mein Lieblingsgetränk werden könnte.

»Ich hab nicht mehr zuhören und brav Musik einspielen können«, antwortet Amadeus und sieht drein wie alle großen Helden. »War doch klar, dass er sofort in die Studios läuft. Es war ganz einfach. Ich habe mich immer für die Arbeit des Sicherheitsdienstes interessiert. Wobei man leider sagen muss, dass die meisten Sicherheitsdienste die realen Gefahren …«

Bevor er uns entgleitet, rufe ich: »Schlüssel. Alarmanlage.«

»Die Schlüssel hängen an einem Brett. Ich hab andere hingehängt, damit der Platz nicht leer ist. Und die Alarmanlage – bei so etwas bin ich Experte. Ich habe viele getestet, bis ich mich daheim für eine entschieden habe. Leider kann man die meisten mit einem Frequenzstörsystem deprogrammieren. Nach spätestens fünf Tagen hätten die Wachleute ihn sowieso gefunden.«

Die Sendung »Beziehungsweise« ist jetzt viel netter: Ohne Vordernberg. Menschen rufen an, wünschen sich ein Musikstück, und selbst wenn sie den Titel nicht genau kennen oder nur ein paar Takte summen, Amadeus weiß, was sie meinen. Sagen dürfen sie auch etwas. Nur dass kein Idiot seinen Senf dazugibt. Die meisten wollten heute Abend ohnehin bloß jemanden grüßen lassen. Die Quote ist bisher top.

»Verrückt ist bloß, dass der Direktor auf die Idee gekommen ist, Vordernberg soll seinen Mist tatsächlich live im Fernsehen machen«, seufzt Moni.

»Dort gehört er eh hin«, murmle ich.

Amadeus zwinkert meiner Freundin zu. »Könnte ich ausnahmsweise noch einen zweiten Kamillentee …«

Radio Cafe
1040 Wien, Argentinierstraße 30a (im Funkhaus), *www.radiocafe.at*

Andreas P. Pittler

Gruppenbild mit Leiche

Vom Central zum Zentral

Baron Salomon Glückstein war so tot wie ein Türnagel. Nur dass es noch niemand bemerkt hatte. Denn um diese Stunde erreichte die Betriebsamkeit im altehrwürdigen Café Central in der Herrengasse ihren Siedepunkt. Die hektisch herumschwirrenden Pikkolos wussten schon nicht mehr, wo ihnen der Kopf stand, die Marqueure wurden zu drei Tischen gleichzeitig gerufen, und selbst die Garderobieren schickten nur noch ein verzweifeltes Stoßgebet zum Himmel. Wem also sollte in einem solchen Moment das Ableben eines Stammgasts auffallen, dessen Hauptbetätigung darin bestand, nach dem Bestellen eines passierten Türkischen sanft einzunicken, ohne den Kaffee auch nur anzurühren. In dieser Phase der Meditation wagte es niemand, den Baron zu wecken, und wenn der Kaiser selbst nach ihm verlangt hätte. Denn das hätte bedeutet, sich den heiligen Zorn des Barons zuzuziehen – und wer wollte schon den einflussreichsten Finanzmagnaten der Stadt zum Feinde haben. Obwohl sich Glückstein, wie es hieß, schon lange aus dem operativen Geschäft seines Bankengeflechts zurückgezogen hatte, fiel keine einzige Entscheidung ohne ihn. Devot suchten ihn Minister, Bankdirektoren und Fabriksherren im »Central« auf, warteten geduldigst darauf, dass der Baron aus seiner Kontemplation erwachte, um dann demütigst einen Ratschlag zu erbitten, wie ein Problem herkulischen Ausmaßes, das gleichwohl für den Baron nur eine Petitesse war, final gelöst werden könne. In solchen Augenblicken pflegte Glückstein gedankenverloren seinen mächtigen weißen Bart zu kraulen, um dann blitzschnell wie eine Kobra mit der Antwort auf alle Fragen vorzuschnellen.

»Nebbich«, pflegte der Baron dann zu sagen, »12 ¾ für Kattun aus Tsingtao? A Genejwe! In Astrachan! 10 ½. Da verwett' ich die Josles von majne Techter drauf.« Mit diesem Orakel musste man sein Auslangen finden, und wenn man es denn befolgte, dann konnte man sicher sein, auch ein entsprechendes Auskommen damit zu finden. Mitunter gab es vorwitzige Menschen, zumeist aus Kreisen, die dem Mogul nicht besonders nahestanden, die meinten, einen Ratschlag des alten Herrn zwar nicht gänzlich in den Wind zu schlagen, aber doch ein klein wenig abändern zu können. Selbst wenn sie dann ob dieser Tollkühnheit nicht Schiffbruch erlitten, so kam es Glückstein dennoch alsbald zu Ohren, der ihnen dann bei nächster Gelegenheit gründlich die Leviten las: »Mejnst, Jingele, du darfst es ojf kapores, nit zu hör'n auf mejnen Rat? Ajn gonz ajn Geniter, was? Host gelernt schon Sejchl, du mit dajn kurtsn Mejchl?« Wer einmal so adressiert war, der tat gut daran, dem Baron nicht mehr unter die Augen zu kommen, sonst wäre er unter dem feurigen Blick Glücksteins auf der Stelle zu Asche verbrannt.

Diese Gefahr war nun freilich nicht mehr gegeben, denn Baron Glückstein hatte das Zeitliche gesegnet. Er war wie jeden Tag gegen 14 Uhr in der Lokalität erschienen, um zunächst, auch dies wie üblich, dem gleich am Eingang sitzenden Peter Altenberg gnädig eine Krone auf den Tisch zu legen, wofür ihn dieser, auch in diesem Punkte der alltäglichen Routine gerecht werdend, hymnisch pries. Dann ließ sich Glückstein den Mantel abnehmen, worauf er endlich zu seinem Stammplatz schritt, wo ihm ein Pikkolo den Sessel zurechtrückte. Zwei Minuten später hatte der Zahlkellner Franz ihm den Kaffee gebracht, dabei wie immer ein paar Worte mit dem Baron wechselnd, und weitere zwei Minuten danach weilte Glückstein wie gewohnt in Morpheus' Armen. Nur dass er diesmal nicht um Punkt fünf erwachte, um den vermeintlich Mächtigen Audienz zu gewähren. Dennoch fiel es erst eine volle Stunde später jemanden auf, dass der Baron diesmal in den ewigen Schlaf gesunken war.

Auf diese Entdeckung hin entspann sich zunächst einmal ein mit Verve geführter Disput, wer selbige für sich in Anspruch nehmen dürfe. Für Egon Friedell, der eilig an den Tisch herangetreten war, stand es außer Zweifel, dass er als Erster bemerkt hatte, dass Glückstein künftig nicht mehr im »Central«, sondern am »Zentral« logieren würde, was, wie er meinte, eindrucksvoll seine These vom allgemeinen Verfall der Gesellschaft bestätige, erreiche doch die Krisis der menschlichen Seele mit dem Hinscheiden des großen Glückstein eine neue Dimension. Doch sei es immerhin tröstlich, dass Glücksteins Seele nun, den zahllosen

Sternen gleich, durch die unendliche Tiefe des Weltraums wandern werde. Diesem Befund hielt Anton Kuh entgegen, der einzige erkennbare Verfall sei jener von Friedells Emanationen, die in der Tat einen derartigen Grad an Ermüdung hervorriefen, dass selbst vitalere Geister als jener des alten Barons entschlafen müssten. Als ihn daraufhin Hugo von Hofmannsthal der unnötigen Aggression zieh, meinte Kuh nur noch knapp, er müsse nun einmal, da er Kuh heiße, die Dinge wie ein Stier angehen, sonst werde man ihn nie ernst nehmen.

An dieser Stelle, da der Streit zu eskalieren drohte, war es der Zahlkellner Franz, der die erlauchte Gästeschar dezent darauf hinwies, dass der Baron keineswegs einfach so von dieser Welt gegangen war. Vielmehr habe jemand den Lebensfaden des alten Herrn böswillig jäh durchtrennt, wie der sich allmählich ausbreitende Blutfleck auf dem Gilet des Barons unzweifelhaft erkennen ließ.

Nun hielt spornstreichs Concordia Einzug, und Friedell, Kuh und Hofmannsthal riefen wie aus einer Kehle: »Bronstein!«

»Keine Sorge, Herr Trotzki. Ich bin g'meint.« Mit einem Lächeln passierte Oberkommissär David Bronstein den Tisch, an dem der russische Exilant mit Alfred Adler im Schachspiel versunken war, und erfreute sich des erstaunten Blicks seines Namensvetters, der ihm zudem auch noch zum

Verwechseln ähnlich sah. Bronstein strich seinen Kinnbart glatt und trat dann auf die drei Künstler zu, die ihm umgehend über ihre Erkenntnisse ins Einvernehmen setzten. »Jetzt ist aber einmal eine Ruh', meine Herrschaften. Ich muss doch sehr bitten! Wie soll ich mir einen Überblick verschaffen, wenn Sie sich hier in wütendem Streitgespräch ergehen?«

»Sie müssen schon verstehen, Herr Bronstein«, mischte sich nun Alfred Polgar ein, der die Gruppe zum Sextett werden ließ. »Das Central, das ist nicht einfach ein Kaffeehaus, das ist eine Weltanschauung. Und die muss verteidigt werden, wenn es sein muss, auch über das Grab hinaus. Und die Gäste des Central kennen, lieben und geringschätzen einander. Das liegt daran, dass sie allein sein wollen, wozu sie eben Gesellschaft brauchen.«

»Ja, ja, und ihre Menschenfeindlichkeit ist so heftig wie ihr Verlangen nach Menschen. Ich kenne Ihren Essay, Herr Polgar«, gab Bronstein kurz angebunden zurück. Der verfiel in pikiertes Schweigen. Bronstein nutzte die eingetretene Stille, um die Leiche zu untersuchen. »Also offenbar«, sagte er dann, nachdem er sich seiner Tätigkeit mit der ihm erforderlich scheinenden Grandezza gewidmet hatte, »hat dem Herrn Baron jemand im Vorübergehen ein Taschenmesser oder einen vergleichbaren Gegenstand in die Brust gestoßen. Darauf deutet die Wunde unzweifelhaft hin. Das heißt«, und dabei richtete er sich einerseits wieder auf und andererseits an die ihn umgebenden Männer, »irgendjemand, der dem Baron wegen irgendeiner Sache gram war, hat diese Tat vollführt, während er offenbar mit Erfolg den Anschein erweckte, die gewisse Örtlichkeit aufzusuchen.

»Sie meinen, Herr Inspektor, da hat einer so 'tan, als machert er ein G'schäft, dabei hat er den Baron g'macht?«, fasste der Zahlkellner Bronsteins These für die Anwesenden zusammen. »Wenn Sie es blumig formuliert haben wollen: ja«, gab Bronstein spitz zurück. »Na servas«, kommentierte der Herr Franz diese Erkenntnis.

»Also wenn Sie mich fragen, der Dreh- und Angelpunkt dieses Falles ist das Motiv!« Von hinten war Leo Perutz an die Gruppe herangetreten und hatte offenbar Bronsteins Ausführungen noch mitbekommen. »Na so etwas, der Herr Perutz«, ätzte dieser. »Vielleicht können wir anhand Ihrer Mortalitätstabelle feststellen, dass sich dieses Verbrechen ohnehin abgezeichnet hat. Und auf diese Weise finden wir dann sicher eine probate Ausgleichsformel, mit der wir den Fall auch gleich wieder abschließen können, was?!«

»Hörst das, Kuh? Der Herr Inspektor ist noch beleidigender als du. An dem musst dir ein Beispiel nehmen.« Hofmannsthal lächelte maliziös und ignorierte Kuhs giftigen Blick.

»Es besteht überhaupt kein Grund, persönlich zu werden, Herr Inspektor. Ich wollte Ihnen lediglich mit Rat und Hilfe zur Seite stehen«, replizierte nun Perutz indigniert. »Na, da dank' ich auch recht schön«, bemühte sich Bronstein gar nicht erst, seine Entrüstung über diese Einmischung zu verhehlen, »ein Motiv! Sehr gelungen. In Wien leben zwei

Millionen Menschen. Und von denen haben wahrscheinlich 1,99 Millionen Menschen ein Motiv, den alten Glückstein in die ewigen Jagdgründe zu entsenden.«

»Das kann stimmen«, pflichtete dem Perutz bei, »doch nur rund fünfzig davon waren zur fraglichen Zeit anwesend. Und wie mir der Herr Josef am Eingang versicherte, hat in der letzten Stunde niemand das Lokal verlassen. Wenn wir also das Kaffeehaus hermetisch abriegeln, stellen wir automatisch sicher, dass der Täter nicht entkommt.«

»Ich pflichte dem Perutz ja nur ungern bei, schon von Berufs wegen sozusagen, aber wo er Recht hat, hat er Recht«, ertönte Friedells Stimme von neuem.

»Ich kann Ihnen die Sache erleichtern«, klang es plötzlich von links hinten, sodass sich das Septett wie auf einen militärischen Befehl hin zackig umdrehte. Der melodiös weiche Bariton mit dem unverkennbaren slawischen Akzent gehörte dem zweiten Spitzbart im Raum, der, gleich dem Oberkommissär, auch auf den Namen Bronstein hörte. »Sie können alle Gäste außer Acht lassen, die nicht in politische Zusammenhänge verstrickt sind. Denn diese Tat, meine Herren, ist ohne jeden Zweifel politischer Natur. Hier wurde, was ich persönlich auf das Schärfste verurteile, ein besonders radikaler Vertreter der Ausbeuterklasse in einem Akt individuellen Terrorismus justifiziert, was zwar in höchstem Ausmaß töricht, aber wie wir sehen, auch in höchstem Ausmaß tödlich ist.«

»Nein, nein, verehrter Freund, so leid es mir tut, aber ihre Erklärung greift zu kurz.« Beide Bronsteins drehten sich um und mit ihnen auch die übrigen sechs Personen, die um die Leiche gruppiert waren. »Sie müssen wissen, dass bei jeder Lebensäußerung des Menschen körperliche und seelische Vorgänge immer gemeinsam wirksam werden und eine unteilbare Einheit bilden. Das gilt konsequenterweise auch bei einer Tat wie einem Mord.« Alfred Adler hatte den Zeigefinger pädagogisch erhoben, während er über das Vorgefallene dozierte. »Und das heißt?«, wollte Trotzki irritiert wissen.

»Dass es schon eines individuelleren Motivs bedarf, um eine solche Handlung zu setzen.«

»Also ist doch das Motiv das Entscheidende. Wie ich just eben sagte«, bemerkte Perutz mit erkennbar stolzer Miene.

»Darf ich noch einmal um …«

Bronstein kam nicht dazu, seinen Satz zu vollenden, denn nun stürzte auch Altenberg auf die Gruppe zu. »Jössas, der Herr Baron. Ja, um Himmels willen!«

»Wenigstens einer, der kein Motiv hat«, merkte Kuh an.

»Könnten wir jetzt wieder …«

Bronstein blieb abermals ungehört.

»Oh Schreck! Eine Architektur des Todes, will mir scheinen.«

»Ja, Loos! Seit wann sind denn Sie hier?«

»Das ist doch ganz …«

»Ich? Ich bin g'rad kommen. Und der Herr Kraus hat g'meint, da geb's etwas zu sehen.«

»Ach ja, jetzt seh ich ihn. Herr Kraus, kommen S' doch zu uns. Ihr Urteil in dieser Sache steht ja noch aus.« Aufmunternd winkte Hofmannsthal mit der linken Hand. Karl Kraus aber sah nur kurz von seinem Tische auf, der keine vier Meter vom Tatort entfernt war, und belferte stakkatoartig: »In dieser lauten Zeit, die da dröhnt von der schauerlichen Symphonie der Taten, die Berichte hervorbringen, und der Berichte, welche Taten verschulden, in dieser Zeit, da mögen Sie von mir kein eigenes Wort erwarten.«

»Das ist gut«, versuchte der Oberkommissär ein weiteres Mal, sich Gehör zu verschaffen, »weil das brächte uns ohnehin nicht weiter.«

»Habts das g'hört? Da verschlagt's sogar dem Kraus die Red'.«

»A Ruh is jetzt, sakrafix!«

Bronstein hatte so laut geschrieen, dass im gesamten Café augenblicklich Ruhe einkehrte. Alle sahen wie erstarrt auf den Tisch hin, um den der Oberkommissär, zehn Gäste und ein Zahlkellner gruppiert waren, die bislang alleine wussten, dass der alte Baron sein letztes Abendmahl zu sich genommen hatte. Und Bronstein begann zu ahnen, dass sich der Judas bereits mitten unter ihnen befand.

»Ab sofort folgen alle, und damit meine ich alle, meinen Anweisungen. Herr Franz, Sie weisen die Pikkolos an, alle Ausgänge hermetisch abzuriegeln. Dann kommen S' wieder her. Haben S' einen Fernsprecher?«

»An der Budel[1] …«

[1] Schank

»Gut. Herr Trotzki, würden Sie die Güte haben, das Agenteninstitut zu verlangen. Die sollen sofort sechs Mann herschicken. Hernach würde ich es begrüßen, wenn Sie sich uns wieder zugesellten. Und nun, wenn Sie nichts dagegen haben, würde ich gerne mit jedem Einzelnen von ihnen über seine Beobachtungen sprechen.«

Ungeachtet der pikanten Situation nahm sich Bronstein den Sessel, der sich der Leiche gegenüber befand, und setzte sich. Der Reihe nach vernahm er Friedell, Kuh, Hofmannsthal, Polgar, Perutz, Adler, Loos, Altenberg, Kraus und Trotzki, freilich ohne etwas von Relevanz dabei zu erfahren. Friedell erklärte, ihm sei aufgefallen, dass ein Mann, der offenbar auf der Suche nach einem Ratschlag gewesen war, sich Glückstein genähert habe, eine Weile in sicherer Entfernung verharrt habe, dann aber gegangen sei, ohne das Wort an den Baron zu richten. Dies habe ihn, Friedell, verwundert, weshalb er Nachschau gehalten habe. Kuh und Hofmannsthal wiederum statuierten, dass sie sich in einem Gespräch befunden hätten, als ihnen aufgefallen sei, dass Friedell zum Magnaten ging, was ja sonst so gar nicht seine Angewohnheit sei, weshalb sie ihm kurzerhand gefolgt seien. Die anderen waren sich dahingehend einig, den Vorfall erst bemerkt zu haben, als man nach dem Polizisten gerufen habe. Somit blieb allein die Aussage des Herrn Franz, des Zahlkellners, von einiger Relevanz, betonte er doch, dass in der fraglichen Zeit nur drei Herren die Toiletten aufgesucht hätten. Der Herr Loos, ein ihm unbekannter Fremder und der Herr Altenberg, wobei Letzterer allerdings den Umweg über die Schank genommen habe, wohl um den Anschein zu vermeiden, den Herrn Baron eventuell noch einmal um eine milde Gabe angehen zu wollen. »Ein unbekannter Fremder also? Wie sah der aus? Und befindet er sich noch hier im Saal?«

»Sehen Sie, Herr Inspektor, das ist das Faszinierende. Grad der ist nicht mehr da. Der muss g'rad gangen sein, wie wir da alle z'sammeng'standen sind. Wahrscheinlich hat er geahnt, dass wir seine Mordtat entdeckt haben, und deshalb ist er geflüchtet.«

»Ja«, nickte Bronstein, »das klingt sehr plausibel. Können S' den Mann beschreiben, Herr Franz?«

»Ja mei, in etwa so groß wie Sie war er. Nur natürlich viel schlanker. Direkt a bisserl verhärmt. Und so einen verschlagenen Blick hat er g'habt. Ein bissl so wie dieser Lucheni damals, der was unsere liebe Frau Kaiserin in Genf ermordet hat. Mit einer Feile übrigens. Die hinterlässt auch nicht mehr Spuren, als wir hier gefunden haben, ned wahr.«

Abermals bewegte Bronstein seinen Kopf auf und ab.

»Ich glaub', weil der so ausg'schaut hat, bin ich überhaupt erst auf die Idee gekommen, Nachschau zu halten, ob der selige Herr Baron nicht eines unnatürlichen …, na, Sie wissen schon, Herr Inspektor. … Gestorben ist, will ich sagen.«

»So, so, wie dieser italienische Anarchist, sagen Sie. Das würd' dann zu der Theorie vom Herrn Trotzki passen. Ein politischer Fanatiker, der im Herrn Baron einen üblen Spekulanten und Ausbeuter g'seh'n hat. Bitte, das könnte stimmen. Dann hätt' der Herr Adler auch Recht, weil ein solcher Extremist, der hat sicher seine psychischen Probleme mit der Welt, so wie sie ist. Und das würde dann bestätigen, dass unsere Gesellschaft allmählich dem Verfall anheimfällt, wie der Herr Friedell so treffend formuliert hat. Und so ein Radikalinski, der braucht natürlich auch kein besonderes Motiv, weil der mordet ja aus politischer Überzeugung, was vielleicht auch ganz schön motivierend ist, auch wenn es dafür noch keine Perutz-Tabelle gibt. Wissen S' noch, wo der Mann gesessen ist?«

»Ja klar, eh in meinem Rayon. Einen Pharisäer[2] hat er bestellt. Und ganz billige Zigaretten hat er g'raucht. Ich glaub', das waren ausländische. Weil s' so g'stunken haben.«

Bronstein ließ sich den Platz des Fremden zeigen. Er befand sich genau zwischen dem Eingang und der Tür zu den Toiletten. Und um zu diesen zu kommen, musste man tatsächlich am Tisch des Barons vorbei. Bronstein nickte ein drittes Mal und nahm den Zahlkellner dann dezent zur Seite.

»Herr Franz, Sie kennen hier sicher alles und jeden, oder?«

»Na, ich bitte Sie, Herr Inspektor. Ich g'hör da quasi schon zum Inventar. Ich arbeit' da seit 1876, seit die Gebrüder Pach das Etablissement eröffnet haben. Damals war ich ein 16-jähriger Pikkolo. Und jetzt hab' ich's zum Ober gebracht und hab' meinen eigenen Rayon. Da bin ich der Kaiser, wenn Sie so wollen.«

2 schwarzer Kaffee mit Rum und Schlagobers

»Dann werden S' mir doch sicher sagen können, ob dieser Fremde schon einmal hier war, oder?«

»Ich sag' Ihnen, den hab' ich heute das erste Mal g'seh'n. Ich weiß auch nicht, aber das muss eine Laufkundschaft g'wesen sein. Oder ein Reisender, der was über unser Café da was g'hört oder g'lesen hat. Wir stehen ja sogar im Baedeker, gell.«

»Wirklich? Na ja, kein Wunder. Ihr Café ist eben eine Institution. Und Sie, Herr Franz, anscheinend auch. Seit wann sind S' denn heute schon da?«

»Seit wir aufgesperrt haben. Das ist immer so. Ich komm als Erster und geh als Letzter. Ehrensache.«

»Na dann. Aber jetzt ehrlich, Herr Franz: glauben S' wirklich, dass dieser Fremde der Täter ist? Ich meine, hier verkehren doch eine Menge dubioser Personen, da könnte doch auch jemand ganz anderer infrage kommen. Jemand vermeintlich Honoriger, der aber durch den Herrn Baron einen schweren Verlust hinnehmen musste, vielleicht sogar bankrottgegangen ist durch den alten Glückstein.«

»Nein«, lächelte der Kellner, »das können S' vergessen. In seinem ganzen Leben hat der Herr Baron niemals einen falschen Rat gegeben. Die Börse hat sich nach ihm gerichtet, nicht umgekehrt. Was glauben S', Herr Inspektor, warum der Glückstein so reich geworden ist? Nur deshalb, weil er nie einen Fehler gemacht hat. Dem gehört ja halb Wien, sag' ich Ihnen. Häuser, Grundstücke, Wiesen, Felder, Wälder. Gegen den ist sogar ihre Majestät der Kaiser arm.«

»Was denn«, Bronstein pfiff durch die Zähne, »Häuser hat der auch g'habt? Ich hab' g'laubt, der macht nur in Banken!«

»Aber gehen S', der hat mehr Zinshäuser als der Kaiser Schlösser. Fragen S' den Kuh, der hat in einem der Häuser vom Glückstein g'wohnt, bis der ihn delogiert hat. Und der Polgar hätt' seine Biographie schreiben sollen, doch dann hat er sich's anders überlegt und den Polgar entlassen. Ohne Bezahlung natürlich. Und dem Loos hat er einen lukrativen Bauauftrag entzogen, weil dessen Stil vom Kaiserhaus kritisiert worden ist. Sie wissen schon, die G'schicht' am Michaelerplatz vor zwei, drei Jahr'.«

»Na geh, was S' ned sagen.«

«Aber ja, der Herr Baron ist zwar nur noch zwischen seiner Wohnung in der Schottengasse und unserem Café gependelt, aber er hat die Stadt immer noch fest im Griff g'habt. Beim Anker zum Beispiel, der was der Arbeitgeber vom Perutz ist, wie Sie vielleicht wissen, sitzt er im Aufsichtsrat, und erst unlängst hab' ich g'hört, wie der Hofmannsthal dem Kraus erzählt, wie wild der Perutz ist, weil ihm der Glückstein ein internes Avancement vermasselt hat. Und da hat der Kraus g'meint, das sei für diesen Schuft typisch, denn er habe auch ihm, dem Kraus, übel mitgespielt.«

»Wirklich, ja wieso denn das?« Bronstein blickte den Kellner fragend an.

»Die Finanzierung von der *Fackel.* Die hat der Baron erst kürzlich stoppen lassen. Der Hofmannsthal war voll des Mitgefühls und hat nur g'sagt, er wisse, wie das ist, weil ihm hätt' der Baron eine Premiere abgestochen, weil er partout das Stück eines Protegés stattdessen aufgeführt sehen wollte. Manchmal denk' ich mir ja, der Baron macht so etwas nur, weil es ihm Spaß macht, anderen einen Schaden zuzufügen.«

»Wie Ihnen zum Beispiel, Herr Franz?«

Der Zahlkellner sah überrascht auf: »Wie kommen S' denn auf so etwas, Herr Inspektor?«

»Ich vermute einmal, er hat sie auch delogiert. Oder hat Ihnen ein anderes kleines Geschäft versaut. Habe ich Recht.«

»Ich weiß wirklich nicht, worauf Sie hinauswollen, Herr Inspektor!« Der Herr Franz verschränkte die Arme vor der Brust und bemühte sich um einen Ausdruck gekränkter Ehre.

»Ich will darauf hinaus«, erklärte Bronstein mit einem gerüttelt Maß an Bestimmtheit in der Stimme, »dass es diesen ominösen Fremden natürlich gar nicht gegeben hat, sondern dass vielmehr Sie es waren, der den Herrn Baron ins Jenseits befördert hat.«

»So ein Blödsinn aber auch«, brauste der Ober auf, »wie kommen S' denn auf einen solchen Unfug, Herr Inspektor? Ich war es doch, der überhaupt erst entdeckt hat, dass der Herr Baron ermordet worden ist. Warum sollte ich so dumm sein, darauf hinzuweisen, wenn ich am Ende selbst der Täter bin. Das wäre ja völliger Blödsinn.«

»Mitnichten, Herr Franz, mitnichten. Damit haben Sie sich quasi selbst ein Alibi gegeben. Niemand vermutet den Täter hinter jener Person, welche die Tat überhaupt erst anzeigt. Und wer weiß, vielleicht wären auch Sie damit durchgekommen, wenn Sie nicht gar so dick aufgetragen hätten.«

Das Lächeln Bronsteins hatte etwas Überlegenes, aber auch etwas Endgültiges.

»Was heißt da dick aufgetragen? Ich hab' doch nur die verdächtige Person beschrieben. Mehr hab' ich nicht gemacht. Im Übrigen ist jeder von diesem Dutzend da verdächtiger als ich, denn jeder andere hätt' ein Motiv. Sogar der Herr Trotzki. Nur ich nicht.«

»Das wird sich sehr leicht feststellen lassen, ob Sie ein Motiv haben. Wir werden einfach ihre finanziellen Verhältnisse durchgehen und ihre Wohn- und Lebensumstände durchleuchten. Da wird, dessen bin ich mir sicher, einiges zutage treten. Und genau das wird Sie endgültig überführen.« Bronstein stand auf: »Doch schon jetzt habe ich genügend Indizien, um Sie dingfest zu machen. … Ah, sehen S', da kommen die Kollegen vom Agenteninstitut, die werden Sie jetzt gleich mitnehmen, Herr Franz. Machen S' keine Schwierigkeiten, denn sonst wird Ihre Lage noch aussichtsloser.«

»Es … aber … ich …!« Der Cafébedienstete stammelte noch ein wenig, rang um Fassung, dann brach er zusammen. Schwer ließ er sich auf den Stuhl sinken, auf dem eben noch Bronstein gesessen war. »Das gibt es doch gar nicht, dass … ich meine, wie sollte ich mich denn verraten haben?«

»Der Tisch, Herr Franz, der Tisch«, sagte Bronstein mit einem Anflug von Belustigung. »Den hätten S' mir nicht nennen dürfen. Grad mir nicht. Weil auf dem, ja, auf genau dem, bin nämlich ich g'sessen. Und weil mir fad war, hab' ich die Leut' beobachtet. Und genau ein solcher Herr, wie Sie ihn beschrieben haben, war heute ganz sicher nie da. Sie haben ihn erfunden, um von Ihrer Tat abzulenken. Wahrscheinlich haben Sie dem Baron den Kaffee serviert, und dabei haben S' zugestochen, weil ohnehin so ein Tohuwabohu war, dass Sie sicher sein konnten, dass niemand etwas merken würde. Das können wir übrigens anhand der Blutflecken auch feststellen. Der Strakosch wird uns ziemlich genau sagen können, wann der Stich erfolgte. Und ich traue mich jetzt schon behaupten, er wird gegen zwei erfolgt sein.«

Der Herr Franz starrte Bronstein fassungslos an, dann schlug er die Hände vors Gesicht und fing zu schluchzen an.

»Ruiniert hat er mich, der Shylock der!«, flüsterte er beinahe tonlos, »Spielschulden hab' ich. Damit konnte ich dem Baron natürlich nicht kommen, dafür hätt' er kein Verständnis g'habt. Also hab' ich ihm g'sagt, dass ich eine Tochter hab', die was ich verheiraten will. Hat er mir 400 Kronen geliehen. Aber am nächsten Tag ist er natürlich dagesessen und hat mir auf den Kopf zugesagt, dass ich gar keine Tochter hab'. Er wollt' die 400 Kronen sofort wiederhaben. Doch was soll ich sagen? Die hatte ich da schon verspielt. Er hat mir Zeit gegeben bis heute, das Geld zu beschaffen. Und da hab' ich mir nicht mehr anders zu helfen g'wusst. Ich …«, abermals begann der Herr Franz zu weinen.

»Der Herr Franz ein Mörder. Wer hätte das gedacht!« Hofmannsthal schüttelte den Kopf, während die Agenten den Zahlkellner abführten.

»Ich hatte doch Recht. Eine politische Geschichte«, konstatierte Trotzki, der sich neben Hofmannsthal postiert hatte, »ein ins Elend getriebener Proletarier …«

»… dessen psychische Bedrängung zu einer Wahnsinnstat führte«, vollendete Adler den Satz des Russen.

»Womit in Wirklichkeit ich Recht hatte. Das Motiv führte uns zum Mörder«, proklamierte Perutz.

»Jedenfalls eine Tat, die Berichte hervorrufen wird«, resümierte Bronstein, ehe er sich mit einem leichten Nicken in die Runde wieder zurückzog.

»Eine Frage hätt' ich noch, Herr Bronstein«, hörte er Polgar hinter sich.

»Ja?«

»Sie sind doch ganz woanders gesessen. Das war doch gar nicht Ihr Tisch …«

Bronstein lächelte: »Es ist wie im Casino, das dem Herrn Franz zum Verhängnis wurde. Manchmal muss man eben va banque spielen.«

Cafe Central
1010 Wien, Strauchgasse/Ecke Herrengasse
www.cafecentral-wien.at

Thomas Askan Vierich

Die Tote im Donaukanal

Erfolg und Misserfolg im Café Jelinek

Hört endlich mit dem Mystifizieren vom Kaffeehaus auf! Das ist nur eine weitere perfide Methode der Wiener, sich selbst zu beweihräuchern. Funktioniert prima bei Touristen und Eingeborenen. Aber nicht bei in Wien lebenden Ausländern. Wie mir.

Jetzt sitze ich seit fünfzehn Monaten und zweieinhalb Wochen jeden zweiten oder dritten Tag im Café Jelinek und immer noch hat sich keine Fanschar um mich gebildet. Schon gar keine weibliche. Was ist los mit den Wienerinnen? Haben die kein Gespür für einen wohlgewachsenen, intelligenten, sensiblen Schweizer? Wohlgemerkt aus Zürich! Kein alpenländischer Schluchtenscheißer aus dem Emmental oder Engadin. Von denen haben sie hier mehr als genug: Steirer, Kärntner, Tiroler, Osttiroler und vor allem Vorarlberger. Überall Vorarlberger! Das sind die Schlimmsten. Ich bin doch nicht aus der Schweiz weggezogen, man kann auch sagen geflohen, um tausend Kilometer weiter östlich ständig auf Vorarlberger zu treffen. Also quasi Schweizer. Oder soll ich sagen: Österreicher, für die es zum Schweizer nicht gereicht hat? Aber immerhin so schweizerisch, wie man in Österreich nur werden kann. Nur die Deutschen sind schlimmer. In der Schweiz und in Österreich. Die sind lautstark wirklich überall.

Hier sitze ich also. Im Café Jelinek. Und schreibe. Manchmal. Aber nichts passiert. Also es passiert schon etwas. Das heißt, es wird bald was passieren. Die Zeichen sind nicht zu übersehen. Sie blicken mich an. Starren herüber. Wenn sie glauben, dass ich es nicht bemerke.

Urs hat mich eingeführt. Ins Jelinek, damals vor fünfzehn Monaten und zweieinhalb Wochen. Er wollte mir eine Wiener Institution zeigen. Mit einem uralten amerikanischen Ofen aus silber glänzendem Metall. Im oberen Salon steht sein Gegenstück: ein Samowar, der aber nie in Betrieb ist. Der Ofen schon. Wenn man ihm zu nahe kommt, bricht einem der Schweiß aus. An den Wänden hängen Bilder bekannter Schauspieler und Kabarettisten. Schriftsteller sind eher nicht dabei. Aber so genau habe ich nicht hingesehen. Lieber nicht. Der dunkle, fast schwarze Parkettboden hat schon bessere Zeiten gesehen, die Teppiche auch. Immerhin die Bänke und Sessel haben sie frisch bezogen, tapeziert, wie man in Wien seltsamerweise sagt. Durchgesessen sind sie trotzdem. Man spürt jede Feder. Wenn das Federn sind, und nicht nur einfach Holzverstrebungen, die sich in Schenkel und Hintern bohren. Urs hatte auf die Tapeten gezeigt. Die hatten ihn als Schweizer besonders schockiert. Sind das überhaupt Tapeten an der Wand? Angeblich sind sie aus Seide. Seit Jahrzehnten bedeckt vom Großstadtgrind. Grind nennen sie das hier in Wien. Und lächeln einen dabei verschmitzt an. Als sei das eine Auszeichnung, ein Verdienst. Das einzig Neue an den Wänden sind die weißen Kabel, die man über Putz verlegt hat. Grind ist nicht Dreck, hatte Urs gesagt. Renovieren kann jeder, Bleibenlassen ist die Kunst. Er ist trotzdem nicht mehr oft ins Jelinek gekommen. Sitzt lieber im Landtmann.

Sie schenken einen Zweigelt und einen Grünen Veltliner für faire 1,90 aus. Von einem Winzer, der etwas beunruhigend Weinwurm heißt. Aber sie schmecken trotzdem. Auf alle Fälle besser als das, was sie in meiner alten Heimat teuer als Wein verkaufen. Am besten hat mir von Anfang an gefallen, dass sie hier keine Musik spielen. Früher waren sogar Handys verboten. Man hört das Umblättern von Zeitungen. Das Gemurmel an den Nebentischen. Das Knarzen des Parkettbodens. Knistert der Ofen? Surrt der Ventilator? Ab und zu rauscht die Gaggia-Kaffeemaschine. Hier kann man denken, träumen, schreiben.

Ein neu aussehendes Schild verkündet: »Gemeinsam mit unseren Gästen gegen Fremdenfeindlichkeit!« Beruhigend. Aber ob sie mir wirklich helfen würden? Werden wollen? Wenn ich meinen Preis gewonnen haben werde? Und mein Bestseller erschienen ist? »Die Tote im Donaukanal«. »Wer's eilig hat, wird hier nicht bedient«, steht auf einem weiteren Schild neben der Schank. Es sieht älter aus. Das Jelinek macht erst um neun Uhr morgens auf, nicht schon um sieben wie diese Backstuben mit Coffee-to-go für gehetzte Büroangestellte in der Innenstadt. Dies ist ein Café für Müßiggänger. Leider schließt es schon um neun Uhr abends.

Ich sitze gerne auf einer der grünen Bänke im Nichtraucherbereich. Kuschle mich in die Polsterecke, versuche eine halbwegs bequeme Stellung zu finden, bestelle Zweigelt und beobachte diejenigen, die mich heimlich beobachten. Versuche festzustellen, ob sie wirklich hinter mir her sind.

Dass ich so oft im Jelinek verkehre, liegt natürlich auch daran, dass ich es zu Hause nicht aushalte. Und das hat nicht nur mit der geringen Größe und Helligkeit meiner Erdgeschoßwohnung in einer engen, kurzen Seitengasse im sechsten Bezirk zu tun. Vom gepriesenen »Gartenzugang« des Maklers habe ich nie Gebrauch gemacht, weil es keinen Garten gibt. Nur ein ungepflegter Hof mit ein paar verschrumpelten Sträuchern. Duschen muss ich in der Küche. Wenn meine Schweizer Bekannten wüssten, wie ich in Wien lebe. Gott sei Dank wissen sie es nicht. Sie glauben, ich genieße hier das Leben eines erfolgreichen Krimiautors, eines weltbekannten Krimiautors. So weltbekannt, dass sie meine Bücher, die in einem kleinen Wiener Verlag erscheinen, sogar in Zürich und Chur kaufen können. Was sie natürlich nicht tun. Schon gar nicht lesen. Aus purem Neid ignorieren sie mein Werk. Schriftsteller, denken sie, Bohémien, Faulpelz. Während sie sich täglich, auch am Samstag, ins Büro schleppen, hockt der mitten in der Woche in Wiener Kaffeehäusern und lässt sich hofieren.

Aber wie gesagt, daran liegt es nicht wirklich. In meiner ebenerdigen Kemenate verfolgen sie mich. Die Bekannten und Verwandten aus Zürich und die Kollegen aus Wien. Ich erkenne ihre Gesichter in meinem Kopfkissen, wenn ich nachts aus meinen Albträumen hochschrecke. Sie wandern über meine Raufasertapete, sie ziehen ihre Fratzen in der Holzmaserung meines Kleiderschranks, den ich von meinem Vormieter übernommen habe, der angeblich Lyriker war. Sie starren mich aus dem Nussbaum an. Grinsen, rollen mit den Augen. Du wirst es nie schaffen, flüstern sie. Und wenn du es schaffen solltest, werden wir dich sofort wieder vom Thron stoßen. Keiner soll der König sein. Du schon gar nicht.

Manchmal treffe ich sie auf der Straße. Viele wohnen hier um die Ecke. Liniengasse, Loquaiplatz, Gumpendorfer Straße, Stumpergasse, alle Häuser voll mit Autoren. Und es scheinen immer mehr zu werden. Zumindest seit ich hier lebe. Doch ins Jelinek kommen sie nie. Manchmal sehe ich sie gegenüber ins Steman gehen. Kurz bevor sie durch die Seitentüre ins Gasthaus schlüpfen, wenden sie sich um und blicken herüber. Als würden sie sichergehen wollen, dass ich im Jelinek sitze und nicht im Steman.

Die Erde ist die Hölle, der von einer höheren Vernunft eingerichtete Kerker, in dem ich nicht einen Schritt gehen kann, ohne das Glück der anderen zu verletzen, und die anderen nicht glücklich bleiben können, ohne mir wehzutun. Sagt Swedenborg, schreibt Strindberg. Den ich gerade lese. Im Jelinek. Das Café hätte dem großen Schweden gefallen. Hier hätte August seinen morbiden Gedanken nachhängen, seinen drei unglücklichen Ehen nachtrauern können wie ich. Bei mir waren es allerdings nur zwei. Aber das hat gereicht, um mich finanziell zu ruinieren. Nicht nur mein Beruf.

Wenn ich eine Bank betrete, beginnen die Fratzen lebendig zu werden. Das war besonders schlimm am Paradeplatz in Zürich. Aber hier ist es auch nicht viel besser. Dispo, zischen sie. Umschuldung, kreischen sie. Offenbarungseid, jubilieren sie. Ich drehe um und laufe davon.

Soll ich weiterziehen nach Bratislava? Gibt es dort Kaffeehäuser?

Aber das Blatt wird sich wenden, das ist sicher. Bald. Bald werde ich diesen Preis bekommen, den alle haben wollen. Für den ich dreimal nominiert war. Diesmal werden sie nicht verhindern können, dass ich ihn auch wirklich bekomme. Und wenn mein neuer deutscher Verlag dafür sorgen sollte. Ein frischgebackener Preisträger würde sich gut in ihrem Programm machen. Der seinen preisgekrönten Roman »Die Tote im Donaukanal« bei ihnen herausbringt. Da ist der Bestseller aufgelegt, haben sie mir im Vertrieb versichert und mir dabei zugezwinkert. Leider durfte ich meinen kommenden Erfolgsroman nicht »Inferno« nennen. Das sei kein Titel für einen Krimi, sagten sie. »Die Tote im Donaukanal« sei viel besser. Na gut, klingt nach Sjöwall/Wahlöö, das sind immerhin auch Schweden. Auch wenn mein Roman mit einer Toten im Donaukanal nicht viel zu tun hat. Mit der Hölle dafür umso mehr. Er erzählt die Geschichte einer Verfolgung. Einer Verschwörung. Spannend wie Hitchcock, mystisch wie Swedenborg, existenziell wie Strindberg.

Habe ich schon berichtet, dass sie die elektrischen Leitungen in meiner Wohnung manipuliert haben? Letztens wollte ich meine alte Schreibtischlampe anknipsen, da durchfuhren mich 220 Volt. Mindestens 220 Volt. Ich vermute, sie haben die Starkstromleitung für den Herd zu meiner Schreibtischlampe verlängert. Nur einer schier unglaublichen Willenskraft meinerseits ist es zu verdanken, dass ich noch lebe. Nach einigen langen Sekunden konnte ich mich doch noch vom verschmorten Schalter losreißen. Ein paar Hautfetzen blieben leider kleben. Die Sicherung ist nicht herausgesprungen. Das hätte sie doch eigentlich tun sollen, oder? Dafür sind sie doch da, oder? Wahrscheinlich ist auch daran der vorgebliche Heizungsmonteur schuld. Der hatte an meiner Tür geklingelt, um im Auftrag der Hausverwaltung meine Heizung zu kontrollieren. Ich hatte bis dahin noch nie mit meiner Hausverwaltung zu tun gehabt. Ich hatte gar nicht gewusst, dass es eine gibt. Den Mietvertrag hatte ich mit dem Makler abgeschlossen. Haben Sie Probleme mit der Heizung, hatte er gefragt. Nein, Probleme mit meiner Heizung habe ich nicht, hatte ich geantwortet. Ich heize so gut wie nie, setzte ich hinzu. Er begutachtete sie dennoch und klopfte an den Radiatoren herum. Das dauerte ziemlich. Ich ging zwischendurch in die Küche, um mir einen Kräutertee aufzusetzen. Das war wahrscheinlich ein entscheidender Fehler. Lass nie Handwerker unbeaufsichtigt in deiner Wohnung. Auch wenn sie von der Hausverwaltung kommen.

Ich betrachte meinen Zeigefinger. Man kann immer noch sehen, wo sich die Haut gelöst hat. Dann die Sache mit dem Paket. Es wurde per Boten gebracht. Ich war nicht zu Hause gewesen. Meine Nachbarin überreichte es mir. Sie sah mich dabei so seltsam an. Schreibt sie auch? Weiß sie, dass ich bald den Preis bekommen werde? Und sie nicht? Ist sie die fünfte Kolonne der österreichischen Vereinigung der Krimiautoren, die den seltsamen Namen A.I.E.P. trägt? Was soll das bedeuten? Das klingt wie eine Grabinschrift. Oder eine Geheimbotschaft. Wie dieses ominöse A.E.I.O.U. der Habsburger. Da weiß bis heute auch keiner, was hinter dieser Abkürzung steckt. Mir ist damals nicht viel anderes übriggeblieben, als diesem seltsamen Verein beizutreten. Ab und zu treffen wir uns. Ich komme immer spät und gehe früh. Versuche die anderen auszuhorchen und selbst nichts preiszugeben. Die anderen prahlen mit ihren Erfolgen, ausverkauften Lesereisen, gigantischen Vorschüssen. Ich lese nie öffentlich. Und mein Verlag zahlt keine Vorschüsse. Aber ich bin an den Buchverkäufen beteiligt. Der deutsche Verlag hat versprochen, einen Vorschuss zu zahlen. Und sie gehen von hohen Verkaufszahlen aus. Glaube ich.

Das Päckchen kam von A.I.E.P. Ich dankte meiner Nachbarin mit einem knappen Kopfnicken und verzog mich in die Küche. Ich legte das Ohr an das Päckchen, nichts zu hören. Ein Buch? Oder doch eine Bombe? Ich legte es oben auf meinen Kühlschrank. Da liegt es noch heute, ungeöffnet.

Wenn ich nicht schlafen kann, sitze ich an meinem Schreibtisch und starre in den Hinterhof. Wenn ich lange genug gestarrt habe, blitzt es. Hinter einigen der Fenster auf der gegenüberliegenden Seite sitzen sie mit ihren Spiegeln und schicken mir Botschaften. Leider kann ich sie nicht entziffern. Soll ich das Morsealphabet erlernen? Vielleicht wollen sie mich auch nur blenden.

Die Schlussszene meines Romans, die ich bei der Preisverleihung selbst lesen werde und nicht irgendein hergelaufener Schauspieler, gehört zum stärksten, was jemals in einem deutschsprachigen Krimi geschrieben wurde. Auch wenn das mein neuer Lektor beim deutschen Verlag etwas anders sieht. Er besteht immer noch darauf, dass ich sie umschreibe. Die könne man in ihrer jetzigen Form dem überwiegend weiblichen deutschen Lesepublikum nicht zumuten, sagt er. Er kennt das Café Jelinek nicht.

In der Schlussszene meines Romans »Die Tote im Donaukanal«, der eigentlich »Inferno« heißt und ganz überwiegend im Café Jelinek als innerer Monolog des Protagonisten, eines erfolgreichen, allseits geachteten Kriminalschriftstellers, spielt, wird die Tür des Cafés von außen aufgestoßen und eine Gruppe maskierter Kriminalautoren, die alle in der Nähe wohnen, stürzt in den Raum, laut schreiend und mit schwerkalibrigen Waffen fuchtelnd. Es sind auch Maschinengewehre dabei. Einer schießt sofort gegen die Decke. Putz rieselt und der zehnarmige Kronleuchter gerät erst in Schieflage, um dann krachend herabzustürzen. Dabei begräbt er eine maskierte Attentäterin unter sich. Dass bei so einer Aktion auch Kolleginnen mitmachen! Die war eigentlich immer ganz nett zu mir gewesen. Aber sie veröffentlicht bei einem noch kleineren Verlag als ich. Jetzt steckt ein spitz zulaufender Arm des Kronleuchters in ihrem rechten Auge.

Die anderen beachten sie gar nicht und bauen sich vor der Schank auf. Jetzt kann man sehen, dass sie alle Gummimasken tragen. Von bekannten österreichischen Autoren: Thomas Bernhard, Peter Handke, Elfriede Jelinek, Marlene Streeruwitz, sogar Thomas Glavinic, Franzobel und Arno Geiger sind dabei. Schon wieder ein Vorarlberger. Sie richten ihre Gewehre und Pistolen auf mich. Ich sitze auf meinem Stammplatz neben der geschlossenen Seitentür. Ich greife zu meinem Buch und halte es schützend vor mich. Ist es Strindbergs »Inferno« oder mein eigenes? Jemand lacht. Ist es die Kellnerin? Lacht sie mich aus? Schnappt sie über? Jetzt lachen auch die Attentäter. Sie zeigen auf mein Buch. Es ist tatsächlich das unkorrigierte Leseexemplar von »Die Tote im Donaukanal«. Sie lassen die Waffen sinken und ziehen sich ihre Gummimasken über die Köpfe.

Sie holen sich Stühle und setzen sich alle an meinen Tisch. Der ist doch viel zu klein. Sogar die Kollegin mit dem Kronleuchter ist aufgestanden. Sie hält sich das Auge, aber es ist wohl nicht so schlimm. Ich schlage die Schlussszene meines Erfolgsromans in seiner bisherigen Form auf und lese laut daraus vor. Dort endet es wesentlich blutiger. Der Leichnam des Erfolgsautors wird im Kugelhagel regelrecht zerfetzt. Der Lärm der abgefeuerten Pistolen und Gewehre ist ohrenbetäubend. Glas splittert. Gäste schreien. Werden sie auch niedergemacht? Nein, das hatten sie in einer früheren Version schon gestrichen.

Meine Kolleginnen und Kollegen klopfen mir auf die Schulter, bestellen Grünen Veltliner vom Weinwurm. Können sie sich nichts Besseres leisten? Zwei ehemalige Preisträger sind unter ihnen. Auch eine junge Nachwuchsautorin, die bei meinem deutschen Verlag veröffentlicht. Hatte sie mir nicht sogar die Rutsche gelegt? Warum hat sie das getan? Ist das eine Falle? Stammt sie aus Vorarlberg? Habe ich von ihr geträumt? Hat sie sich in meinem Kleiderschrank versteckt?

Nein, ich werde den Schluss nicht mehr ändern, da kann der Doktor sagen, was er will. Sie sollen alle sterben. Nachdem sie mich hingerichtet haben, richten sie sich selbst. Das Jelinek wird für einige Wochen geschlossen bleiben. Hoffentlich haben sie nicht zu viele Löcher in die alten Seidentapeten geschossen. Das Blut fällt auf dem schwarzen Holzboden kaum auf. Als sie wieder öffnen, hängt mein Foto neben dem vom Krassnitzer. Leider ohne Unterschrift. Aber auch so werden sie wissen, wer ich bin. Wer ich war.

Verfasst im Café Jelinek, Februar 2011

Café Jelinek
1060 Wien, Otto-Bauer-Gasse 5

Lisa Lercher

Eigentor

Herr Franz hat einen Verdacht

Dieser Todesfall quält Herrn Franz. Menschen sind vergänglich. Damit hat er sich abgefunden, spätestens seit dem Verlust seiner Frau. Außerdem war bei dem hohen Durchschnittsalter seines Umfeldes damit zu rechnen gewesen. Was ihn stört, sind die Umstände. Einen Herzinfarkt, Schlaganfall, eine Krebserkrankung oder Thrombose hätte er hingenommen. Sogar einen Unfall hätte er akzeptiert, kam es doch hin und wieder vor, dass jemand unter eine Straßenbahn geriet oder auf dem Zebrastreifen von einem Auto überfahren wurde. Aber das? Im vertrauten Kreis? Herr Franz zermartert sich seit Wochen das Hirn. Irgendetwas hat er übersehen. Davon ist er überzeugt. Nun hat er sogar wieder zu rauchen begonnen, qualmt stärker als je zuvor und bildet sich ein, dass ihm die Zigaretten beim Nachdenken helfen.

Bis zu jenem Vorfall hat Herr Franz seine Wirkungsstätte geliebt. Er war überzeugt gewesen, hier die letzten Jahre bis zum wohlverdienten Ruhestand zu verbringen. Nach all dem Trubel in einem bekannten Wiener Innenstadtcafé stand es ihm zu, es endlich gemächlicher anzugehen – abseits von Touristenströmen, klickenden Kameras und den ständig gleichen Fragen der meist weitgereisten Kundschaft. Hier war es nur selten hektisch und sein Magen hatte sich zusehends erholt. Auch die Füße schmerzten nicht mehr so wie damals, als er täglich mehrere Kilometer im Eilschritt zwischen Gästen, Theke und Kuchenvitrine hatte zurücklegen müssen.

Das Ambiente entsprach voll und ganz seiner Vorstellung von einem gediegenen Kaffeehaus in der Vorstadt. Der alte Holzboden, die Tische mit den rötlichen Marmorplatten, die mit dunkelgrünem Leder bespannten Sitzbänke, die traditionellen Thonetsessel und so mancher Ziergegenstand, der noch im Originalzustand erhalten war, machten das Lokal zu einem Schmuckstück der Wiener Kaffeehauskultur. Die rauchige Atmosphäre der hohen Räume trug ein Weiteres dazu bei, sich heimisch, fast wie im eigenen Wohnzimmer, zu fühlen.

Dass Herr Franz darin, nahezu unbehelligt von seinem jungen und ambitionierten Chef, schalten und walten durfte, wie er wollte, steigerte sein Vergnügen nur. Denn Herr Franz war mit Leib und Seele Oberkellner. Bis zu jenem schrecklichen Vorfall war er nicht nur hochzufrieden mit seiner Arbeitsumgebung und dem Vorgesetzten gewesen, er hatte auch seine Gäste gemocht. Überwiegend waren es Männer vorgerückten Alters, die sich auf ein Pummerl trafen, eine Runde tarockierten oder sich am Schachbrett duellierten. Das Kaffeehaus Ritter war als Treffpunkt für gepflegte Kartenpartien über die Bezirksgrenzen hinaus bekannt. An bestimmten Wochenenden im Jahr fanden sogar Turniere statt. Dann war Herr Franz mehr als sonst im Einsatz, belebt von der prickelnden Spannung, die von den Spielern ausging.

Der rückwärtige Teil des Kaffeehauses war mit drei Billardtischen ausgestattet. Zumindest einer von ihnen war immer belegt. An ihnen trafen sich Burschen und junge Männer, die mehr oder weniger geschickt mit dem Queue hantierten und Bier in größeren Mengen konsumierten. Aber auch Damen frequentierten das Lokal, genossen ihre Melange, ein Stück Kuchen oder ein Glas Wein. Manche von ihnen besuchten das Ritter, weil sie das große Angebot an Karten- und Brettspielen schätzten.

Am Wochenende kamen Studenten, die in der Umgebung wohnten. Sie ließen sich am Nachmittag ein spätes Frühstück servieren, grübelten über Skripten oder diskutierten. Mitunter verirrten sich sogar junge Mütter ins Kaffeehaus, gönnten sich ein paar Momente der Erholung, während der Nachwuchs im Kinderwagen schlief.

Doch ein Gast würde nicht wiederkehren. So viel war gewiss.

Und dieser Umstand verleidet Herrn Franz, seit das Unglück geschehen ist, nicht nur den Tag, sondern auch den Arbeitsplatz und die Freude an seinen Gästen.

Herrn Franzens Laune ist seit Wochen auf dem Tiefpunkt. Sein Umgangston ist schroffer geworden und passt jetzt besser ins Bild, das vom typischen Wiener Kaffeehauskellner kolportiert wird. Er grantelt, lässt keine Reklamation gelten, und auch das Stammpublikum muss länger als notwendig auf Bestellungen warten. Ein Fachmann hätte eine depressive Verstimmung diagnostiziert.

Noch hat keiner der Gäste ernsthaft gegen die Verschlechterungen protestiert oder sich gar beim Chef beschwert, aber das ist wohl nur noch eine Frage der Zeit.

Auch heute hat sich noch kein Lächeln zu Herrn Franzens Mundwinkel verirrt. Dabei war er früher für Scherzworte und hämische Kommentare, die über einzelne Spieltische flogen, empfänglich.

Etwas abwesend serviert er weißen Spritzwein, bringt der pensionierten Studienrätin ihren Einspänner und wirft einen Blick aus einem der hohen, halbrunden Fenster, die auf die Ottakringer Straße hinausgehen. Die spätwinterliche Mittagssonne spiegelt sich in den Scheiben und lässt erahnen, dass der Frühling nicht mehr weit ist.

Nachdem Herr Franz alle seine Gäste versorgt hat, zieht er sich mit einer Zigarette an die Theke zurück und hängt seinen Gedanken nach. Wie schon so oft, lässt er jenen Tag Revue passieren, an dem das Unglück geschehen ist.

Es war ein milder Novembertag gewesen, sonnig und trocken, eine Verschnaufpause vom feuchtnebeligen Herbst, der die Stadt schon mehr als zwei Wochen im Griff hatte. Aysche wischte den Fußboden in der Küche des Lokals und hatte irgendwie bedrückter als sonst gewirkt. Als Herr Franz sie darauf angesprochen hatte, war sie gleich in Tränen ausgebrochen. Sie war verzweifelt gewesen, weil der Hausherr das Untermietverhältnis aufgekündigt hatte und sie sich Sorgen machte, wo sie mit der Familie unterkommen würde. Ihr Mann, der mit Gelegenheitsarbeiten zum Einkommen beitrug, habe schon erwogen, mit ihr und den drei kleinen Kindern zurück in die Türkei zu gehen. Aber das sei keine Lösung, wo sie doch ein besseres Leben für ihre Kinder erhoffe, hatte Aysche unter Tränen gesagt. Herr Franz hatte versucht, die junge Türkin, für die er eine Art väterlicher Zuneigung empfand, so gut er konnte zu trösten. Hilde Novak und ihr Spitzmischling Puppi waren ihm wenig später zu Hilfe gekommen. Die alte Frau, die vor kurzem ihren Achtziger gefeiert hatte, wohnte in einer Zimmer-Küche-Kabinett-Wohnung im zweiten Stock über dem Kaffeehaus. Sie hatte Aysche gut zugeredet und ihr geraten, sich an den Bezirksvorsteher zu wenden. Tatsächlich hatte sich die junge Frau zusehends beruhigt. Dann hatte die alte Frau Aysche überredet, sie zum Brunnenmarkt zu begleiten, weil man so einen Prachttag unbedingt ausnutzen müsse und sie obendrein dringend Gemüse und frisches Obst brauche. Herr Franz war gebeten worden, derweil auf Puppi aufzupassen. Er hatte dem Spitzmischling über den Kopf gestreichelt und zugestimmt. Dass Puppi Gäste ankeifen würde, war nicht zu befürchten. Und selbst wenn, es hätte kaum jemand gestört. Ihr Bellen war sehr dezent und glich dem Keuchen eines Asthmatikers, eine Begleiterscheinung ihres fortgeschrittenen Alters.

Aysche hatte Kübel und Reibfetzen weggeräumt und Frau Hilde mit ihrem Einkaufswagerl über die Stufen beim

Eingang geholfen. Seit dem Sturz im letzten Winter, war Frau Hilde gebrechlicher geworden. Aus ihren honigbraunen Augen hatte dennoch unverwüstliche Lebensfreude gestrahlt. Herr Franz hatte den beiden nachgesehen und dabei an das von Frau Hilde erwähnte Gemüse gedacht. Die alte Frau war immer noch eine fabelhafte Köchin. Ihre Krautfleckerl, die Kohlrouladen, der überbackene Karfiol und selbst der eingebrannte Kohl waren unübertroffen, vorausgesetzt man mochte diese Art Gemüse. Nach dem Tod ihres Hansl hatte sie regelmäßig in der Küche des Kaffeehauses ausgeholfen, was sie gelegentlich immer noch tat, wenn es ihre körperliche Verfassung zuließ. In der Speisekarte des Ritter hatte sie sich mit ihrem Wiener Heurigenbraten verewigt, einer Kreation, die großen Anklang bei den Gästen fand. Wenn sie für sich kochte, fiel regelmäßig eine Portion für Herrn Franz ab. Die brachte sie ihm stets in einem Riess-Email-Reindl mit Gmundener Streublumenmotiv.

An jenem Tag sollte es als Tagesgericht Krautstrudel mit Schnittlauchrahm geben. Hassan, der Koch, war, wie meistens, zu spät gekommen und hatte begonnen, die Krautköpfe zu hobeln. Herr Franz hatte sich seinen Pflichten gewidmet, Einlageblätter in Speisekarten getauscht, Besteck in Servietten gewickelt, Aschenbecher verteilt und den grünen Filz auf den Kartentischen glattgestrichen. Puppi hatte dösend unter dem Stammtisch des prominentesten Stammgastes des Ritter gelegen.

Der alte Czermak aus der Wichtelgasse, liebevoll Herr Rudi genannt, war der erste Gast gewesen. Frau Czermak hatte ein strenges Regiment geführt und darüber gewacht, dass ihr Gatte weder Monatslohn noch Rente im Kaffeehaus versoff und verspielte. Doch seit sie unter der Erde lag, hielt niemand mehr Herrn Rudi davon ab, seine Tage mit Spritzwein und einem kleinen Magenstreichler zu beginnen, dabei auf seine Haberer zu warten, um ihnen ein Pummerl anzuhängen. Hin und wieder dauerten solche Partien bis weit nach der Sperrstunde. Des Öfteren musste Herr Franz seinen Stammgast anschließend nach Hause begleiten. Dabei brauchten sie nicht selten die gesamte Breite des Trottoirs und mussten bei einer Verkehrstafel oder einem Mauervorsprung rasten.

Als nächste Gäste waren Franziska und Franz Scherzer eingetroffen. Er war Abteilungsleiter im Finanzamt gewesen, sie seine Sekretärin. Geheiratet hatten sie erst vor wenigen Jahren. Sie trafen sich jeden Donnerstag mit einem befreundeten Paar zum Frühstück.

Der vordere Teil des Kaffeehauses hatte sich nach und nach gefüllt, hinten wurden zwei der Billardtische bespielt und gegen elf trafen die ersten Mittagsgäste ein.

Die pensionierte Oberstudienrätin Kauschitz kam Punkt zwölf. Man konnte die Uhr nach ihr stellen. Sie wohnte ebenfalls im Haus und aß schon seit Jahren fast täglich im Ritter. Über ihre Kochkünste wusste Herr Franz, dass bei ihr sogar das Teewasser Gefahr lief anzubrennen. Frau Kauschitz war Lateinlehrerin im nahegelegenen Gymnasium gewesen und ließ sich mit Frau Professor anreden. Obwohl die Lehrerin keine einfache Person war, hegte Herr

Franz eine gewisse Sympathie für sie, zumal sie ihn an seine verstorbene Tante Martha erinnerte. Diese resolute Schwester seiner Mutter hatte nach dem frühen Tod der Eltern mit strenger Hand dafür gesorgt, dass Herr Franz nicht auf die schiefe Bahn geriet. Und wie Tante Martha hatte auch die Lehrerin eine Vorliebe für die Zuckerl mit Fruchtfüllung der Firma Heller.

Der Oberkellner hatte Frau Kauschitzs Stammplatz unter dem ersten der drei Gemälde, welche die Wand schräg gegenüber vom hölzernen Windfang zierten, freigehalten. Die ehemalige Lehrerin, auch daran erinnerte sich Herr Franz, hatte an jenem Tag Schinken-Käse-Toast und gemischten Salat gewählt. Das aß sie immer, wenn das Menü nicht ihrem Gusto entsprach. Auch hatte sie sich beklagt, dass es im gesamten Stiegenhaus nach Essen stinke, weil der Koch wieder einmal die Tür offengelassen habe.

Während des Mittagsgeschäfts hatte Frau Hilde ihren Hund abgeholt. Die Einladung der Professorin, ihr bei einem Kaffee Gesellschaft zu leisten, hatte Frau Hilde abgelehnt. Herr Horst, ein weiterer Hausbewohner, der sich gern im Lokal aufhielt, hatte Frau Hilde auf Herrn Franzens Bitte hin ein wenig widerwillig, schließlich aber doch geholfen, die Einkäufe in die Wohnung zu tragen. Herr Horst war erst seit kurzem wieder da. Angeblich war er auf Urlaub gewesen. Sicher konnte man die Fahrt ins Graue Haus in der Josefstadt als Reise bezeichnen, aber dass der Aufenthalt dort als Urlaub gelten konnte, bezweifelte Herr Franz. Wer den Kieberern Herrn Horsts gärtnerisches Bemühen gesteckt hatte, war ungeklärt geblieben. Jedenfalls hatte die Nachschau der Polizei nicht nur zur Beschlagnahme von weißem Pulver, Pflanzen und Wärmelampen geführt, sondern auch zu Herrn Horsts Verurteilung nach dem Suchtmittelgesetz.

Die junge Mutter mit dem quengelnden Kleinkind hatte den Nebentisch verlassen, als Herr Franz den Einspänner servierte, den Frau Professor nach dem Mahl zu nehmen pflegte. Die Lehrerin schien darüber erleichtert, denn seit sie in Pension war, gingen ihr Kinder grundsätzlich auf die Nerven. Vor allem solche, die Lärm verursachten.

Dass sich Herr Horst nach vollbrachter guter Tat anstelle der jungen Mutter am Nebentisch niedergelassen hatte, schien ihr weniger gefallen zu haben. Sie schätzte weder ihn noch seinen Lebenswandel, was nicht zu übersehen war. Herr Rudi hingegen hatte sich über Horsts Wiederkehr gefreut. Die beiden hatten in freundschaftlicher Eintracht filterlose Zigaretten geraucht, geplaudert und dabei Bier, Spritzwein und mehrere Stamperl vom selbstgebrannten Marillenen des Lokalbesitzers konsumiert.

So wie die Lehrerin hatten sämtliche Mittagsgäste das Kaffeehaus nach und nach verlassen. Der Nachmittag war ruhig verlaufen, an einzelnen Tischen war gespielt worden. Rudi und Horst hatten sich, ziemlich beschwingt, zu einem Schläfchen zurückgezogen. Herr Franz hatte sogar Zeit gefunden, ein wenig in einer Tageszeitung zu blättern.

Am frühen Abend, als er eben im Begriff gewesen war, einen Korb mit Gläsern in die Geschirrspülmaschine zu räumen, war Aysche atemlos zur Theke gerannt gekommen. »Schnell, Hilfe«, hatte sie gestammelt und Herrn Franz am Ärmel gezogen. Seine Versuche, klare Worte aus der aufgeregten Frau herauszubringen, waren fruchtlos geblieben. So war er ihr schließlich zügig durch die Küche ins Stiegenhaus und weiter in den zweiten Stock gefolgt. Dort hatte Aysche mit dem Finger auf eine halboffene Wohnungstür gezeigt. Herrn Franzens Knie hatten plötzlich zu zittern begonnen, als hätte sein Körper instinktiv geahnt, dass ihn nun Schreckliches erwartete.

Er hatte die Tür weiter aufgestoßen, ein wenig zögerlich, wie er sich rückblickend eingestand. Dann war er zurückgeschreckt. Die geblümte Kittelschürze war ihm wohlbekannt gewesen. Auch die Frau, die darin steckte und leblos auf dem gefliesten Küchenboden lag. Ihr Oberkörper war stellenweise mit gekochtem Kohl bedeckt. Herr Franz hatte ein Häufchen des erkalteten Gemüses vom Hals der Frau gewischt und nach ihrem Puls gefühlt. Aysche war neben dem Herd gestanden. »Ist tot«, hatte sie ihn aufgeklärt. Das war Herrn Franz schon klar gewesen, als er in die starren honigbraunen Augen geblickt hatte. Die hatte er geschlossen. Den Aluminiumtopf neben Frau Hildes Kopf, an dem noch Reste des Kohls klebten, hatte er gelassen, wo er war. Die feine Spur getrockneten Bluts, die vom Ohr Richtung Kinn verlief, hatte er als Folge des Sturzes gedeutet. Erst dann hatte er das asthmatische Keuchen wahrgenommen, das aus dem Besenschrank drang. Er hatte die Tür aufgeschlossen und Puppi war winselnd zu ihrem Frauchen geschossen. Herr Franz hatte die Hündin, obwohl sie sich gesträubt hatte, am Halsband zur Seite gezogen.

»Wir müssen Rettung und Polizei rufen«, hatte er zu Aysche gesagt. Beim Hinausgehen war ihm aufgefallen, dass der Gasherd abgedreht war. Das Reindl mit der Einbrenn hatte auf dem Schneidbett gestanden, auf dem zuvor der Kohl geschnitten worden war. Das Fenster zum Gang war sacht gegen den Rahmen geschlagen, als Herr Franz die Haustür zugezogen hatte.

Es muss sie der Schlag getroffen haben, hatte sich Herr Franz einzureden versucht, während er in Aysches Begleitung, Puppi auf dem Arm, zurück ins Lokal gegangen war.

In knappen Worten hatte er Rettungskräften und Polizei am Telefon geschildert, was passiert war und die Adresse durchgegeben. Aysche hatte einen Beruhigungsschnaps abgelehnt und sich stattdessen einen Tee aufgebrüht. Herr Franz hatte sich um jene Gäste gekümmert, die schon dringend auf Nachschub warteten. Dass im Haus eine Tote lag, hatte offenbar noch keiner von ihnen mitbekommen.

Als die Tür zum Kaffeehaus aufgegangen war, hatte Herr Franz mit dem Eintreffen der Einsatzkräfte gerechnet. Stattdessen waren ältere Herren in Bierlaune und mit rot-weiß-schwarz gestreiften Schals eingetreten. Herr Franz hatte sich erinnert, dass an diesem Abend ein wichtiges Fußballspiel stattfinden sollte. Es war vorhersehbar gewesen, dass Fans von Feyenoord Rotterdam dem Ritter bei einer solchen Gelegenheit einen Besuch abstatten würden. Für sie war das Kaffeehaus eine Art Pilgerstätte.

Herr Franz hatte den prominentesten Stammgast des Kaffeehauses nicht mehr persönlich kennengelernt. Was er bedauerte, zumal er als alter Rapidfan viele Geschichten über den legendären Trainer und Fußballphilosophen gehört oder gelesen hatte. Gern hätte er diesem Repertoire noch einige selbst erlebte Anekdoten hinzugefügt. Doch Aschyl, wie Ernst Happel von seinen Freunden genannt worden war, hatte vor einiger Zeit von der irdischen Trainerbank auf eine Wolkentribüne in der Ewigkeit gewechselt. Sein Konterfei, ein Druck, der kurz vor seinem Ableben entstanden war und ihn mit mürrischem Gesichtsausdruck zeigte, half, die Erinnerung an ihn und seine großen Erfolge wachzuhalten.

Das Auftauchen der Fußballfans war Herrn Franz ziemlich ungelegen gekommen. Während er noch überlegt hatte, wie er sie abwimmeln könnte, war die Polizei eingetroffen. Nun waren auch die Gäste aufmerksam geworden. Es war Zeit für Herrn Franz gewesen, eine seiner größten Stärken auszuspielen. Im grünen Gilet, der schwarzen Hose mit der akkuraten Bügelfalte und dem blütenweißen Hemd hatte er wie ein Fels in der Brandung den Überblick bewahrt und für Ordnung gesorgt. Ganz so, wie man es sich von einem versierten Oberkellner erwartet.

Aysche hatte die Beamten zu Frau Hildes Wohnung geführt. Herr Franz hatte seine Gäste beschwichtigt, den holländischen Fans Bier ausgeschenkt und zugesehen, wie sie Happels Bild und seinen Stammplatz gleich neben der Tür fotografierten. Auch die Herz acht, die am Plafond neben dem Luster klebte, wurde geknipst. Herr Franz hatte erzählt, sie stamme von einem Spielpartner Aschyls, der sich über seine Niederlage so geärgert habe, dass er die Karten wütend in die Luft geschleudert habe. Dass diese Version nicht ganz der Wahrheit entsprach, hatte keinen der ausländischen Gäste gestört. Die Geschichte war vielmehr, wie immer, gut angekommen. Die Holländer hatten wenig später das Lokal verlassen, in guter Stimmung und voller Vorfreude auf das Match.

»Zahlen!« Die Aufforderung reißt Herrn Franz aus seinen Gedanken. Er hat sich eben die dritte Zigarette angezündet, die er jetzt im Aschenbecher ablegt. Er kassiert zwei Cola und ein Mineralwasser von dem jungen Paar, das an Frau Hildes Stammplatz sitzt und vor einigen Wochen das erste Mal hier gewesen ist. Ob sie die alte Frau gekannt haben? Vermutlich nicht.

Herr Franz nimmt die halb verglühte Zigarette aus dem Aschenbecher und denkt an die polizeiliche Untersuchung.

Herr Horst war gründlich einvernommen worden, was sicher auch mit seinem Vorleben zusammenhing. Die pensionierte Lehrerin hatte ausgesagt, sie hätte gelesen und sei dabei eingeschlafen. Und auch Aysche, die den Beamten schon aufgrund ihrer Herkunft verdächtig erschienen war, hatte kein schuldhaftes Verhalten nachgewiesen werden können. Natürlich waren auch sämtliche Gäste im Ritter befragt worden, aber keiner von ihnen hatte Anhaltspunkte geliefert, die einen gewaltsamen Tod Frau Hildes nahelegten.

Der Amtsarzt hatte festgestellt, dass sie an den Folgen des Sturzes gestorben war, zu dem ein Schwächeanfall geführt haben dürfte. Keineswegs ungewöhnlich bei einer Frau ihres Alters. Mit dieser Einschätzung war der Fall zu den Akten gelegt worden.

Warum sich Herr Franz damit nicht zufriedengibt, kann er sich selbst nicht erklären. Es ist ein Gefühl, vielmehr eine Ahnung, die ihn einfach nicht zur Ruhe kommen lässt.

Er trinkt einen Schluck Wein – gegen Abend genehmigt er sich hin und wieder ein Glas – und dämpft die Zigarette aus. Es sind kaum noch Gäste im Lokal, Aysche ist in der Küche mit dem Abwasch beschäftigt. Seit sie mit der Familie in Frau Hildes Wohnung gezogen ist, arbeitet sie nicht nur als Putzfrau, sondern auch als Abwäscherin und Hilfsköchin im Ritter. Herr Franz leistet ihr mit seinem Weinglas für ein paar Minuten Gesellschaft. Sie erzählt ihm, dass man sich schon wieder über den Lärm, den ihre Kinder angeblich verursachen, beschwert habe. Außerdem habe man ihr nahegelegt, das Küchenfenster zum Gang geschlossen zu halten, weil die Essensgerüche im Stiegenhaus unangenehm seien. Herr Franz runzelt die Stirn und überlegt, ob er der türkischen Familie mit seinem Einsatz für den Mietvertrag wirklich einen so guten Dienst erwiesen hat. Andererseits, was wäre die Alternative gewesen?

Er hilft Aysche, die prallen Müllsäcke zu den Mistkübeln im Hof zu tragen. Er hebt den Deckel des ersten Kübels, der schon ziemlich voll ist. Der Kochtopf im zerrissenen Sack sticht ihm sofort ins Auge. Wer wirft so etwas weg? Gmundener Keramik mit Streublumenmotiv. Frau Hildes Wohnung war vor mehr als einem Monat ausgeräumt worden. Die Caritas hatte Möbel, Wäsche und Geschirr abgeholt. Er zieht den Kochtopf aus dem Sack. »Ist kaputt?«, erkundigt sich Aysche neugierig. Herr Franz verneint und beugt sich erneut über den Müllsack. Aha, denkt er und greift nach dem Einwickelpapier. Daher weht der Wind. Er rekapituliert noch einmal, was er damals in Frau Hildes Küche gesehen hat.

Gleich am nächsten Morgen setzt Herr Franz seine Entscheidung, die ihn den Schlaf der vorangegangenen Nacht gekostet hat, in die Tat um. Frau Professor Kauschitz öffnet beim ersten Läuten. Als sie den Kochtopf mit dem Streublumenmotiv in der Hand des Oberkellners wahrnimmt, schwankt sie. Herr Franz nimmt sie am Ellenbogen und begleitet sie in ihre Wohnung. Den Kochtopf stellt er auf den Wohnzimmertisch, das Einwickelpapier, das von Zuckerln der Firma Heller stammt, legt er demonstrativ daneben. Die pensionierte Lehrerin lässt sich auf einen Sessel fallen, ihre Hand zittert. Herr Franz wartet und schweigt. Auch die alte Frau schweigt. Das Ticken der Pendeluhr, die über dem Diwan hängt, kommt Herrn Franz ungemein laut vor. »Ich wollte es nicht. Das müssen Sie mir glauben«, sagt die alte Frau endlich. Herr Franz nickt. »Die Migräne war schuld.« Die Lehrerin deutet zum Wandschrank. »Ich könnte ein Stamperl brauchen.«

Herr Franz schenkt sich und der ehemaligen Lehrerin einen großen Barack ein. »Die Migräne?«, wiederholt er.

»Ja. Wenn ich meine Anfälle habe, bin ich immer extrem geruchsempfindlich. Die Novak hat das gewusst. Trotzdem hat sie das Küchenfenster zum Gang immer offengelassen, wenn sie ihren vermaledeiten Köch gekocht hat. Mir zu fleiß, richtig boshaft konnte die sein, auch wenn Sie's nicht glauben mögen, Herr Franz.« Die alte Frau kippt ihren Barack auf ex hinunter und schenkt sich ein weiteres Stamperl ein. »Jedenfalls habe ich sie gebeten, das Fenster zuzumachen. Wahrscheinlich war ich auch nicht so ganz freundlich. Jedenfalls hat dann ein Wort das andere gegeben, und plötzlich hab ich dieses Reindl in der Hand und ich weiß auch nicht, wie es gegangen ist, aber es macht peng und das Reindl fliegt gegen ihren Kopf, und dann ist sie umgefallen wie ein Stück Holz und hat sich nicht mehr gerührt.« Die Worte sind aus dem Mund der alten Frau nur so herausgesprudelt, als sei sie erleichtert, die Geschichte endlich erzählen zu können.

»Und später sind sie noch einmal in die Wohnung gegangen, haben den Hund eingesperrt, den Herd abgedreht, den Kochtopf mitgenommen und statt dessen den Aluminiumtopf neben die Tote gelegt.«

»Da hätte ja Blut dran sein können und meine Fingerabdrücke. Deswegen habe ich dann auch Gummihandschuhe angezogen. Aber wieso wissen Sie das?«

Herr Franz zuckt die Achseln. Dass ihm beim Anblick des Kochtopfes im Müllsack schlagartig klargeworden war, dass es der Aluminiumtopf gewesen ist, der ihn die ganze Zeit gestört hat, behält er für sich. Wie hätte Frau Kauschitz auch ahnen sollen, dass Frau Hilde im Aluminiumtopf ausschließlich ihre Milchspeisen gekocht hat?

»Und was haben Sie jetzt vor?«, fragt die alte Frau mit zittriger Stimme.

Herr Franz dreht sein Schnapsglas zwischen den Fingern. Eigentlich hat er nur endlich die Wahrheit wissen wollen. Die ehemalige Lehrerin der Kriminalpolizei auszuliefern, macht aus seiner Sicht wenig Sinn. Sicher würde sich ein Arzt finden, der ihr Haftunfähigkeit bescheinigte, und ehrlich gesagt, wem war geholfen, wenn sie die letzten Lebensjahre in einer Zelle verbrachte?

»Wissen Sie, Herr Franz, ich bereue die Sache von ganzem Herzen. Inzwischen wünsch ich mir sogar, dass die Hilde noch meine Nachbarin wär. Seit diese Türkenfamilie gegenüber eingezogen ist, ist alles noch viel ärger geworden. Die Kinder sind laut, gekocht wird dauernd, und immer lüften sie auf den Gang hinaus.«

»Gewissermaßen ein Eigentor«, sinniert Herr Franz.

»Wie meinen?«

Herr Franz greift nach dem Kochtopf mit dem Streublumenmotiv. »Frau Kauschitz, wenn Sie mir versprechen, dass Sie Ihre türkischen Nachbarn in Frieden lassen, dann halt ich den Mund und vergess, was sie mir erzählt haben. Aber wehe …« Der Oberkellner lässt den Rest der Drohung offen.

Die alte Frau nickt betreten. Sie sieht ihm nach, als er mit dem Topf in der Hand ihre Wohnung verlässt.

Als Herr Franz an diesem Vormittag das Lokal für die ersten Gäste aufsperrt, ist er deutlich beschwingter als in den letzten Wochen. Er gibt Herrn Rudi einen Magenschmeichler aus und Puppi, die wie immer unter dem Stammtisch des verblichenen Fußballtrainers liegt, bekommt zur Feier des Tages ein Radl Extrawurst.

Herrn Franzens Welt kommt langsam ins Lot. Und es scheint, als hätte er auch seinen Frieden wiedergefunden.

Café Ritter

1160 Wien, Ottakringer Straße 117, *www.cafe-ritter.at*

Edith Kneifl

The End, My Friend

Freitag, 10 Uhr vormittags:
Der Himmel über Wien war grau. Bleierne Wolken zogen über die riesige Baustelle am Westbahnhof. Der Wind peitschte die Regentropfen ans Fenster. Unzählige Menschen eilten, bepackt mit Plastiksäcken oder kleine Koffer hinter sich herziehend, an dem alten Kaffeehaus gegenüber dem Bahnhof vorbei, ohne den Mann, der allein an einem Tisch in einer Fensternische saß, zu beachten.

Er war daran gewöhnt, übersehen zu werden. Es machte ihm nichts aus. Im Gegenteil, in seinem Beruf war es von Vorteil, nicht aufzufallen.

Das Westend war schon immer sein Lieblingscafé gewesen. Nicht nur, weil es sich in Bahnhofsnähe befand, sondern auch wegen der Größe und Höhe der Räume. Er litt unter Klaustrophobie. Im Westend fühlte er sich nie beengt. Hier hatte er bei so mancher Tasse Kaffee auf einen Zug gewartet, und hier hatte er in so manchem Glas Bier seine Einsamkeit ertränkt.

Er war durstig. Im Nachtzug von Venedig nach Wien hatte es keinen Speisewagen gegeben. Außerdem hatte der Zug zwei Stunden Verspätung gehabt.

»Herr Ober. Bitte!«, rief er ungeduldig.

Die Kellner eilten an ihm vorbei. »Ein Momenterl«, »komme gleich.«

Bevor er richtig grantig wurde, fragte ihn ein junger Mann, dem der schwarze Anzug buchstäblich auf den Leib geschnitten schien: »Was darf's denn sein?«

»Einen großen Braunen.«

»Wollen Sie ein Mineral dazu?«

Was waren das für neumodische Sitten? Früher bekam man automatisch ein Glas Leitungswasser zum Kaffee serviert. Anscheinend hielt man ihn für einen Touristen. Zugegeben, in seiner altmodischen braunen Lederjacke und mit der schwarzgelb gestreiften Krawatte zu dem gelbstichigen Hemd, sah er aus wie ein Tschusch in den Siebzigerjahren.

In einem seiner Pässe stand, dass er 1962 in Wien das Licht der Welt erblickt hatte. Seine Eltern waren jugoslawische Gastarbeiter gewesen. Als sich seine Mutter scheiden ließ und nach Zagreb zurückkehrte, musste er bei seinem autoritären Vater bleiben. Nachdem er mit siebzehn seinen Alten krankenhausreif geprügelt hatte, ergriff er die Flucht. Bei seiner Mutter und ihrem neuen Ehemann hielt er es erst recht nicht lange aus. Den einzigen Ausweg bot das jugoslawische Heer. Obwohl er ein ausgezeichneter Schütze war, blieb ihm wegen seiner Disziplinlosigkeit eine militärische Karriere verwehrt. Nach ein paar Jahren quittierte er den Dienst und machte sich selbstständig.

Der junge Ober stellte ihm unaufgefordert ein Körbchen mit Gebäck auf den Tisch. Automatisch griff er nach einem Salzstangerl. Sehr resch. Er legte es wieder zurück. Fühlte sich ohnehin zu dick. Zu viel Weißbrot, zu viel Bier und zu wenig Bewegung in den letzten Jahren. Er war nicht nur aus dem Leim gegangen, sondern auch schlecht in Form. Vielleicht war es doch keine so gute Idee gewesen, diesen Auftrag anzunehmen?

Er bestellte Ham and Eggs und holte sich ein paar Zeitungen.

Die meisten Wiener Tageszeitungen widmeten dem Besuch des berühmten russischen Oligarchen Salischenko nur ein paar Zeilen. Ein kleinformatiges Boulevardblatt erging sich allerdings in einer Lobeshymne, erwähnte, dass der Oligarch den österreichischen Skisport fördern und demnächst auch eine der maroden österreichischen Fußballmannschaften wieder auf Trab bringen würde. Der Kolumnist eines farbenfrohen Wochenmagazins wusste sogar, dass der Russe seiner Frau zum Vierziger ein original Wiener Kaffeehaus schenken wollte. Salischenko und Österreich – das hatte Geschichte.

Er legte seine Brille weg und sah auf seine gefälschte Rolex.

11 Uhr 30:

Sie waren um Punkt zwölf Uhr miteinander verabredet. Er kam gern als Erster zu einem Rendezvous. Hatte gern den Überblick.

Das Westend hatte sich kaum verändert. Er rechnete nach, wann er zum letzten Mal hier war. Es musste 1999 gewesen sein. War dieses Café überhaupt jemals renoviert worden? Das abgetretene Fischgrätparkett, die hellgrün lackierte Wandvertäfelung und die leicht vergilbten, stuckverzierten Wände darüber sahen genauso aus wie damals. Auch die Einrichtung war noch die gleiche: Tische mit schwarzen oder weißen Marmorplatten und sogar einige Tische mit Resopalplatten. Die gepolsterten Sitzbänke waren mit grünem Samt überzogen. An einigen Stellen quoll die Füllung aus den Polstern. Die alten Registrierkassen waren nicht mehr in Betrieb. Doch die beiden Telefonzellen schienen zu funktionieren. Gerade klingelte es und eine hübsche junge blonde Frau ging in die Zelle und hob ab.

Er warf einen Blick auf die grünlich gestrichene Decke mit den strahlenden Sonnen aus Stuck, in deren Mitte Kristallluster aus den Fünfzigerjahren befestigt waren. Die Sonnenstrahlen begannen zu flackern und das Rauschen in seinen Ohren schwoll an. Er hätte keinen Kaffee trinken sollen. Sein Blutdruck war viel zu hoch. Er nahm ein Pillendöschen aus seiner kleinen Reisetasche und bat den Ober um ein zweites Glas Wasser.

Lautes Gelächter und lebhafte Stimmen am Nebentisch. Er betrachtete die jugendlichen Biertrinker mit misstrauischem Blick. Lachten sie etwa über ihn, den alten Pillenschlucker? Doch die jungen Leute schenkten ihm keinerlei Beachtung. Er versuchte etwas von ihrer Unterhaltung aufzuschnappen. Offensichtlich handelte es sich um Studenten aus den westlichen Bundesländern, die sich vor der Heimfahrt zu einem Abschiedstrunk getroffen hatten.

Wenn sie so weitermachten, würden sie bestimmt ihre Züge versäumen.

Grinste der Ober nicht süffisant, als er ihm das Leitungswasser brachte? Er spürte, wie die Wut in ihm hochkam, ihm die Kehle zuschnürte. Sicherheitshalber schluckte er ein zweites blutdrucksenkendes Mittel.

11 Uhr 59:
Der Typ, mit dem er verabredet war, schien sich zu verspäten. Er hasste Unpünktlichkeit. Betrachtete es als persönliche Beleidigung, wenn jemand seine kostbare Zeit verschwendete. Während er überlegte, ob er schlicht und einfach sein Honorar erhöhen sollte, hörte er eine tiefe, rauchige Frauenstimme fragen: »Ist hier frei?«

Bevor er unwirsch verneinen konnte, hatte sie ihm gegenüber Platz genommen.

»Ich war... warte auf jemanden«, stammelte er.

»Vielleicht bin ich es, auf die Sie warten«, sagte die fesche Blondine, die vorhin telefoniert hatte.

Ihm verschlug es die Sprache. Er fürchtete, sein Mund würde offenstehen. Die Frau sah aus wie ein Engel. Makellose, ebenmäßige Züge, große graublaue Augen, volle Lippen und schulterlanges, lockiges, hellblondes Haar. Sie war fast so groß wie er, hatte eine tolle Figur, war schlank, aber an den richtigen Stellen wohlgerundet.

»Haben Sie schon gefrühstückt? Ich würde Ihnen das Gulasch empfehlen. Es ist ausgezeichnet.« Sie sprach perfekt Deutsch, mit leichtem slawischen Akzent.

Als sie die Jacke auszog, vermied er es, auf ihre vollen Brüste zu starren, die sich deutlich unter dem enganliegenden Rollkragenpullover abzeichneten. Die weiße Perlenkette schien echt zu sein, und der Hosenanzug hatte bestimmt ein kleines Vermögen gekostet.

Er tippte auf Edelnutte. Früher hatten die Ober im Westend oft Telefonnummern von gewissen Damen für einsame Herren parat gehabt. Wer weiß, vielleicht suchten sich die Huren heutzutage selbst ihre Kundschaft aus? Aber seit wann trugen Nutten seidene Hosenanzüge, Perlenketten und Cowboystiefel und rannten mit einem Geigenkasten unterm Arm herum?

»Ich heiße Nadja.« Sie deutete auf die Zeitung, die mit dem Inseratenteil obenauf vor ihm lag.

Ihm ging ein Licht auf. Offensichtlich hatte sie auf eine Kontaktanzeige reagiert und glaubte nun, er hätte inseriert.

»Milan«. Er hatte so viele Namen wie Reisepässe. Aber er hatte ihr seinen richtigen Vornamen genannt.

»Ich mag dieses Café«, sagte die Blonde. »Obwohl es so nahe beim Bahnhof liegt. Bahnhöfe stimmen mich traurig. Sie bedeuten Abschied und Trennung.«

»Oder Wiedersehen und Freude«, warf er krächzend ein. Er hatte einen Frosch im Hals.

»Ein Wiedersehen, bei dem man den Abschied bereits ahnt«, fuhr sie fort.

»Ich beobachte gern Leute, die ankommen oder abreisen. Man fühlt sich nie allein oder gar einsam in der Nähe eines Bahnhofs«, sagte er und sah sie unsicher an.

»All dieses Gesindel, das sich bei Bahnhöfen herumtreibt, und der Gestank aus den Fast-Food-Buden, all der Schmutz und diese unerträgliche Geräuschkulisse …«

»Das bringt das Reisen eben so mit sich«, unterbrach er sie und überlegte, ob er kurz auf die Toilette gehen und sich ein bisschen frischmachen sollte. Er glaubte, den Schweiß unter seinen Achseln riechen zu können, und verfluchte sein billiges Polyesterhemd. Doch er wollte sie nicht gleich wieder verlassen. »Woher kommen Sie«, fragte er.

»Russland, genauer gesagt, aus Moskau. Aber ich lebe schon lange in Österreich. War hier verheiratet.«

Er bildete sich ein, dass sie das Wörtchen »war« betont hatte. Bestimmt war sie geschieden und jetzt auf der Suche nach einem neuen Idioten, der ihre teuren Klamotten finanzierte. Er hätte diese Rolle gern übernommen, aber er hatte einen Auftrag zu erledigen.

Sie schwieg, sah ihm tief in die Augen. Er bekam einen Ständer und grinste sie blöde an.

»Kommen Sie mit?«, fragte sie ihn plötzlich und deutete Richtung Toiletten.

Milan war schockiert. Anscheinend hatte sie es noch dringender nötig als er. Mit diesen emanzipierten Weibern kam er nicht zurecht. Sogleich verkrümelte sich sein Schwanz wieder.

»Seien Sie nicht so schüchtern«, sagte sie, zwinkerte ihm belustigt zu und griff nach seiner Hand. Zögernd folgte er ihr.

Vielleicht trug sie halterlose Strümpfe unter ihrer langen Hose? Um sich wieder auf Touren zu bringen, malte er sich auf dem Weg zur Toilette aus, wie das spitzenbesetzte Strumpfende in das weiche weiße Fleisch ihres Oberschenkels schnitt. Als sie an den beiden Telefonzellen vorbeikamen, zog sie ihn in eine der Kabinen.

Er war zu dick, die Tür ließ sich nicht mehr richtig schließen.

»Ich habe Ihnen etwas mitgebracht.« Grinsend öffnete sie ihren Geigenkasten.

Der Anblick des funkelnagelneu aussehenden Revolvers, Kaliber 500 S&W Magnum raubte ihm den Atem. Sein Herz begann zu rasen und der Schweiß stieg von seinen Achseln bis zu seiner Stirn hinauf. Scheiß-Panikattacken, fluchte er lautlos und versuchte gleichzeitig, sich zu beruhigen. Das Xanor, das er für solche Fälle immer dabeihatte, befand sich in der Außentasche seiner Reisetasche, aber die lag unter seinem Tisch am Fenster.

»Um Himmels willen! Was ist denn mit Ihnen los?«, flüsterte Nadja. »Sie sind ja ganz blass.«

»Verdammt e… eng hi… hier«, stammelte er und verließ fluchtartig die Telefonzelle.

Kurz danach kehrte sie ebenfalls an den Tisch zurück und sah ihn forschend an.

»Geht's Ihnen wieder besser?«, fragte sie.

Milan nickte. Vermied es jedoch, ihr in die Augen zu sehen. Als er diesen Job angenommen hatte, war ihm bewusst gewesen, dass er mit allem rechnen musste. Aber nicht mit einer weiblichen Vermittlerin und schon gar nicht mit so einem Vollblutweib. Seit wann waren auch Frauen in diesem Geschäft tätig? Es war höchste Zeit, dass er endlich seinen Ruhestand genoss, sich in seine Villa auf der Insel Lopud, in der Nähe von Dubrovnik, zurückzog, mit seinem Motorboot zum Fischen hinausfuhr und die Abende mit den alten Männern bei Kartenspiel und Rotwein in der Taverne im Hafen verbrachte.

Nadja nahm ein großes Kuvert aus ihrer Handtasche und reichte es ihm. Er setzte seine neue, sündhaft teure Gleitsichtbrille auf und begann zu lesen. Das Dossier über den Mann, den er umbringen sollte, verriet ihm aber nicht viel Neues.

Einst war Milan der Beste in der Branche gewesen. In den letzten Jahren hatte er selbst keine großen Aufträge mehr angenommen. Er hatte genügend Geld verdient. Da er mit Salischenko jedoch eine offene Rechnung zu begleichen hatte, war es ihm unmöglich gewesen, den Job abzulehnen.

Nach dem Zusammenbruch des sowjetischen Regimes vor nunmehr zwanzig Jahren war Salischenko, damals ein kleiner KGB-Offizier, im selben Gewerbe tätig gewesen wie er. Im Kosovokrieg hatten sie für verfeindete Gruppierungen gearbeitet. Der Russe hatte ihm eine Kugel in den Kopf verpasst, die sein Leben verändert hatte. Milan war in einem Wiener Krankenhaus von einem jungen Neurochirurgen mit begnadeten Händen operiert worden. Nachdem er das Krankenhaus verlassen hatte, war er nicht mehr derselbe gewesen. Er litt seither unter Panikattacken und ein Psychiater hatte ihm eine paranoide Persönlichkeitsstörung diagnostiziert. Da ihm der Ruhestand bald zu langweilig geworden war, hatte er vor ein paar Jahren eine Agentur aufgemacht und brachte nun jungen, ambitionierten Bosniern und Albanern das Töten bei.

Auch Salischenko schien den Job gewechselt zu haben. War heute ein erfolgreicher Geschäftsmann. Investierte in österreichische Betriebe und wurde sogar von österreichischen Politikern hofiert.

Als der neue Auftrag hereingekommen war, hatte Milan sofort gewusst, dass er es selber machen würde. Obwohl einige seiner Rekruten heute garantiert besser waren als er. Ihnen fehlte der Hass, diese unbändige Wut. Allein deswegen wären sie für diesen Job geeigneter gewesen als er. Doch für ihn war es eine Frage der Ehre.

»Warum willst du die 500er Magnum nicht? Das ist der beste Revolver, der momentan am Markt zu kriegen ist.«

»Viel zu schwer. Ich leide unter Gelenkschmerzen. Meine alte 34er Luger ist mir viel lieber. Ich bin an sie gewöhnt.«

»Aber für die Magnum gibt es eine Spezialmunition, mit der man angeblich sogar die üblichen Schutzwestern durchlöchern kann«, warf sie ein.

»Du kannst die Patronen kaum unter Kontrolle halten. Manchmal schießt diese Waffe eine zweite Patrone völlig unkontrolliert ab. Meine Jungs haben damit trainiert. Ein Trommelspringen lässt sich kaum vermeiden.«

»Dem Problem kann man mit einer stärkeren Federung der Trommelarretierung abhelfen.«

Ihre Klugscheißerei ging ihm auf die Nerven. »Ich mache es mit meiner Luger und damit basta. Ich töte die Zielobjekte prinzipiell mit einem Kopfschuss. Eine Kugel zwischen die Augen, und die Sache ist erledigt«, würgte er jede weitere Diskussion ab.

»Ich kann dich verstehen, ich liebe auch meine kleine Derringer«, sagte sie kichernd.

Musste diese wunderschöne Frau immer das letzte Wort haben, fragte er sich leicht gereizt.

»Wie sollen wir es angehen? Er ist im Hotel Imperial abgestiegen. Am besten fahren wir gleich mal hin und sehen uns um«, schlug sie vor.

Es behagte ihm nicht, dass sie offensichtlich das Kommando übernehmen wollte.

»Ich arbeitete prinzipiell nur allein«, sagte er.

»Ist mir klar, aber vielleicht kann ich dir irgendwie helfen?«

Milan schüttelte energisch den Kopf. Er wollte keine Frau dabeihaben. Frauen brachten Unglück. Er war abergläubisch.

»Darf ich wenigstens die Chauffeuse für dich spielen«, fragte sie lächelnd und bedachte ihn mit einem koketten Augenaufschlag.

Er konnte ihrem Lächeln nicht widerstehen und nickte ergeben.

13 Uhr 45:

Während der Fahrt zum Hotel Imperial erzählte sie ihm von all den berühmten Leuten, die dort einst abgestiegen waren: »Richard Wagner, Karl Kraus, Arthur Schnitzler …«.

Er hatte all diese Namen schon einmal gehört, interessierte sich jedoch viel mehr für ihre Brüste und ihre muskulösen Schenkel, die bei jedem Tritt auf Kupplung, Gas oder Bremse des Alfa Romeo vibrierten.

»Heute wird dieses Hotel in der ehemaligen Residenz des Prinzen von Württemberg von Staatsgästen aus aller Welt besucht. Auch die Prominenz aus dem Showbusiness und der Filmbranche logiert gern dort«, fuhr sie fort.

Auf der Zweierlinie war Stau. Sie kamen nur im Schritttempo weiter. Nadja zündete sich eine Zigarette an. Milan war militanter Nichtraucher, wagte es aber nicht einmal, sie zu bitten, das Fenster aufzumachen.

Als sie sich dem berühmten Hotel näherten, erblickte er sofort das große Aufgebot an Sicherheitskräften. »Keine Chance«, murmelte er.

»Die sind nicht wegen Salischenko hier. Bestimmt ist wieder irgendein Ölscheich oder ein berühmter Popstar in Wien«, sagte Nadja.

»Alles klar. Lass mich aussteigen.«

Sie hielt auf dem roten Teppich vor dem Hoteleingang. Ein Livrierter öffnete die Beifahrertür.

Betont selbstsicher betrat Milan mit seiner kleinen Reisetasche in der Hand das Hotel.

Der überaus freundliche Mann an der Rezeption teilte ihm mit, dass Herr Salischenko leider nicht auf seinem Zimmer, aber vielleicht im Café anzutreffen sei.

14 Uhr 15:
Bevor Milan in das Café ging, entsicherte er die Luger in seiner Jackentasche.

Prunk und Pomp raubten ihm dann beinahe den Atem. Sogar die Lüftungsrohre waren hier mit Stuck verziert. Langsam schritt er durch das Lokal, tat so, als würde er jemanden suchen. Und er suchte ja auch tatsächlich jemanden. Ein Ober fragte ihn, ob er einen bestimmten Platz möchte. Er schüttelte den Kopf. Schließlich ließ er sich an einem Tisch beim Eingang auf einer weichgepolsterten, königsblauen Sitzbank nieder. Vielleicht würde dieses Arschloch ja noch auftauchen.

Der in Gelb- und Goldtönen gehaltene Raum machte ihn schwindlig. Das kostbare Porzellan in den Glasvitrinen begann zu tanzen. Mittlerweile war wahrscheinlich sein Blutzuckerspiegel stark gesunken. Als ihm der Ober die Speisekarte reichte, verschwammen die Buchstaben vor seinen Augen. »Verdammter Mist«, fluchte er leise. Er hatte seine Brille im Westend vergessen.

Milan bestellte die Haustorte und eine koffeinfreie Melange. Nach dem ersten Bissen von der köstlichen Torte fühlte er sich wieder besser. Allerdings kam er sich vor, als wäre er auf einem Kondukt. Obwohl das Lokal halbvoll war, hörte man kaum Stimmen. Der dicke, weiche Teppichboden schluckte sämtliche Geräusche. Außerdem pflegten die feine Wiener Gesellschaft und die reichen Geschäftsleute, die hier verkehrten, ohnehin leise zu reden. Alles in diesem Café war luxuriös, auch die Preise. Milan fühlte sich deplatziert. Rasch trank er seine Melange aus, aß hastig die Torte auf und rief dann Nadja an.

»Das Zielobjekt ist nicht hier«, flüsterte er in sein Handy.

»Ich weiß. Komm raus.«

Der Himmel über Wien war jetzt schwarz. Ein heftiges Gewitter ging über der Innenstadt nieder. Grellen Blitzen folgte bedrohliches Donnergrollen. Nadja wartete vor dem Hotel mit einem aufgespannten Regenschirm auf ihn. Als sie Arm in Arm unter dem Schirm den Ring überquerten, schmiegte sie sich eng an ihn. Ihre linke Brust berührte seinen Oberarm, was seine Nervosität immens verstärkte.

»Ich habe gerade mit unserem Auftraggeber telefoniert und erfahren, dass Salischenko um 17 Uhr einen Termin im Café Schwarzenberg hat«, flüsterte sie ihm ins Ohr.

»Perfekt«, sagte Milan und ließ ihren Arm los.

»Ich komme mit«, sagte sie.

»Auf keinen Fall! Es ist mein Job.«

»Okay, dann warte ich im Auto in der Nebenfahrbahn vor dem Café auf dich.«

»Kümmere dich nicht um mich. Bring dich in Sicherheit, wenn du Schüsse hörst.«

Sie lächelte ihn liebevoll an.

Die letzten Meter zum Café Schwarzenberg legte er ohne den Schutz ihres Schirms zurück.

15 Uhr 15:

Mit triefendem Schnurrbart und total zerzaustem Haar betrat er eines der ältesten noch existierenden Ringstraßen-cafés. Er kannte das Schwarzenberg von früher, hatte hier in seiner Jugend viele Stunden verbracht. Ein flüchtiger Blick in den prächtigen Damensalon, links von der Tür: kein Salischenko.

Milan fand einen Platz neben dem Klavier im großen Saal. Leider spielte sein Magen verrückt. Vielleicht war es auch die Bauchspeicheldrüse. Jedenfalls brauchte er dringend etwas zu essen. Er bestellte einen Gemischten Satz und ein Wienerschnitzel vom Kalb.

Die viele Touristen und der kreischende Säugling am Nebentisch strapazierten seine ohnehin angegriffenen Nerven. Er sehnte sich nach der Friedhofsruhe im Imperial.

Wie immer wurde er nach dem Essen schläfrig. Obwohl keiner am Klavier saß, bildete er sich ein, leise romantische Musik zu vernehmen, und begann von Nadjas warmem weichen Schoß zu träumen.

»Darf's noch etwas sein?«, riss ihn die Stimme des Obers aus seinen süßen Träumen.

»Ei… einen Kaffee ›Pharisäer‹ und ein Wass… Mineralwasser«, stammelte Milan. Es war höchste Zeit für die nächste Tablette.

Das Café Schwarzenberg ist ein Kaffeehaus für richtige Männer und garantiert kein geeignetes Geburtstagsgeschenk für Salischenkos Frau, dachte er und stürzte den Mocca mit Rum, Rohzucker und Schlagobers in einem Zug hinunter. Die mit dunkelbraunem Holz getäfelten Wände, die marmornen Tische, die mit tabakbraunem Leder überzogenen Clubsessel und die klassischen Art-decó-Luster, die an der mit kleinen weißen Kacheln gefliesten Decke hingen, erinnerten ihn an die Einrichtung britischer Männerclubs. Unwillkürlich musste er wieder an Nadja denken. Fast bereute er es, sie nicht hierher mitgenommen zu haben, ihr nicht in die graublauen Augen blicken und unter dem Tisch ihre nervösen Schenkel streicheln zu können. Er fragte sich, ob sich Nadja im sogenannten Damensalon wohler fühlen würde. Dieser Raum mit den marmornen Wänden, den riesigen Spiegeln und den exquisiten Messingtischchen wirkte vornehmer und luftiger.

Milans Nervosität ließ nach. Er erlaubte sich, seine Gedanken wieder in die Vergangenheit schweifen zu lassen. Sein Vater hatte ihm erzählt, dass das Schwarzenberg nach 1938 »Café Deutschland« hieß und fest in Nazihänden war. Nach Kriegsende okkupierten es die sowjetischen Offiziere, die vis-à-vis im Hotel Imperial residierten und anscheinend auch einen Sinn für Schönheit hatten. Schon bei der Befreiung Wiens besetzten die Rotarmisten das Lokal, zerschossen aber leider teilweise die Einrichtung. Nach dem Abzug der Roten Armee verzierte der damalige Besitzer die Einschusslöcher in den Wänden mit Blumen und übermalte die Sprünge in den zerschossenen Spiegeln mit Weinranken. Im Kalten Krieg war dieses Café dann ein beliebter Treffpunkt von KGB-Spionen. Ein idealer Ort zum Sterben für einen ehemaligen KGBler, dachte Milan und warf einen Blick hinaus auf die Terrasse. Tische und Stühle waren verwaist. Traurig plätscherte der Regen auf sie nieder.

16 Uhr 59:

Ein großer, bulliger Mann kam in Begleitung von zwei anderen Männern in das Café. Salischenko hatte sein schütteres graues Haupthaar millimeterkurz geschnitten. Seine Leibwächter hatten beide eine Vollglatze, obwohl sie mindestens zwanzig Jahre jünger waren als er. Alle drei waren außerdem leicht übergewichtig. Für Milan sahen sie aus wie Drillinge. Sie unterschieden sich allerdings durch ihre Kleidung. Salischenkos raffiniert geschnittener schwarzer Anzug war aus sündhaft teurem Stoff und kaschierte sein Bäuchlein, während seine Bulldoggen aus ihren billigen schwarzen Anzügen und zu engen weißen Hemden herausgewachsen schienen.

Ein Zittern erfasste Milan am ganzen Körper, als der Russe und seine Bodyguards an einem Tisch schräg gegenüber Platz nahmen. Kurz danach gesellte sich ein elegant gekleideter kleiner Mann zu ihnen.

Angespannt beobachtete Milan seinen Erzfeind im Spiegel. Die Jahre waren an Salischenko auch nicht spurlos vorübergegangen, stellte er mit Genugtuung fest. Er war überzeugt, dass dieses Schwein ihn nicht wiedererkennen würde. Nicht nur, weil er seit ihrem letzten Treffen über zwanzig Kilo zugenommen hatte, sondern auch, weil er sich nach dem fast tödlichen Kopfschuss, den ihm der Russe verpasst hatte, einer Schönheitsoperation unterziehen hatte müssen. Nicht aus Eitelkeit, sondern weil seine rechte Gesichtsfläche nur mehr Matsch gewesen war.

Das Kribbeln in seinen Fingern schwoll an. Sein Herz begann wieder unrhythmisch zu schlagen. Demnächst würde er sich endlich wegen seiner Herzrhythmusstörungen behandeln lassen müssen. Er fühlte seinen Puls bis zum Hals schlagen und das Blut schoss ihm in den Kopf. Leider konnte er den Oligarchen nicht niederknallen, ohne sein eigenes Leben zu riskieren. Die beiden Bodyguards würden ihn garantiert erwischen, bevor er den ersten Schritt Richtung Tür gemacht hatte.

Nach einer Weile stand Salischenko auf und ging aufs Klo. Einer der Bodyguards eilte wie ein Hündchen hinter ihm her. Die andere Glatze blieb mit dem kleinen Mann am Tisch sitzen.

Milan ließ eine Minute verstreichen, bis er den beiden in den hinteren Raum folgte. Zu viele Türen, dachte er, zog seine Luger aus der Jackentasche und riss die verspiegelte Tür zu den Herrentoiletten auf. Er feuerte fast das ganze Magazin leer. Ein lautstarkes »Scheiße«, klang aus einer der Toiletten. Im nächsten Augenblick taumelte der Glatzkopf mit heruntergelassener Hose aus dem Klo. Milan erledigte ihn aus nächster Nähe mit einem eleganten Schuss in die Stirn. Kaum hatte er abgedrückt, wurde er umgestoßen. Salischenko rannte an ihm vorbei, stieß ihm die Spiegeltür an den Kopf, eher er seine Luger erneut laden konnte. Er brauchte ein paar Sekunden, bis er wieder bei Sinnen war. Mit gezogener Waffe rannte er zurück ins Lokal.

Entsetzte Gesichter und hysterisches Gekreische. Der Russe schien wie vom Erdboden verschluckt. Milan zögerte eine Sekunde zu lange. Ein Kugelhagel zwang ihn, sich auf den Boden zu werfen. Er schrie auf vor Schmerz. Seine arthritischen Knie taten höllisch weh, als er auf allen Vieren auf dem Steinboden zurück in den Durchgang zu den Waschräumen kroch.

Salischenkos zweiter Leibwächter ballerte weiter wild herum, verschwendete seine Munition. Die Kugeln durchschlugen die wertvollen dunkelbraunen Glasfliesen im Vorraum der Waschräume und zerfetzten die Wandverkleidung des schönen Cafés.

Als die Schießerei endlich aufgehört hatte, nahm Milan all seinen Mut zusammen und rannte mit seiner Luger in der Hand durch das Lokal. Die Schreie der panischen Gäste verfolgten ihn hinaus bis in den Gastgarten. »Neiiin«, schrie er, als er über einen Sessel auf der menschenleeren Terrasse stolperte und mit dem Gesicht auf den Asphalt knallte.

Nadja wartete in ihrem schwarzen Alfa mit laufendem Motor vor dem Kaffeehaus. Sie sprang aus dem Wagen, zerrte ihn hoch, schleppte ihn zu ihrem Wagen und fuhr sofort los.

»Wo ist Salischenko?«, stöhnte Milan.

»Er kam aus dem Eingangstor des Palais gerannt. Offensichtlich hat das Café einen Hinterausgang. Leider habe ich ihn zu spät bemerkt.«

»Zu viele Türen«, murmelte Milan.

»Am Rücksitz liegt ein Trenchcoat. Zieh ihn an und setz auch den Hut auf.«

Diese Frau dachte wirklich an alles. Nach einem Blick in den Seitenspiegel fand er, dass er mit Mantel und Hut erst recht wie ein Killer aussah. »Ich habe ihn verfehlt, habe nur seinen Bodyguard erwischt«, jammerte er. »Ich muss zurück ins Westend. Habe meine Brille dort liegenlassen. Ohne sie bin ich total aufgeschmissen.«

Ihr Lachen klang nicht fröhlich.

Er betrachtete ihr schönes Profil. Sie schien total auf den Verkehr konzentriert.

»Das ist zu riskant. Du kannst dich dort nicht wieder blicken lassen«, sagte sie, während sie bei Gelb über die Kreuzung bei der Oper raste.

»Ich bin verletzt. Meine Knie sind im Eimer«, stöhnte er.

»Hast du eine Kugel abbekommen?«

»Nein. Aber ich kann nicht mehr …«

Da er nicht aufhörte zu jammern, willigte sie ein, ihn ins Westend zu bringen.

Obwohl er ahnte, wie ihre Antwort lauten würde, fragte er kleinlaut: »Und was ist mit dem restlichen Geld?« Eine kleine Anzahlung lag bereits auf seinem Bankkonto. Den beträchtlichen Rest sollte er nach erfolgreicher Erledigung des Auftrags in bar ausgezahlt bekommen.

»Salischenko ist noch am Leben«, sagte sie. »Ich darf dir das Geld erst geben, wenn er das Zeitliche gesegnet hat.« Sie bog auf die Babenbergerstraße ein. »Verfluchter Mist«, schimpfte sie, als sie bemerkte, dass sie nicht geradeaus zur Mariahilfer Straße weiterfahren durfte. »Steig aus und nimm die U-Bahn. Wir treffen uns um 20 Uhr im Westend. Falls uns jemand gefolgt sein sollte, lenke ich ihn ab und verpasse ihm eine kleine Stadtrundfahrt.«

Milan verließ sie ungern. Nadja war sein Schutzengel. Sie hatte ihm das Leben gerettet.

18 Uhr 15:
Seine Knieschmerzen wurden schlimmer, als er die paar Meter zur U-Bahn-Station Museumsquartier humpelte. Außerdem war ihm wieder schwindlig und das Hämmern des Pulses in seinen Ohren machte ihn halb verrückt vor Angst. Wahrscheinlich stand er kurz vor dem unausweichlichen Schlaganfall.

Sehnsüchtig dachte er an seine Villa am Meer. Der Nachtzug nach Venedig fuhr um 20 Uhr 40 vom Westbahnhof ab. Von dort würde er das Schiff nach Dubrovnik nehmen und dann die Fähre nach Lopud. Salischenko war ihm mittlerweile scheißegal. Er wollte nur mehr im Westend auf seinen Zug warten. Nicht nur, weil er seine tolle Brille wiederhaben wollte, sondern weil er den besonderen Charme dieses Cafés mochte. Am frühen Abend, wenn die Sonne über dem Westbahnhof verschwand und das Lokal in ein weiches warmes Licht tauchte, war es dort wunderschön. Vielleicht würde ihm Nadja ja beim Warten Gesellschaft leisten, und wer weiß … Er versuchte sich zusammenzureißen und schimpfte sich selbst einen »alten Romantiker«. Bilder von Nadja, die sich, »oben ohne« und nur mit einem Stringtanga bekleidet, am Kiesstrand in der Bucht unter seinem Haus sonnte, tauchten auf. Allein die Vorstellung von ihren prallen Pobacken brachte ihn fast um den Verstand.

Kaum saß er in der U-Bahn, bildete er sich ein, dass ihn ein dicker, glatzköpfiger Mann anstarrte. Der Typ sah Salischenkos Bodyguard zum Verwechseln ähnlich. Alle Glatzen sehen gleich aus, versuchte Milan sich zu beruhigen. Beim Volkstheater verließ er die U2 und eilte so schnell er konnte zum Bahnsteig der U3. Der Dicke war knapp hinter ihm und stieg in denselben Waggon wie er. Milan blieb vor der Tür stehen und sprang bei der Station Neubaugasse in letzter Sekunde hinaus. Die Glatze schaffte es nicht, ihm zu folgen, schaute ihm blöde nach.

18 Uhr 45:
Seine Kehle war total ausgetrocknet. Außerdem musste er unbedingt ein Xanor nehmen. In der U-Bahn war er fast ausgeflippt vor Angst. Er hatte diese Panikattacken einfach nicht im Griff. Beim Verlassen der Station Neubaugasse erblickte er vor sich das Café Ritter. Rasch überquerte er die Straße.

Das Ritter war voll. Er hatte Glück, ergatterte einen gerade frei werdenden Tisch im Nichtraucherbereich, links neben der Tür. Erschöpft ließ er sich auf die abgesessene Sitzbank fallen. Sein Herz klopfte ihm bis zum Hals. Er lechzte förmlich nach einem Beruhigungsschnäpschen und einem großen kühlen Blonden. Ungeduldig winkte er den geschäftigen Ober herbei.

»Beim Kollegen«, rief der ihm zu.

»Ein Krügerl und einen Slibowitz«, schrie Milan ihm verzweifelt nach. Am liebsten hätte er seine Luger gezogen und den Kellner mit vorgehaltener Mündung dazu gezwungen, ihm sofort ein großes Bier zu bringen. Außer dem Westend war das Café Ritter das einzige klassische Wiener Kaffeehaus auf der bekanntesten Einkaufsmeile Wiens. Dessen waren sich anscheinend auch die Kellner bewusst. Sie brauchten nicht um Gäste zu buhlen. Mit prall gefüllten Plastiksackerln bepackte mittelalterliche Damen zwängten sich in die engen Nischen bei den Fenstern. Auch jede Menge Jugendliche, die sich hier verabredet hatten, um dann später am Abend die vielen Lokale in der Umgebung aufzusuchen, bevölkerten die Tische in dem großen Kaffeehaus. Unter den Stammgästen des Café Ritter haben sich nie allzu viele große Dichter und Denker befunden, sondern eher Leute aus der Nachbarschaft, dachte Milan. Auch Journalisten mochten dieses Lokal, nützten es gern für Interviews, weil es, trotz der vielen Gäste, ruhige Ecken gab. Dadurch erblickte man hier auch hin und wieder einen sogenannten Prominenten, der kurz vorbeischaute und nach dem Interview sofort wieder verschwand. Denn Prominente hatten keine Zeit, stundenlang bei einer Tasse Kaffee zu verweilen. Milan bildete sich ein, den Mann, der am Tisch gegenüber ein Interview gab, zu kennen. Ein berühmter Filmstar vielleicht? Er wollte ihn nicht dauernd anstarren und schaute demonstrativ auf die Stuckdecke, bewunderte die Kronleuchter und die kostbare Holzvertäfelung und überlegte ernsthaft, ob er nicht auch in seinem Haus auf Lopud solche Holzvertäfelungen anbringen lassen sollte. Als ihm der Ober endlich sein Krügerl und den Slibowitz brachte, bezahlte er sofort und gab ein fürstliches Trinkgeld. Daraufhin wurde der Ober gleich freundlicher und fragte ihn, ob er sonst noch Wünsche hätte.

Ehe er einen Schluck machen konnte, betraten Salischenko und sein zweiter Bodyguard das Café. Milan war so perplex, dass er ein paar Sekunden zu lang zögerte. Der Glatzkopf reagierte schneller. Veranstaltete ein kleines Feuerwerk.

Milan rutschte blitzschnell unter den Tisch. Eine Kugel streifte den Hintern des Kellners. Der gute Mann ging zu Boden, riss den Tisch, unter dem Milan hockte, mit sich. Das schwere Marmortischchen knallte auf Milans Haupt. Die Marmorierungen der Tischplatte erschienen ihm plötzlich wie das Firmament in einer klaren Nacht.

Womöglich hatte es Salischenko auf das Ritter abgesehen? Keine schlechte Wahl, falls seine Ehefrau unter Kaufwahn litt, dachte Milan, während er seine Luger entsicherte. Der Leibwächter hatte längst sein Magazin leergeschossen. Milans erster Schuss traf die Glatze in die Gedärme statt in den Kopf. Die Schweinerei, die er angerichtet hatte, war zu viel für seinen sensiblen Magen. Er übergab sich.

Dieser Feigling von Salischenko hatte längst das Weite gesucht. Als Milan unter dem Tisch hervorkroch, sah er den fast kahlrasierten Schädel des Russen in der Menge vor dem Generali-Center untertauchen. Trotz seiner kaputten Knie nahm er die Verfolgung auf. Verlor sein Zielobjekt aber bald aus den Augen. Freitags war Großkampftag auf der Mariahilfer Straße. Hunderte Touristen aus den benachbarten Ländern stürmten auch abends die Geschäfte. Fluchend schleppte er sich weiter durch die Menschenmassen. Endlich kam das Café Westend in Sicht. Er wechselte die Straßenseite. Die Scheinwerfer der Autos verliehen der regennassen Fahrbahn einen geheimnisvollen silbernen Glanz. »Verflucht …«, schimpfte Milan, der in eine tiefe, glitschige Lache neben den Straßenbahnschienen gelatscht war. Nasse Füße hatten ihm gerade noch gefehlt. Er hatte kein zweites Paar Socken mit.

19 Uhr 59:

Als er sich dem hell beleuchteten Westend näherte, glaubte er seinen Augen nicht zu trauen. An einem Tisch beim Fenster saß Salischenko und unterhielt sich heftig gestikulierend mit jemandem. Milan konnte nicht sehen, wer seinem Feind gegenübersaß. Noch ehe er seine Luger herausholen konnte, hatte der Russe ein kleines Loch im Kopf. Fasziniert beobachtete Milan, wie Salischenkos Kopf in Zeitlupe auf den Tisch sank. Er starrte auf seine Waffe. Das Magazin war voll.

Einige Sekunden später erschien ein Engelsgesicht in der Tür des Cafés. Das blondgelockte Himmelsgeschöpf eilte an ihm vorbei. Stieß ihn fast um.

»Nadja«, rief er verblüfft.

»Verschwinde«, schrie sie und rannte zur Rolltreppe.

Verdattert starrte er auf den Lift. Die Kabine war heroben. Eine Frau mit einem Kinderwagen blockierte die Eingangstür. Er stieß sie zur Seite, drängte sich hinein. Scherte sich nicht um ihre Empörung. In der Passage angekommen, sah er Nadja die Rolltreppe zur U-Bahn hinunterrennen. Er biss die Zähne zusammen, versuchte seine Knieschmerzen zu vergessen und folgte ihr, so schnell er konnte.

Sie stand am Ende des Bahnsteigs. Als er nur mehr ein paar Meter von ihr entfernt war, drehte sie sich um. Ihr Lächeln würde ihn bis an sein Lebensende verfolgen. Nadja breitete ihre Arme aus und er ließ sich fallen. Drückte sie fest an sich und küsste sie zärtlich auf den Mund.

Sie hüpfte wie eine Närrische herum. Tanzte beinahe einen Walzer mit ihm. »Ich habe es geschafft, geschafft, geschafft«, jubelte sie. Als der U-Bahn-Zug einfuhr und die Stimme durch den Lautsprecher die Leute ermahnte, vom Bahngleis zurückzutreten, packte ihn Nadja fest an den Armen und versetzte ihm gleichzeitig einen heftigen Stoß. Der Fahrer der U-Bahn hatte keine Chance.

Café Imperial
1010 Wien, Kärntner Ring 16 (im Hotel Imperial)
www.luxurycollection.com/imperial
Café Ritter
1060 Wien, Mariahilfer Straße 73, *www.caferitter.at*
Café Schwarzenberg
1010 Wien, Kärntner Ring 17, *www.cafe-schwarzenberg.at*
Café Westend
1070 Wien, Mariahilfer Straße 128

Die Herausgeberin

Edith Kneifl, lebt und arbeitet als Psychoanalytikerin und Schriftstellerin in Wien. 1992 erhielt sie als erste Frau den Friedrich-Glauser-Preis für den besten deutschsprachigen Kriminalroman des Jahres. Übersetzungen in mehrere Sprachen, zuletzt: »Mattinata Triestina«, Edition Aracne, Rom, 2010. ROMY 2003 für die Verfilmung ihres Romans »Ende der Vorstellung«, Regie Wolfgang Murnberger. Hörbuch: »Der Tod ist eine Wienerin«, gelesen von Monika Bleibtreu, HörbuchHamburg, 2007.

14 Kriminalromane und über 50 Kurzgeschichten. Zuletzt: »Glücklich, wer vergisst«, 2009, »Schön tot«, 2010, »Stadt der Schmerzen«, 2011, alle erschienen im Haymon Verlag, Innsbruck. *www.kneifl.at*

Die Autorinnen und Autoren

Helga Anderle, geboren in Wien. Arbeit bei internationalen Organisationen in Genf und Wien. Ab den 1970er-Jahren Redakteurin bzw. freie Mitarbeiterin bei verschiedenen Medien in Deutschland und Österreich. Lebt dzt. als Autorin und Übersetzerin (Englisch und Spanisch) in Wien. Zahlreiche Veröffentlichungen von Erzählungen, Kurzkrimis, Artikeln, Essays und Rezensionen im In- und Ausland. Herausgeberin der ersten internationalen Frauenkrimi-Anthologie »Da werden Weiber zu Hyänen«, Co-Hg. der Anthologie »Weltkrimis-Krimiwelten«. Ein Sammelband mit eigenen Mordgeschichten, »Sag beim Abschied leise Servus« erschien 1996 als Fischer TB, 2008 ein weiterer Sammelband, »A schene Leich«, beim Milena Verlag.

Raoul Biltgen, geboren 1974 in Esch/Alzette, Luxemburg. Schauspielstudium am Konservatorium der Stadt Wien, dann Ensemblemitglied am Vorarlberger Landestheater Bregenz, anschließend Dramaturg am Theater der Jugend in Wien. Seit 2003 lebt und arbeitet Raoul Biltgen als freier Schriftsteller, Schauspieler und Theatermacher in Wien. Er ist Autor zahlreicher Theaterstücke und mehrerer Bücher und Kurzkrimis. Raoul Biltgen stand selber schon einmal unter Mordverdacht.

Lisa Lercher, geb. in der Steiermark, hat in Graz Erziehungswissenschaften studiert, lebt in Wien und ist in der Bundesverwaltung tätig. Nach der Veröffentlichung einiger Fachbücher zu ihrem langjährigen Arbeitsschwerpunkt »Gewalt gegen Frauen und Kinder« schreibt sie seit 2001 Kriminalromane und Kurzgeschichten. Zuletzt erschien der Kriminalroman »Zornige Väter«, 2010, Milena Verlag, Wien. Der Psychokrimi »Die Mutprobe«, 2006, Milena Verlag, Wien wurde unter der Regie von Holger Barthel und nach einem Drehbuch von Ivo Schneider für den ORF/MDR verfilmt und 2010 erstmals ausgestrahlt. Mehr auf *www.krimiautoren.at*

Gerhard Loibelsberger wurde 1957 in Wien geboren. Er ist Autor von Sach- und Gourmetbüchern, Songtexten und Kriminalromanen. Zahlreiche Lesungen sowie Auftritte mit dem Jazz- & Improvisationsprojekt »Club Dada« und der Undergroundband »Der dritte Mann«. 2009 startete Gerhard Loibelsberger mit den »Naschmarkt-Morden« eine Serie von historischen Kriminalromanen rund um den schwergewichtigen Inspector Joseph Maria Nechyba und den Journalisten Leo Goldblatt. Den »Naschmarkt-Morden« folgten der »Reigen des Todes« sowie im Sommer 2011 »Mord und Brand«, der dritte Band der Serie. 2010 wurden »Die Naschmarkt-Morde« für den Leo-Perutz-Preis der Stadt Wien nominiert.

Sabina Naber, geboren 1965, studierte Theaterwissenschaften und anderes in Wien. Sie arbeitete als Schauspielerin und Regisseurin und war auch als Journalistin und Drehbuchautorin tätig. Ihr erster Kriminalroman mit der Wiener Kommissarin Maria Kouba erschien 2002 bei Rotbuch, im März 2011 der sechste Band »Die Spielmacher«. Sie schreibt auch Kurzgeschichten und ist Herausgeberin von Anthologien. Für ihre Story »Peter in St. Paul« wurde Sabina Naber 2007 mit dem Friedrich-Glauser-Preis ausgezeichnet; Mitbegründerin und Leiterin der österreichischen Plattform *www.krimiautoren.at* 2005 bis 2008; seit September 2010 eine von drei Sprecherinnen des Syndikats *(www.das-syndikat.com); www.sabinanaber.at*

Andreas P. Pittler, geboren 1964 in Wien, dort Studium der Geschichte und Politikwissenschaften (Mag., Dr. Phil.). Seit 1985 insgesamt 25 Sachbücher, darunter Biografien über Bruno Kreisky, Samuel Beckett und Wiener Bürgermeister. Seit 2000 insgesamt neun Romane, darunter acht Krimis, zuletzt »Tacheles«, 2008, »Ezzes« 2009, »Chuzpe«, 2010 und »Tinnef«, 2011 alle erschienen bei echomedia, Wien. Überdies zahlreiche Beiträge in Anthologien und Sammelbänden. 2010/11 Sprecher der Jury des Leo-Perutz-Preises der Stadt Wien. Seit 2010 Lehrbeauftragter der Donau-Universität Krems. Träger des Silbernen Ehrenzeichens für Verdienste um die Republik Österreich.

Claudia Rossbacher wurde in Wien geboren, doch schon ihre Kindheit war von fernen Ländern und fremden Kulturen geprägt. Unter anderem lebte sie in Teheran und Jakarta. Nach dem Studium der Tourismuswirtschaft zog es sie als Model in die Modemetropolen Europas und Japans. Danach war sie Texterin und Kreativdirektorin in internationalen Werbeagenturen. Seit 2006 arbeitet sie als freie Autorin und Texterin in Wien und schreibt u. a. Kriminalromane (zuletzt erschienen »Steirerblut« – Ein Alpenkrimi) und Kurzkrimis für *Die Presse am Sonntag* und Anthologien. Zudem zeichnet sie für die Organisation der österreichischen Krimiautoren *(www.krimiautoren.at)* verantwortlich. *www.claudia-rossbacher.com*

Eva Rossmann, geboren 1962 in Graz; lebt im Weinviertel. Verfassungsjuristin, politische Journalistin, freie Autorin. Seit den Recherchen zu ihrem Krimi »Ausgekocht« kocht sie in Manfred Buchingers Haubenlokal, dem Gasthaus zur Alten Schule mit. Drehbuchautorin, Moderatorin der ORF-Diskussionssendung »Club 2«. Seit 1999 veröffentlicht sie jedes Jahr einen Kriminalroman rund um die Wiener Journalistin Mira Valensky und ihre bosnisch-stämmige Putzfrau und Freundin Vesna Krajner. (Hardcover: Folio, Paperback: Lübbe) »Russen kommen« wurde zum österreichischen Buchliebling 2009 in der Kategorie Krimi & Thriller gewählt. Rezepte aus den kulinarischen Krimis findet man in »Mira kocht«. *www.evarossmann.at*

Stefan Slupetzky, Jahrgang 1962, lebt als Schriftsteller und Musiker in seiner Geburtsstadt Wien. Er verfasst Romane, Bühnenstücke, Kurzgeschichten und Liedtexte. Sein Kriminalroman »Der Fall des Lemming« wurde mit dem Friedrich-Glauser-Preis für das beste Krimidebüt ausgezeichnet, »Lemmings Himmelfahrt« mit dem Burgdorfer Krimipreis. »Das Schweigen des Lemming« wurde 2007 zu einem der 100 Lieblingsbücher der Wiener gekürt. Der vierte Band der Reihe, »Lemmings Zorn«, erhielt den Radio-Bremen-Krimipreis 2009 und den Leo-Perutz-Preis 2010.

Amaryllis Sommerer, Drehbuchautorin von TV-Filmen und -Serien sowie Kinospielfilm. Filmdramaturgin. Autorin mehrerer Kinderbücher. Zahlreiche Kurzkrimis (Nominierungen für den Agatha-Christie-Krimipreis und für den Friedrich-Glauser-Preis). Romane: »Selmas Zeichen«, 2008 (nominiert für den Friedrich-Glauser-Preis 2009, Sparte Debüt), »Keine Wunde, nichts«, 2010 (auf der Longlist für den Friedrich-Glauser-Preis 2010, Sparte Roman).

Thomas Askan Vierich, geboren in Hannover, lebt seit vielen Jahren in Wien. Schreibt Kriminalromane (»Blutgasse«, 2009, Haymon Verlag), Kriminalgeschichten, Essays (»Trost durch Traurigkeit. Über Joy Division« in »Punk Stories«, 2011, Langen Müller). In Kaffeehäusern ist er eher selten anzutreffen, weil er am liebsten zu Hause oder auf Reisen schreibt. Seine Geschichte zum Café Jelinek ist aber tatsächlich vor Ort entstanden. Ist also doch was dran, am literarischen Mythos Kaffeehaus?

Manfred Wieninger, geboren 1963 in St. Pölten, Studium der Germanistik und Pädagogik an der Universität Wien, lebt als Autor und Publizist in seiner Geburtsstadt. Überzeugter Serientäter – bisher sechs Kriminalromane mit dem schrägen »Diskont-Detektiv« Marek Miert, der in der fiktiven ostösterreichischen Bezirksstadt Harland sein Wesen und Unwesen treibt. Als vorläufig letzter Roman in dieser Reihe ist 2010 »Prinzessin Rauschkind« im Haymon Verlag erschienen. Mehr unter: *www.manfredwieninger.com.*